One True Thing
爱在别离时

ANNA QUINDLEN
[美] 安娜·昆德兰　著
张海香　译

重庆出版集团　重庆出版社

献给普鲁邓斯·M. 昆德兰[1]

---

[1] 安娜·昆德兰的母亲。

目录

序曲 / 1

第一部 / 13

第二部 / 219

尾声 / 321

序曲

  可在有些事情上他比我聪明，他知道一个锒铛入狱的女孩，一个想让你明确知晓她不可小觑之时，年纪将将可以自称为女人的女孩，该心怀恐惧、心跳加速，彻夜考虑自身的恐怖处境。尤其是一个被指控谋杀生母的女孩。

  结果，他发现我竟然在睡觉，脸上还带一抹淡淡的笑。

牢房并非如你想象般糟糕。我说的"牢房",指的可不是"监狱"。监狱是你在老电影或公共电视纪录片上见过的那种地方,那些灰色的庞然大物里,每个角落都设有警戒塔,高墙之上蜿蜒着一道道狭长的刀片刺网,如螺旋圈状。监狱里的犯人们用金属汤匙击打栏杆,在院子里策反,把最小的家伙——刚进来的初犯——带到浴室,之后便有股深红色与乳白色交织的液体沿着他光滑的大腿后侧无力地淌下,投射到他眼底的影子也已永远改变,可看守们对这一切却视若无睹,任其自生自灭。

　　或者说,反正我想象中的监狱总是那副模样。

　　牢房则完全不同,或者说至少蒙哥马利县的牢房完全不同。它是两间小屋,加起来的面积也不及我在老家的那间老旧阁楼卧室大,屋子虽有栏杆,但须手动关闭,没有那种固若金汤、受远程遥控的电子大门的哐啷声。一座安迪·格里菲斯[1]式牢房。一座吉米·史都

---

[1]　安迪·格里菲斯(1926—2012),美国演员、电视制作人。曾主演美剧《安迪·格里菲斯秀》,共八季,二百四十九集,其中第二季第十八集以"越狱"(Jailbreak)为题。

华[1]式牢房。比夏令剧目少些陀思妥耶夫斯基[2]之感,一座为镇上那陌生人预备的牢房,他一侧肩膀搭着一只皮包,里面是《启示录》,有着颤动的男高音嗓。

牢房内有一张隔板式行军床,一个马桶,一块铺着污迹斑斑油毡布的地板,那油毡布与朗霍恩纪念医院里的极为相似,我甚至怀疑它们是否出自同一承包商之手。我照完相,留了指纹之后,一名警察带我走下长长的走廊,并关上牢房门,当时他眼里的神情可不止一点点同情。我们高中时曾同在一个法语初级班,高四那年,他勉勉强强又拿了个C,而我开始发愤图强,最终在毕业时拿到"法语机构奖"。他的脚步声渐渐消失之后,这地方安静极了。

前方,警察调度员坐的地方,传来某人不熟练的打字声,以及警用对讲机里时断时续的动物叫声。而正上方,是种模模糊糊、含混不清的嗡嗡声,就好像吸音瓷砖天花板下的电线里有电流流经。我的上方是些普通的荧光管灯。

如今在医院工作时,我偶尔会以某个角度抬起头来,再次看见那块天花板、那些灯,而再次置身于那狭小空间的存在感,让我无力抗拒,不过并非真的让我不悦。

我坐在行军床上,双手在膝间轻握,感到放松。牢狱,我在脑

---

1 吉米·史都华即詹姆斯·史都华(1908—1997),美国电影演员和舞台剧演员、空军准将。
2 陀思妥耶夫斯基(1821—1881),俄国作家,代表作有《罪与罚》《卡拉马佐夫兄弟》,夏令剧目里常上演其作品。

子里重复。监牢。班房。这一切叫法都试图吓唬我自己，所有这些粗俗的俚语都是我在休憩室看《深夜秀场》[1]时，从爱德华·G. 罗宾逊[2]那张长着鱼形唇线的臭嘴里听来的。当时，休憩室黑漆漆的，电视屏幕如鲨鱼般灰蓝，父母在楼上睡觉。小黑屋，我心想。局子。不过，置于这一切之上的却是一个不同的想法：我独自一人。我独自一人。我独自一人。

我侧身躺在行军床上，合着双手，放在脸颊下。我闭上眼睛，渴望听到耳朵里的声音，一个要求帮忙的声音：来杯茶，来杯水，来个三明治，再来点儿吗啡。可无人开口；谁也不再需要我。就在我很长一段时间想不起来去感知之时，我感知到了平静。还有自由。牢房里的自由。

甚至很多天以来，我第一次不再看到父亲，他长着一头光滑的黑发，侧影因年岁和劳累而稍显虚弱；我不再看到他将大米布丁喂进母亲瘪瘪的嘴中，那情景就像一只乌鸦在喂养窝里的小崽儿，它们全部焦躁不安，头上长着奇怪的绒毛，眼神空洞、发着光。喂。咽。喂。咽。他那窄窄的唇线。她舌头那松弛的弧度。爱意与绝望之光将她的脸点亮那么一刹那，便转瞬不见。

时至今日，我仍能看见那个场景，并重温了一遍又一遍，直至

---

[1] 《深夜秀场》为美国哥伦比亚广播公司的深夜电视脱口秀节目，本书作者安娜·昆德兰曾为该节目嘉宾。
[2] 爱德华·G. 罗宾逊（1893—1973），罗马尼亚裔美国演员，歹徒是其饰演的典型角色。

将其简化为一些细节，尤其她和他眼里的神态。可回溯到我在牢房度过的那晚，那回忆竟消失了几个小时。我能意识到的全部就是那嗡嗡之声。

那声响让我想起夏天里走在朗霍恩的街道上，你可以听到的声音，尤其是在我的居住之处，那片大房子坐落的地方。总是这种嗡嗡之声。如果你聚精会神，站着不动，真心谛听，就能分辨出成百上千台空调在嗡嗡作响。它们将清新的冷空气送进凉爽干净的漂亮房间，就像我家这样的，房间里的木线条装饰逗弄着眼睛从抛光的餐桌面或是手掌边缘留下褶痕的靠垫往上看，并穿过壁炉和施坦威钢琴，落在巨大的棕色天鹅绒沙发上。

我记忆里的房子就是那个样子，尽管母亲生命的最后几个月并非如此。在休憩室里的沙发被塞进起居室，从而为病床腾出空间之前，房子才是如此模样。在所有的家具移回墙边，从而为轮椅留出地方之前，房子才是如此模样。在沙发上的天鹅绒绒毛被呕吐和涎水毁得面目全非之前，房子才是如此模样。

在我的眼皮内侧，我可以看见一种暗淡的红色光亮，它让我想起白日将尽时分街头的灯光，秋日里尤其如此。在那神奇的一小时里，汽车如此清晰可辨，将驶进街道，拐进车道里，或者继续行至某些小街小巷和死胡同里。儿科医生贝尔克纳普先生是我终身的医生。弗莱先生是一名工作在城市里的金融顾问，热衷于打高尔夫球。高中校长丁格尔先生只住得起我们这个街区，他妻子从她父母那里继承了那栋房子。

之后的傍晚时分,街灯嗡嗡作响地亮起,另外一批人也自带声响地来了。地区检察官贝斯特先生经常是最后一位。我弟弟布莱恩过去常在日出之后给他送《论坛报》,布莱恩说每当他骑着自行车上车道,进富贵草草坡,贝斯特先生就会站在那儿。那草坡将贝斯特宅与街道隔开。拂晓时,他会不耐烦地将他那窄脚在皮拖鞋里敲上敲下,他冬天穿一身灯芯绒长袍,夏天是一身泡泡纱睡衣。他圣诞节时从不给布莱恩小费,总是戴一顶棒球帽,上面写着"愿最棒的[1]人获胜",贝斯特先生竞选的年月里用的就是这句话。

我入狱那会儿,一个选举之年即将到来。

那警官来到我的牢间。我知道他名叫斯科普,尽管他名牌上所写真名叫什么小埃德温。我上次见他是在十二月镇上举办的圣诞树点亮仪式上,当时母亲的树最为出彩,上面饰物花哨,有红色大蝴蝶结。他曾经是高中棒球队队员,却没参加过一场比赛。他背部宽阔,像个书立般坐在长椅的一端,矮个子比尔坐在另一端,他们俩会一直等队伍从赛场上回来,好再次感受那紧张的推推搡搡,让自己有那么几分钟感觉也在推推搡搡之中。弟弟杰夫很可能认识他。他家在镇外,是科德角曲折的乡村路旁错落有致的房子中的一座。

县上有很多这样的路,夏天路边的玉米长得比任何一个农民都高,番茄和小胡瓜在小披屋里出售,披屋前是胶合板架子。八月的

---

[1] 原文为best,此处是双关语,既指最棒,亦指贝斯特(Best)。

小胡瓜有时候会有棒球拍那么大，因为没人想要，孩子们就会在周围林子的微弱光线下，拿它们来砸树。母亲常说，最抢手的是那种顶着花儿的小胡瓜。

蒙哥马利县的农场和树林绵延数顷，随后是宽敞的旧货市场、汽车商店，必胜客餐厅、电子商品折扣店，以及小商场，商场里出售难吃的中国外卖，还开着男女皆可入内的理发店。当你走过所有这一切之后，就来到了朗霍恩。这里是理想的大学城，有前廊，扇形窗，沿着路缘生长、如桶般粗细的橡树，春天里的杜鹃花，夏天里的紫阳花，秋天里路边堆成山的落叶。朗霍恩有家鞋店，乐福鞋比比皆是；还有家珠宝店，都是一碟又一碟的图章戒指；另外还有家书店，由伊莎贝尔和迪安·杜安这对老夫妻经营，二人从忙碌的城市生活中退休，很少参看《在版书目》，因为那上面的东西他们已经全部知晓。杜安夫妇很像朗霍恩当地人——他们知道这个小世界里发生的一切。

牢房不在朗霍恩的地界儿上。生活在这儿的人总是说"朗霍恩的地界儿"，如此你便知道谁住在橡树成行的街区，谁住在镇外的简易房和拖车里。加油站、仓储室、艾克米超市和塞夫韦超市对面的便是那牢房。

那晚，警察斯科普过来看我，他担心我会恐惧、孤独、垂泪。他曾经在高四时打了场比赛，出场1/4时长。他担心我会精神失常，因为我在牢房里待了将近四小时，父亲都没能来交保释金，也没能说那句"黑暗的一天，嗯？亲爱的？"。那口吻曾让我的几个朋友对他本人、他那蓝色的眼睛、他那俏皮而迷人的举止、他的格言警句很是迷恋。警察最初把我关在这儿的时候，就等着他大步流星地冲进门来，颇富英伦风格地诅咒说："我能问问，这儿他妈的到底怎么回事吗？"父亲任朗霍恩大学英文系系主任，以英伦风格著称；朗霍恩女性俱乐部或者圣公会书友会上，他就《大卫·科波菲尔》（"狄更斯轻量级作品，艾伦，绝对轻量级——《荒凉山庄》的体系多庞杂啊！"）或者《傲慢与偏见》的英伦风格发言，更是颇受赞赏。我小的时候，父亲叫我小耐儿[1]。

而母亲偶尔叫我艾莉。

不过，既然父亲没来保我出去，年轻的警察就过来看看我。他本以为在牢房里看见的会是个吓坏了的女人，结果却发现我在荧光灯下睡着了，双膝抵在胸前，双手在脸颊下交叉的样子像是在祈祷。这一幕显然令他讶异。或者说，反正他对《论坛报》是这么讲的。

杰夫弟弟和富尔伯格夫人一致认为，我最好知道关乎我的一切言论，于是我就看到了这则故事。故事上说斯科普"震惊不已"，他们说他感到"不可思议"。他说我上学时就一直是个冷漠的人，自视甚高，自信满满，他说得没错。他说我聪明，这也没错。

可在有些事情上他比我聪明，他知道一个锒铛入狱的女孩，一个想让你明确知晓她不可小觑之时，年纪将将可以自称为女人的女

---

[1] 狄更斯所著《老古玩店》里的角色，是个善良的美丽少女。

孩，该心怀恐惧、心跳加速，彻夜考虑自身的恐怖处境。尤其是一个被指控谋杀生母的女孩。

结果，他发现我竟然在睡觉，脸上还带一抹淡淡的笑。

那种笑你可以在第二天早上他们拍的照片上见到，就在我受控故意致凯瑟琳·B.古尔登死亡，现身法院之后。法庭艺术家[1]在描画我时并未捕捉到这笑，其时法院指定给我的律师在我身旁，他在那间封闭、狭小的房间里汗流不止，淡蓝色西装散发着一股上浆水的味道。

（我记得当时在想，谁请身穿淡蓝色西装的男人辩护都必败无疑。况且，他的西装衬衫袖子很短。"要坐牢了，"我心想，"还短不了呢。"）

可到了傍晚时分，市政大楼对面的街边小店处于一片晦暗之时，我的保释金已安排妥当——一万美元现金，并抵押一栋四室且带装修地下室的科德角式房子——最终我离开蒙哥马利县牢房，脸上仍带着熟睡时的那抹笑，只是尖下巴之上、尖鼻子之下，形成了一道半月形的微笑弧度。

《论坛报》的头版上，我带着我那蒙娜丽莎的微笑，深色的头发在脑后扎成辫子，额前的美人尖呈傲慢的V字形，宽大的白色毛衣和粗毛呢大衣轻拍在脏兮兮的牛仔裤上，一块污迹在一侧脸颊上若

1　Courtroom artist，在法庭审理案件时，以艺术手法，通过素描记录这一过程。很多案件在审理过程中，出于避免分心、保护隐私等考虑，禁止拍照、摄影。

隐若现。我知道,即便是那些为数不多的仍然爱我的人看到了,也会认为艾伦那要命的傲慢重现了,在最窘迫之时还保持着微笑。

日子一天天消逝,他们之中确实有些人这样说了,而我从未回应他们。我怎么能说出来呢?每当我出现在公共场合,有人跳到面前,架台尼康相机盯着我,就如敌人脸上戴的一张部落面具时,我耳朵里就只能听见这样一个声音,一个女低音,一遍又一遍地说:"镜头前要笑啊,艾莉。你笑的时候好美。"

母亲这样说着,在我脑海中再次鲜活了起来,让蓓基·夏泼[1]、皮普、赫维香小姐[2]和其他虚构人物黯然失色,很久以前我从父亲那里得知这些人物,并视其为比真人更重要的存在。她说着,我听着,否则我担心她的声音会逐渐消失,一个转瞬即逝的鬼魂会缩成一个光点,而后熄灭,便不复存在,就如同无人为之鼓掌的叮叮当[3]。我听她话,因为我爱她。在我们的生命里,她对我就这一丁点儿要求,我想做到这件被铭记的小事儿,在镜头前微笑。

---

[1] 萨克雷著《名利场》中的人物,蓓基·夏泼(Becky Sharp)是一个意志坚强、狡猾多端、身无分文、一心想在上流社会站稳脚跟的年轻姑娘。
[2] 皮普(Pip)和赫维香小姐(Miss Havisham)皆出自狄更斯著《远大前程》,前者为书中主角,是个孤儿,后者是一个富有的老处女,她将皮普视为自己和其养女艾斯黛拉的伙伴。
[3] 詹姆斯·巴里著《彼得·潘》里暗恋彼得·潘、自身会发光的小精灵。当彼得的死对头库克船长将彼得的药瓶里装上毒药,彼得却不相信偏要喝下的时候,她喝了毒药,救了他。结果她中毒了,生命岌岌可危。这时,彼得开始让相信精灵存在的孩子鼓掌,才使得叮叮当恢复生命、恢复光亮。如果无人鼓掌,叮叮当就只能一命呜呼。

最终，我总是照她要求的去做，即便我讨厌那么做。她身体那酸臭的气味，发刷下稻草一样的头发，那便盆、脸盆和药片，统统烦得我要死。吃了那药片，她便不会大喊出声，不像你在蒙哥马利河岸用尖锐的鱼钩末端钓起的鳟鱼一样扭来扭去，它们的鱼鳃会在命悬一线的躁动中大开大合。

我尽力做到这一切，努力不嚷不叫这句"我烦死你了"。可她知道；她感觉到了。这就是她之所以会躺在起居室的沙发上，无声无息地哭泣的诸多原因之一，眼泪让她那包在骨头上的暗黄色皮肤闪着丝光棉的光泽，沙发套和我卧室里带她手绘花朵的灯罩都是她之前用丝光棉做的。我努力让她舒服，做她需要的。除了这最后一次。

无论警察和地区检察官说什么，无论报纸上写什么，无论人们相信过什么以及依然相信什么，时隔这么多年，真相是我没谋害我母亲。我只是希望我做了。

第一部

"求求你,"她说,"帮帮我。我不想这样。"可我不确定是药开始起效,还是言语、请求、紧抓我胳膊让她精力耗尽,失去知觉。她从眼底悲伤地看着我,眼皮就像某种聪明而年迈的鸟儿掉落下来。"帮帮我,"她小声说,"你那么聪明。你知道怎么做。"而后便彻底闭上眼睛。"求求你。"她又小声说了一遍。

那天晚上,我就睡在休憩室的椅子上,雪还在下,我睡着了。雪阒静无声地覆盖万物,只有松枝剐蹭着屋子外墙,发出声响。那深埋在落雪之下的世界被残忍的白色遮盖,露出丑陋的荧光之色,将我唤醒。这是一个已永远改变的世界,一个我发现难以直视母亲眼睛的世界。

1

我记得我们——我和弟弟们——生命里曾有过的那最后一个完全正常的日子，是跟今天这个平凡之日极为相像的一天，是一个闷热的八月转入九月的工作日。天空低垂，灰暗地笼罩在朗霍恩上方，云朵如一条旧被子般平坦，悬在勾勒出小镇轮廓的两座小山之间。那一天，我们去美味冰饮店买软冰淇淋，开的是杰夫那辆破破烂烂的敞篷吉普车，还把胳膊伸到了车窗外。我的弟弟们都是帅气的男孩子，如今都已蜕变为帅气的男人。布莱恩有着跟父亲一样的黑发和蓝眼睛，杰弗里则继承了母亲的肤色，有一头红褐色的头发，一双琥珀色的眼睛，以及一张长着雀斑的长方形脸蛋。

他们俩分别结束了夏令营辅导员和园艺师的暑期工作，都晒得黝黑。而我面色苍白，一整夏的工作日时间都待在纽约的办公室里，周末则在火岛[1]做客，花在鸡尾酒会上的时间要比花在海滩上的多，

---

[1] 位于纽约州，是长岛南面的一个狭长外岛，以原始的生活形态、纯净的空气和无污染的白沙海滩让许多身在都市的人争相前往。

在那里，我的熟人们经常谈论的话题是黑素瘤[1]和视黄酸[2]。

事后，我惊叹于自己为何没多爱那天一些，为何不像享受舌尖上的软冰淇淋般地享受那天的点点滴滴，为何不知晓如此正常、日常地生活有多好。不过我想，只有在正常、日常一去不复返之后，你才知道。而那天过后，万事皆失常。那天是星期四，我还是那个旧日里的我，自鸣得意、专注自我、志得意满，把圈子里所有的事都当作快乐的事。

"艾伦的生活就是，"杰夫一直在问我供职的杂志社情况，他说，"做个百事通，挣钱糊口。你参加聚会，跟人们聊天，白纸黑字上又嘲弄他们。这就像呼吸呼吸就赚了钱。或者是打网球。"

"你可以打网球赚钱啊，"我说，"这叫职业网球选手。"

"噢，对，"杰夫说，"和父亲打？"他从蛋卷底部吮着冰淇淋，"很抱歉，爸爸，心智生命先生？我决定搬到希尔顿黑德岛[3]，当个职业网球选手。我打算业余时间读读福楼拜。"

"你们俩就不能至少有一个在做人生决定的时候，不想着爸爸会对这个决定挑刺儿？"我说。

弟弟们嘲笑、揶揄着。"噢，太棒了，"杰夫说，"艾伦·古尔登自愿放弃父亲的赞许咯！只是整整晚了二十四年。"

"我做什么妈妈都开心。"布莱恩说。

---

1 一种能产生黑色素的高度恶性肿瘤，过度暴晒和日光浴可增加发病概率。
2 可滋养皮肤。
3 位于南卡罗来纳州，是著名休闲胜地，也是高尔夫巡赛的重要场地。

"噢，好吧，妈妈。"杰夫说。

"杰弗里，"有人在停车场那头喊，"布莱恩！"弟弟们举起手臂，散漫地敬了个礼，"怎么了？"杰夫喊回去。

"现在，我在这儿过时了。"我说。

"你还在这儿的时候就过时了。"杰夫说，"没有冒犯你的意思，艾尔[1]。你是一只饥肠辘辘的狗狗，一直如此，世界可不喜欢你们这些人。人们怕你们会咬人。"

"为什么你说话的口吻像一个迷人的广播评论员啊？"我说。

"看见没，布赖[2]，艾伦从不放松。纽约是她的菜。全城人都不放松，他们在故乡都躁动不安。再见吧，饥肠辘辘的狗狗。去那个狗狗们互相残杀的地方吧。"

云层低垂，阳光昏黄，就像一间暗室里一只孤零零的灯泡。车道上的沥青路踩在脚下软绵绵的，朗霍恩上空飘浮着木炭味，如同城市里鸡尾酒会上弥漫的香水味。那天晚上，父亲回来迟了，不过我们都习惯了：他先靠在休憩室的门框上，站了一会儿，而后吃力地上了楼，安静得出奇。

对弟弟们来说并不出奇，很多父亲对儿子都会有那些紧张兮兮、几近下意识的影响，我父亲和弟弟们之间也不例外。但对我来说，却很是出奇。我总觉得我知道父亲的想法，即便不是心理。每次我从城

1　艾伦的昵称。

2　布莱恩的昵称。

里回家，从上大学到之后工作，他都会叫我去他那间家具暗淡、光线昏红的书房，在书桌椅上往前探着身体，只是说一句："说说吧。"

我呢，就会信口开河地给他讲故事，说说我在阶梯教室里听说的著名作家，谈谈和编辑们争论的语法问题，聊聊楼下弹奏斯卡拉蒂[1]曲子的邻居，那人在细腻而单调地弹奏着那架小巧而古朴的大键琴，我曾经从他的公寓门缝里瞥见过那架琴。

我时常感觉自己像是受到了一位政府官僚的问询，或者就像取悦苏丹国王的山鲁佐德[2]。我经常编造故事，编造很棒的故事，于是父亲就会靠回椅子上，表情放松，全神贯注，他给学生上课时就是这种表情。有时候谈话结束时，他会说"有意思"，我就会很开心。

那天我们的母亲在医院，就如往常一样，没有了她，房子就像是舞台布景。那是她的房子，真的。现如今，只要有人被称作家庭主妇——她们几乎都不是——我就会想到我母亲。她颇费苦心地经营着一个家，好好经营着一个家。她做营养均衡的食物，上烹饪课程，就像电影里一样将光滑的头发包在头巾里，打扫我们家里的每间屋子。她为一间屋子贴完墙纸后，总是用同样的纸张包裹相框，并放上家庭照，置于衣橱或床头柜上。

起居室里最大的两张照片是父母亲的合照。其中一张是两人站在我家的前廊上。母亲双手搂着父亲胳膊，一抹熠熠发光的笑容点

---

1 多米尼克·斯卡拉蒂（1685—1757），意大利作曲家。
2 《一千零一夜》中讲故事的女人。

亮了她的脸颊，似乎不知道生活里还有什么大得过这种幸福——这个地点，这个日子，这个男人。她微微侧着身，转向他，而他直直地对着镜头，双臂交叉在胸前，表情严肃，眼神嘲弄。

在乔纳森和我还是恋人的时候，他曾从钢琴上拿起这张照片，说在这张照片里，我父亲看起来像是那种撕扯出你的心，将它烤熟，当晚餐吃掉，然后再把你妻子作为饭后甜点的男人。考虑到乔纳森和我父亲的紧张关系，那种两个男人争夺同一个女人的关系，这描述真是公正。

我不知道父亲是否还把那张照片摆在那儿，在那架钢琴上，又或者将之收拾进黑暗的抽屉里，母亲灰头土脸地、高兴地笑着。

这张照片旁边的另一张上，母亲还是挽着父亲的一只胳膊。我当时穿着礼服，戴着一顶便帽，挽着父亲的另一只胳膊。父亲在阳光下微微眯着眼，微笑着。是乔纳森拍的那张照片。如今，我把这张照片放在我的梳妆台上，这是古尔登一家那三角关系最真实可感的现存证据。

母亲看到我公寓的现状会伤心吧，简陋的白色棉质沙发，摆放失宜的落地灯。我的公寓不属于家庭主妇，而属于那种听答录机上的留言，而后再次消失的人。

不过，她并不会像其他母亲可能做的那样批评我。她会给我买东西，会自己铺一块便宜但漂亮的印花布，作为沙发罩之类的。她铺沙发罩或者挂照片的时候，会笑着说："我们多不同啊，是不是，艾莉？"但是她永远也不会意识到,当她说这句话的时候,就像她以前很多次说这句话的时候一样,如果你跟某个大家争相称赞的人不一样,这说明你可能有问题。

母亲爱菲尔普斯五金店,那儿的店员也爱她。父亲经常取笑她说:"她又付了菲尔普斯家这个月的抵押贷款,她们这帮女人就能垄断桐油和钢丝棉市场!"我父亲经常取笑她。而我是那个听这番话的人。

我和弟弟们去了美味冰饮店的那天,是我们度过的迷人生活里迷人的一天。事到如今,我看得清清楚楚。随后,我们懒洋洋地待在后院的草地上,看着电视,边做饭边吃汉堡。第二天上午,父亲走下楼来,卡其布裤子皱皱巴巴,蓝色衬衫的袖子从手腕往上挽起。他让我们都坐下,他则倚着厨房操作台而坐。我坐在他对面,小口喝着一杯橘子汁。我的两个弟弟分别坐在餐桌两端的横栏靠背椅上。椅座是母亲用藤条编的。对于这些细节,我并非随口说说,而是带着崇敬之情。此类事情构成了母亲的全部生活。我过去却有些瞧不上。

我还是个小女孩时,她偶尔唱歌伴我入睡,不过我总是更喜欢父亲,因为他会编些无厘头的歌曲:"摇篮曲,晚安,意大利阿尔弗雷多面。摇篮曲,晚安,意大利肉酱面。"而我母亲就唱着无聊的小曲儿,无非就是一遍又一遍地唱着"睡得安稳"之类的。这还真能把我哄睡。父亲总让我兴奋;母亲总让我平静。他们对彼此也是如法炮制。我有的时候觉得，他们只不过是拿我做个试验罢了。

我记性好。现如今我就靠这谋生，靠这糊口，靠这扬名。我记性很好。我记得桌上的橘子汁，记得布莱恩将一个球反反复复抛进棒球手套，整个身体在两膝之间屈成V字形。橘子汁半满；餐桌是橡木的，桌腿结实，顶端有轮大大的满月，底端刻有动物的爪子。它是母亲从旧货店里淘来的，她将漆除掉，重新喷漆，用屠户蜡上蜡，一直干到胳膊上的肌肉如同略微抛光的木头一样凸起。

"癌症。"我们围坐在桌边的时候，父亲说。有一些模糊的迹象、症状。她已经恶心了很长一段时间。"你们母亲给耽误了，"他说，就好像她不知怎的该受责备似的，"一开始，她以为得了流感。之后她想象自己怀了孕。她不想大惊小怪。你们知道她那个人。"

我们三个低下头，想到我们四十六岁的妈妈居然幻想自己有了身孕，都觉得难为情。我二十四岁。杰夫二十岁。布赖十八岁。看看我们的岁数就知道，我们都是父母计划之内的孩子。我们知道她的为人。

那个周末，弟弟们即将离家去上大学。他们的音响都打包好了，行李在屋子的中央敞开着。我从城市里回来，在家待上四天。我的行李都还没拆，只是从放在床尾处箱子上的旅行包里拽出衣服，东西还没整理，梳妆台的花壁纸抽屉还是空的，干干净净。四天似乎对这种情况来说足矣。如果再长点儿，我就会错过一场图书会，无缘和一本重要杂志的主编共进午餐。她住院一周了，她告诉我们。

子宫切除手术,她说。一个已过生育期的四十六岁女人要进行子宫切除手术,对我来说似乎没什么大不了。可是,随着年龄的增长,我意识到失去任何一个让女人之为女人的部分——胸、子宫、孩子、男人——从来都不是没什么大不了的事情。

真是可笑,起初的怀孕想法对我们的触动竟比癌症大,我们很难理解这种心理。还有,我竟然突然意识到,母亲上个月为什么会那么神采奕奕,来到镇上带我吃生日午餐,她那一头红发的脑袋上,皮肤苍白、透明、透着粉色。一个四十六岁的女人羞于询问她那世故的城市女儿,哪里卖漂亮的孕期服装。如今,只要一想到她当时的想法,就让我很是受伤,她还没认清自己的身体状况。

"化疗。"父亲说。他句子里的那些动词我都没有听见。"肝。卵巢。肿瘤专家。"我拿起玻璃杯,走出了屋子。

"我没说完呢,艾伦!"父亲在身后叫我。

"我听不下去了。"我说,然后走出去,坐在前廊上一把有坐垫的藤条摇椅上,当然,坐垫也是出自母亲之手。

2

在我居住的纽约社区，古董店里所出售之物很像母亲多年前买的东西——赤褐色樱桃木制成的旧四方形箱子、拼布被子、白漆藤条沙发之类的。我们住在朗霍恩最宜人的街区那座最小的房子里，是一座昔日留存至今的白色护墙板农舍。彼时，周遭的小山还是农场，大学的所在地是塞缪尔·朗霍恩的地产，他在工业革命的转捩时期靠生产机器部件而发家。

我家的房子看起来像匹小马，莫名其妙地栖身于一群高头大马之中，如同壁画的微缩版。不过因为母亲的吃苦耐劳，房子内部可是毫不逊色。她嫁的男人一辈子无缘财富，可她说她不在乎，因为她知道他有使命感。她是个离经叛道的天主教教徒——可能在她心里，也没那么离经叛道——她曾经如是说，似乎父亲成了一位牧师，或者至少立下誓言，而此时他的"七大圣事"[1]只是《维多利亚时期诗歌入门》《浪漫主义作家和爱的四季》，以及大学课表里其他诸如此

---

[1] Seven Sacraments，基督教教会一切宗教活动的基础，指洗礼圣事、坚振圣事、圣体圣事、忏悔圣事、病人傅油圣事、圣秩圣事和婚姻圣事。

类的课程。

尽管朗霍恩处在最宜人的街区，这里的大部分居民很是富庶，无须为大学打工，但它却有着不像传统小镇的独特气息。华盛顿也是一样，还有佛罗里达的奥兰多，那有迪士尼乐园。还有波士顿。我一到波士顿——或者说到剑桥，哈佛的学生都这么说——上大学，我就确定从朗霍恩这个钟形罩一样的地方出来真是种愉快的解脱。那里的人都知道我的名字以及我第一名的班级名次，而我渴望更大的平台，更加全球化的环境。当然，我还想跟乔纳森上床，只要有机会，我就想，他上哈佛，所以我也去了。我总是害怕如果我不跟乔纳森上床，不温暖他冰凉的双脚，必然有别人取代我。

不过事实上，剑桥和朗霍恩有诸多相似之处，这不仅仅是因为我父亲的很多教会同事在剑桥。他们手臂下夹着《泰晤士报》漫步街头，身着膝盖处松垂、裤脚处收口的斜纹棉布裤。所有的大学城本质上都一样。每个穿城而过的人都能觉出在此地扎根的人们身上的怪异之处。

我坐在前廊上，一如既往地朝巴克利宅邸望过去——都铎式建筑，灰泥材质，杜鹃花和常青花园的繁华很快退去，失去其或粉红，或雪白，或碧蓝，或花团锦簇之色。自从我上次回家，他们的起居室里就有了气球帘。

我纽约公寓的窗户上可没有遮阳帘。母亲上个月来看我的时候，不仅与我共进午餐，还想了下家里地下室存放的家具物件有哪些会与我的两间小屋相得益彰。"你都没有窗帘！"她说，"全世界的人都在看你脱衣服！"

"噢，妈妈，没什么大不了，"我说，"邻居们全是同性恋。"假如我告诉她，第一次在卧室里脱衬衫时，我向点亮别人家的琥珀色灯望过去，然后将棉布衬衫抓在胸口，我就死定了。或者打那之后，我就在无窗的浴室里穿衣服、脱衣服，跟个蜜月期的处女似的。

不过，如果我安上气球帘，或花边纱帘，或窄百叶窗，我同样死定了。我爱自己有个居所的原因之一就是，每天早晨，白色阳光倾泻在划痕累累的木质地板上；傍晚时分，一波柔和的光缓慢而蹑手蹑脚地铺满卧室地板上的床垫；而夜晚时刻，月亮从窗外升起。

这里的光线、太阳和星辰统统属于我，任何人从窗户望进来都会发现一个全然陌生的人。不是艾伦·古尔登。不是那个在八岁的万圣节时，身着蓝色网眼花边和星形亮片裙子、像个公主的小艾伦。也不是十七岁在大学英语预修课上遇见乔纳森·贝尔策，自此就与他难舍难分的艾伦·古尔登。也不是以极优等生身份——"不是最优等生吧？"[1]父亲不标准地问，不过我明白了他的意思，他不会讲拉丁语，曾经也只是极优等生——毕业的哈佛毕业生，而后作为编辑助理和偶尔的临时记者，为纽约某家大杂志社工作的艾伦。

---

1 原文为拉丁文。此处的"最优等生"（summa cum laude）和"极优等生"（magna cum laude）都是毕业生的拉丁文学位荣誉头衔。哈佛大学的优秀毕业生带拉丁文学位荣誉头衔的分为四类，分别为：最优等生、极优等生、专业领域优等生、一般优等生，其中最优等生的比例最小，最难获得。

我坐在母亲房子的前廊上,这个地方的人差不多全都知道我的名字,还知道所有其他的事。一道影子横在我腿上,我知道是父亲。

"我是六点十分的火车。"我声音颤抖地说。

"艾伦,"我父亲说,"你母亲需要你。她周二会回家,她的身体很快就要垮了。很明显提前发病了。可能很快她就不能自己洗澡了。一两个月后,她也不能做饭或打扫了。"

"我们可以请个护工啊。贝尔登夫人的母亲生病时,他家就是这样做。"不过说是说,我知道这听起来多荒谬。在古尔登家里,独立自主蔚然成风,无论是准备圣诞礼物还是磨光地板,所有的事情都要亲力亲为。

"你摘除扁桃体时,你母亲可没请护工。你起水痘或胳膊受伤时,她也没有。她不愿意她的家里有陌生人。她甚至都不会雇清洁女工。"

"爸爸,我有公寓。我有工作。我有生活。"

那道影子站起身来。纱门砰的一声关上了。一辆运货卡车带着换挡时的隆隆之声驶过,我便没有听见父亲穿着甲板鞋穿过前廊走回去时发出的含混的脚步声。我的亚麻外套滑落到腿上,接着是我的草帽,随后手包也重重掉落在木质平台上,钱包都摔散了。而我的旅行包落在脚边。

"你"——他一边说着,一边把一本书扔在这堆东西之上——"受了"——然后是跑鞋——"哈佛的教育"——而后是乐福鞋——

"可是"——接着是那杯橘子汁完好无损地滚到这堆乱七八糟上面,浸湿了鞋子——"却没良心。"

父亲常说这话,常用在作家身上。他说庞德的问题不是反犹太人,而是他没有心。菲茨杰拉德的作品愚蠢二流,因为他没有心。如今,我也成了这形形色色的群体中的一员,那些天才和输家,所有那些聪明人就因为缺少这东西而不可救药地有了瑕疵,很多人都说乔治·古尔登从没有过一星半点这东西。而我,用尽毕生精力想要从他那儿赢得这东西。

我的东西散落在我周围,这都是别样人生的闪亮琐细,我盯着它们,盯着玻璃杯,盯着傍晚时分玻璃杯的曲面上闪着的变化之色。

人行道上、树下,处处都有难以忘怀的记忆。凯特·古尔登将载有布莱恩的红色小车拉上山丘,而杰夫和我拖着被子和野餐篮子跟随其后。凯特·古尔登将一个写着"祝贺"的记号牌钉在前廊柱上,这样在我赢得作文比赛之后校长把我从国会大厦带回来时,就可以用它挡住脸。她在前廊围栏周围种上鳞茎植物,将百叶窗漆成威廉斯堡蓝,把杂货从车后座拖出来,过一种快节奏的居家生活。

我想象这样一幅画面:母亲孤单地待在起居室里,某位身穿白色工作服的亲切女士做金枪鱼三明治给她吃,帮她叠内衣,房子安静,略染灰尘。可这画面没有故事性。如果我在故事里写错话,朋友卢尔斯会说:"这句话就是无法理解。"

凯特·古尔登和一个受雇的护工就是无法理解。

我这一生清楚地知道关于我本人的一桩事情就是,我的人生绝不是她的人生。我尽可能快地搬到尽可能远的地方;如今我回到了原点。我这一生,父亲几乎潜移默化却鲜少表扬地让我相信,我有天赋,我很特别,别人做不了的事情我毫不费力就能做到。但我从没料到这也是其中之一。

我整理好我这杂乱的一堆东西,拿到屋内,空橘子汁杯在最上头保持着平衡。可当我走到门口时,玻璃杯滚到一边,掉下去,摔得粉碎,碎片在阳光下熠熠发光。

我猜我认识的人们会认为,我回家照顾母亲是因为我爱她。有时候,我也觉得虽然并未觉察,可这就是我的内心。但真相是,我是觉得我别无选择。我觉得我得成为我父亲想要的样子,即便这不像那个他培育、教导了这么多年的艾伦,即便这意味着我不再是他最有前途的学生,而成为他半个妻子。我得证明,我不像庞德和菲茨杰拉德,我有心。

我把东西拿回楼上的卧室里。下楼的时候,父亲在休憩室里打电话。我站在门口,等他打完。而后,他转过身来看着我,光线从窗户射进来,他的身体背着光,轮廓黑暗。他的样子还像我儿时一样高大,彼时的晚上,我会望着他从我的床边一次又一次起身,看到他那长着精心梳理过的漆黑头发的脑袋挡住光线,让屋里变成完全的夜晚,好像他用手指按掉了月亮和太阳的开关。

他总是能看透我;如果我有好消息,只要他看见我的脸,我就什么都瞒不住；如果是坏消息，我还没说出口，他的脸就会垮成一副期望落空的扑克脸。

"周二上午我就回来。"我说道，他点了点头。

"住下来。"他以一个陈述句说道。

"我还不确定。"我说，"有其他选择啊。也许你可以休假啊。自从你为写书休过一次之后，已经四年没再休过了。"

他双唇紧闭，嘴角在两颊边低垂。"在我看来，这儿需要的是另外一个女人。"他说。我从没忘记过他说这话的方式。我父亲的语法常常与众不同，就好像精通维多利亚时期文学的他将维多利亚时期的风格全盘吸收，就像人们吃牡蛎一般。不过，我觉得这次他本可以说"我想"或者"我需要"。他可以用需要或者必不可少来恭维我一下。但是没有："在我看来，这儿需要的是另外一个女人。"

我们注视着彼此，我觉得透过他的眼睛、双肩，看到他内心获得了某种放松。我知道他知道我会按照他想的去做。"我们看看事态发展吧。"我说。

"艾伦，"他说，"这件事不能慢慢决定。我们得把这段时间的安排定下来，这很重要。你母亲将需要人带她去医院做化疗。我完全不知道她会变得多虚弱，她将有多少事情不能亲力亲为。医生说，她白天也会需要有人照顾。眼下，休假对我来说不现实。"

"眼下，休假对我来说也不现实。"

"艾伦，你干还是不干？"

"我不知道,"我说,"我周二会回来。"说完,我转身离开。

"艾伦,"我走到门口的时候,听到他叫我。我看见他手搭在下巴上。"这是困难时期。"父亲说,说这句话所付出的努力,以及其中隐含的道歉之意,似乎让他震惊。我的家人都不习惯道歉。也从没有这种必要;我们谁也没有失望过。他在椅子上坐下,任头往后仰,两手倦怠地放在软扶手上。他的样子都苍老了。

"我得找个扫把,"我说,"我打碎了东西。"我去了厨房,站了一会儿,头抵在杂物间门上,手拿簸箕,然后便走出去,打扫干净。

3

　　于是，周二上午我开着租来的车子回到了朗霍恩，心怀一种不断滋长的幽闭恐惧，这种感觉比困在电梯的楼层之间还要糟糕。我转弯下了公路，行经镇上寒酸的地带，那里的小房子只有一臂间距，大房子则被分割成学生和职员居住的公寓。

　　市政厅前的绿地上种着密密麻麻的紫苑草，它们带着一种初秋的赤黄色。我总觉得镇上绿地在春天时最美，成百上千朵黄色水仙花开得辉煌灿烂。一阵微风袭过，它们不约而同地垂下脑袋，就像巴斯比·伯克利[1]音乐剧里的舞蹈家们。

　　我开车回到镇上的那天，从四月看来已过了很长一段时间。

　　我为数不多的纽约家当都在车里——一张床垫、一个旧行李箱和一台便携式电子打字机。我驶进空荡荡的车道，我们的房子看着就好像遭了遗弃。我看见隔壁家的窗帘拉起，又放下。

　　我辞了杂志社的工作，转租了公寓。和我共事的人们试图表示同情，可又心怀疑虑。"我母亲病了。"我对执行主编说，他是一个

---

[1] 好莱坞歌舞片时代最伟大的编导之一。

结实的矮个子男人，名叫比尔·崔迪，由于高血压和饮酒过量的缘故而面色绯红。他曾供职于报社，对现在的自己和我们其余人嗤之以鼻，就因为从开始到付梓我们有六天的时间推出一期杂志，这太奢侈了。

"艾伦，"他说，"别犯傻了。母亲生病请三周假、同事送送花就好了啊。你在这儿干得很好。同性恋条子的简短报道你干得漂亮，麦迪逊大街被谋杀女孩的故事也很精彩。你还全面调查了孩子暑期指南。你要是辞职了，可就没准儿了。"

"我不得不啊。"我说。

"我提拔你怎么样？"他说，"加薪呢？"

"崔迪先生，你真的认为会有人进来说母亲得了癌症，命在旦夕，就为了加薪吗？"

"艾伦，这是纽约。"

卢尔斯带我去吃了午饭，她是我在杂志社或者说在纽约唯一一个真正的朋友。卢尔斯很脆弱，生理和心理上都是如此，可她那张小瓜子脸周围的黑发卷泛着巨大的光晕，低沉而富有磁性的嗓音有种洪亮的特质，于是便从来没人注意到她的脆弱。卷发的光晕和洪亮的嗓音让她看上去像个大人物，坚不可摧，自信笃定；我们这些相似点所造成的误解让我们一见面便成了朋友。

不过，我是慢慢认识真正的卢尔斯的，那个在镜子前把头发从脸上拨开，然后倾身向前怀疑地打量自己的她，那个恋爱，为爱伤透了心，几星期靠酸奶和演出金曲独坐度日，然后又恋爱的她。我了解到那个母亲打小就告诉她，永远别因失败而失望，到头来一切都是失败的卢尔斯。

"这个女人会告诉亚伯·林肯别考法律学位。"有回卢尔斯对我说。

卢尔斯爱我，而我充分意识到我从未被一个朋友如此爱过。曾经有一个高我一级的哈佛校友对她说："为了成功，艾伦·古尔登会穿着高尔夫钉鞋踩扁她母亲。""哦，"卢尔斯回答，"我又不是她母亲。"我把杂志社里的工位收拾干净后，她带我出来吃午饭，在桌上握住我的手。

"随便他们觉得我们是拉拉好了。"她轻蔑地说着，瞥了一眼在我们周围用餐的男人们，他们用塔塔酱佐餐，衬衫扣到最上面，扎着宽大而花哨的假领结。"见了这么多男人，我多希望我们俩是。"我开始哭起来，她从皮背包里拿出起了球的舒洁纸巾递给我。纸巾一角还粘着一颗绿色的 M&M 豆。卢尔斯的生活乱得令人难以置信，她还自以为荣。她的床头柜上经常有零星的食物残渣和半杯咖啡。"吃了它，"她指的是那颗 M&M 豆，"它会让你感觉好点儿。"

"你必须这么做。"她补了一句，就好像我是一个为了取暖而走进来的小孩子一样搓了搓我的手指，"你也会想让你女儿为你这么做的。"

"卢尔斯，我的生活怎么办？"

"它怎么办?这不是永远的啊。听我说,艾伦,我理解。你以为若干年后我愿意搬回我母亲在里弗代尔[1]的公寓里,听她一遍遍讲马尔文和那个荡妇如何毁了她的一生?可她是你的母亲啊,她就一时需要你,你最终还是会回归自己的生活的,你做了正确的决定。"

"我和我母亲——"

"求求你了,"卢尔斯说,"可以吗?真的求求你。你和母亲关系不好?对不起,但我要说,为什么你就不行呢?为什么你就和世界上的其他女儿不一样?而且,她听起来像世界上那拨相当不错的母亲呢。她告诉过你你需要减肥吗?"

"我不需要减肥。"

"你看,你就是这个样子。事实上,你会认为只有你超重时,你母亲才能说你需要减肥,这表明你对你俩关系的糟糕程度根本毫无概念。事实上,从你说自己不需要减肥,可见你的成长背景多么理性。"

"你不了解我父亲。"

"我不需要了解你父亲。我了解乔纳森就够了。"

卢尔斯不喜欢乔纳森。这是我俩友谊为数不多的痛点之一。

"别说了。"

"同意。"卢尔斯说着用手指把发卷捋到后面去。

"我只是害怕。"

"我知道。可等你回来,你就完成了一件真正重要的事。"

---

[1] 纽约的一个区。

"如果我回来的话。"

卢尔斯使劲儿捏了捏我的手，我疼得龇牙咧嘴。"这不是《彼得·潘》，"她说，"你的弟弟们也不是'迷失少年们'。他们可以学会如何使用微波炉。你父亲也会知道他妈的干洗店在哪儿。但是没有人，"她眼里含泪地结束道，"能帮你母亲渡过她将要经受的糟糕的一切，只有你。"

"请个护工呗。"我打电话给乔纳森时，他这么说道。当时，他兼职数据处理工作，每周会做两晚，好负担读法学院的费用。

"我得支气管炎的时候，她可没请护工。"我说。

"噢，艾伦，乔治爸爸说出来的这句话吧？这真是——真是富有牺牲精神。听起来那么像他。"

"去你妈的，乔。"我说。

"噢，你会的[1]。"他语调油滑地说道，开始事无巨细地描述着他下次来到朗霍恩时我会如何与他做爱，而照现在看，这事儿似乎得猴年马月。

那就是我从租来的车后座上把床垫拖出来时的所思所想——我们总是在床垫上躺下，开始做爱，努力找到让彼此意乱情迷的位置，而终于成功的时候会感到欲仙欲死。床垫上有不少污迹，风干的舞会胸花啊，一缕头发之类的，一切都是我们一起生活过的记录。我

---

[1] "去你妈的"原文为"Fuck you"，艾伦说的本是句咒骂，而乔纳森却调侃为其字面的性意味。

实在想不出把这放在哪儿才不会破坏母亲这房子的美。

显然,放在我的房间不合适,那里用海绵涂画成了淡蓝色,窗帘是印花棉布。书桌上摆放着镶了框的学位证书,垫子置于其下,还有州立作文竞赛的获奖证书,当时,伴着照相机咔嚓咔嚓昆虫一般的声音,教育局局长将它匆匆忙忙颁给了我。我为安乐死写了一篇巧舌如簧、自以为是的辩护词。通常情况下,这一千美元的奖项由州长颁发,而保守的天主教教徒州长不想与我发生关联。

我拿奖金去了科罗拉多远足旅行,给乔纳森买了件皮夹克。

于是,我把床垫卷上,拿到了车库里。在之后的几个月,每当我瞧见它,每当我出去取罐油或者拿把螺丝刀,它在角落里那畸形的样子都让我感觉热辣辣的,就好像一个老处女偷窥邻居家的主卧室,嘴唇紧闭,下身热乎乎的。

我不知道母亲对我的性生活了解多少,或者说对于我其余的生活了解多少。我也不知道我们的关系有多不同寻常。很可能,我就只知道那类异样的女人,过于理智而且神经紧张。我只知道,如果电话那头的卢尔斯听起来怒气冲冲,还比平时尖声厉耳,准是刚刚见了她母亲或是跟她说了话。我只知道,有天我去见我在哈佛的指导教授,一个在多家电视新闻节目中不止一次以瓦尔基里[1]的角色出现,炫耀着几乎碾压众人智商的女人,竟然双手抱头。我问她我要

---

[1] Valkyrie,北欧神话中挑选亡灵的女性。在一场战争中,被她们挑中的战士就死,未被挑中的就生,随后将亡灵带到"死者之殿"——瓦尔哈拉,并服侍他们。

不要再来,她轻声回答:"剪不断脐带啊。"可她的姿态出卖了她。

当我静下心来思考母亲时,我知道,正如朋友们所说,有这样一个母亲我很幸运。只不过我很少考虑她。母亲就像晚餐:为了生存,我需要她,却未曾留意她的想法。

父亲则是饭后甜点。他跟二十世纪五十年代电视节目上的父亲们一样,对弟弟们普遍兴趣不高。他既不玩什么抛接球游戏,也不钓鱼。他读书,教书。有时候,他让我来批改大一学生的英语课后作文测验[1]。有时候,我觉得他之所以以以阅卷心狠手辣而著称,都是拜我所赐,尽管我可能是从他那里继承了严苛评判这癖好。

我童年时期最清晰的记忆,是晚上他回家时的开门声。这总让我想起《绿野仙踪》里多萝西打开房门,堪萨斯的黑白世界变得多彩那一刻。

周二上午我打开那同一扇门时,屋里昏暗、阴沉、安静,好像没人。空气里是某种花的味道,很是甜腻,接着我就看到门厅的折叠桌上摆着一罐小苍兰。起居室里,一只细玻璃花瓶里插满了蓝色鸢尾花,花朵在黄白条纹的墙面映衬下光彩照人。钢琴上的银盘里摆放着卡片:"朗霍恩大学全体教职工敬上""好起来,凯特——斯科普和卡洛琳·拜尔斯一家""巴克利一家饱含爱意致"。

我转个身,发现她在那儿,在台阶上,穿着蓝裤子和衬衫,那

---

[1] Blue book,等同于 essay test,指的是教师提出问题,请学生就该问题课后撰文、阐明观点的测验,是相对正规考试的机读卡模式(Scantron testing)而言。

颜色就像一面旗帜一样点亮了她的红头发。"艾莉,"母亲惊喜地说,"你回来啦!"

我拥抱她的时候,觉得她的肩胛骨似乎更加尖利了,两侧的小肩胛骨从背上凸起,不知道是不是我的想象。她身上有股沐浴粉味儿,也有股化学药品味儿。我紧紧拥着她时,我想我感觉到了她疼得龇牙咧嘴,还是如往常一样,我最先松开了她。

"我很好,"她说着坐在了一把大沙发椅上,"确实如此。今早称体重的时候我在想,我会掉几磅秤,但数字没变化。很可能是水肿的缘故。可照理说,水肿该消了,另外我还得放轻松。'不要画画,'科恩医生——我的新医生,你会喜欢的,一位女医生——说,'不能看报,不能印花,不要装修。'我不得不打断她说:'我可不可以刺绣或者做针线活儿?''可以,'她说,'只要不爬梯子,不用大号订书机就行。'"

她就这么絮絮叨叨絮絮叨叨了好长时间,好像快缺氧了;她谈到了医生、鲜花、医院里的病号饭,以及朋友们给她带到家里来的焙盘食物。接着,她的脸部毫无预兆地定格不动,松垮下垂起来,双眼也失去了神采。于是她深呼吸一下,似乎在打起精神,眼睛如同在她的思考之风下暂时忽明忽暗的灯笼,重又亮起来。

"真不知道我为什么聊这些,"她说,"重点就是我很好。你回来就是为了确认我好不好,对不对?我很好。我永远也不要你或者你的弟弟们为我担心。我感觉不错。我感觉很好。我比过去睡得多了。但是在你知道之前，我会恢复如初的。万一我觉得你为我担心，那简直会要了我的命。我没有大号订书机也能活。"这话逗得我俩哈哈大笑。

"你看起来好极了，妈妈。"我说，这话大体没错。她看起来很不错，我记得当时我都怀疑，到了月底是不是就可以把租我公寓的毕业生赶出去，回到之前的工作岗位上。

"唉，我不知道你要回来，要不我就在烤箱里放点儿东西了，"她说着摸了摸头发，"我不知道朋友们带来的东西怎么样。给咱们家送食物简直就像带着煤去纽卡斯尔[1]。所以啊，今晚咱俩就去那家小酒馆吃吧。杰夫开车送布莱恩上学了，你父亲好像有个会。所以啊，咱俩就早点儿吃晚饭，之后去杜安书店买几本书。你可以告诉我哪些是好书，我不画画了，改读书好了。反正接受治疗期间，我得读点儿什么。你知道医院的做派——等上俩小时就为了那五分钟，戳破手指尖，采点血样。或者他们现在给我做的各种乱七八糟的检查。你能待多久哇？"

我看着她，看着她长着修长手指的双手因为治疗之故而把指甲剪得很短，我意识到她并不知道我为什么回家。事情总是这样。父亲做了决定，她后来才会得知，然后听从这些决定。一般加以改良。

"我会待一段，妈妈，"我说，"我会在我楼上的房间待上一段。"

"在家？"她说，"在这儿？"

我点点头。

---

[1] 位于美国宾夕法尼亚州，盛产煤。

"噢,不,艾伦。你什么意思?你的朋友们和你的小公寓怎么办?你的工作呢?"

"我要休息一段时间,"我说道,可我管不了双眼出卖我。

"噢,不,"她嘀咕着,"不不不不不。别成为我的护工,照顾这个房子,照顾我的房子。你会恨我的。"

"真荒唐。"我说。

"噢,上帝呀,艾伦,"她说道,好似我刚刚没接她的话,"你得回去。我们可以共进晚餐,你可以搭明早的火车。或者今晚的末班车。晚间有一班,对吧?"

"妈妈,"我说,"妈妈,你会需要帮助的。你化疗的时候我可以坐在你身边啊"——一看到她的嘴唇哆嗦,我赶紧改了口——"是治疗。我可以管家,干些医生禁止你干的活儿,你感觉好点儿了我就闪人。"

"噢,艾莉,"她伤心地说,"我不傻,别把癌症说得跟流感似的。我跟科恩医生聊过了,'我不能做这,不能做那,那最起码可以在圣诞颂歌夜,布置一棵绿地上的圣诞树吧?'而她,'嘿,凯特,到十二月还有很长时间呢。'当然啦,你父亲从五月一直到十二月都会在哼哼那首歌。科恩医生狠狠瞅了他一眼。'对了,医生,我会做个圣诞装饰给你。'我说。'我是犹太人,凯特。'她说。'那我给你做个七灯烛台好了。'我会说到做到的。做那个又不需要爬梯子,用大号订书机。"

母亲朝房间四周看了看,而后慢慢回过头来看着我。"我知道你为什么在这儿了,"她说,"我知道发生什么了。"

"我不走了。"

"我看出来了。"她说,"谁的主意,你父亲的?"

"我俩都这么认为。全家都这么认为。我也这么想。只是一段时间,妈妈。"

"这行不通。"她说,"他该知道这永远也行不通。他了解你。"

她说的这些我对卢尔斯都说过一百遍了。不过我想让她把我往好处想,不像实际上的自己那么糟。

"这话说得不对,"我说,"我可以帮忙。我在这儿可以为你做事儿,也可以和你一起做事儿。我回家你都不高兴。"我显得很生气,不过管不了那么多了。

母亲轻轻伸出一只手,摸了摸我的手:"艾莉,你回来我总是高兴的。但我不想你可怜我。"

"这么做才对。"我说。

"对于谁来说?"她说道,而看我的脸时,她叹了口气,"这于你父亲很难熬。"

"他?那你呢?"其实我真正想说的是,那我呢?

"我很好。"她说。可她的笑容苍白,没有神采也没有温度。我第一次想到知道自己即将死去该是什么感觉,树会发芽、开花、长叶、枯萎、死亡,而自己却什么都不能见证。这就好像站得离火太近；我的思绪跳将回来。

母亲的脸平静却空洞；我意识到她看来像外婆妮娜。母亲说，外婆从不喜怒形于色，甚至她唯一的儿子在越战中被杀，牧师来到他们在百老汇街的公寓门口时，外婆都不动声色。

母亲很爱讲两个男人——"实际上还是孩子，男孩子"——如何来到她父母的干洗店里索要收银机里的钱财，以及她母亲如何咬紧牙关，不出声地用波兰话骂骂咧咧，脸上却毫不改色，任由他们穿过柜台，把钱塞进牛仔裤口袋里。我想，母亲现在的面孔很像外婆那时的表情吧。

"你想喝点儿茶，吃块蛋糕吗？"母亲平静地问我，跟之前许许多多的问询别无二致。不等我回答，她就犹犹豫豫地站起身，进了厨房，不久我便听到水壶啪啪响起来。

4

"哎,"第二天我们坐在厨房里的橡木桌边喝茶时,母亲说,"我们该做点儿什么呢?"

"做什么?"我问。

当然,我觉得我们除了放任自流,不能做什么,可这样她会感觉病怏怏的,尽管她的样子不是如此,或者不表现出来,而我就会很难过,尽管我会掩饰会否认。我们会一如往常地隔着一道鸿沟看待彼此。

可当我刚刚回到家时,她仍然表现得像是停泊在自己安全港湾里的凯特·古尔登。凯特·古尔登总有事情做,什么项目啦、计划啦,同时进行很多项目、计划啦,所以如果她在织毛衣,而炉子上没在煮一锅东西,简直就是罪恶。

"我们需要一个项目,"那天早上她说,"我们两个可以一起做的事情。"

有过这样的事吗?我总是那个跑进跑出的人,而她是那个宅在家里的人。不知怎的,凯特·古尔登和艾伦·古尔登最终单独在一起了,在寻觅某件两人可以共同参与的事,这让我们俩奇怪的亲密处境凸显出来。

"我猜我可以用大号订书机,而你可以教我。"我记得我没什么热情地说了这么一句。

"不不不。"母亲不耐烦地说。她冲着茶杯低下聪明的脑袋,向里吹气,一股雾气在她的脸边氤氲开来。"不是这种事儿,"她的眼睛瞅了会儿别处,而后慢慢说道,"一个读书小组。"

不论是那会儿还是现在,她声音里的那种语调让我知道她早有此意,只是假装才想到而已:"一个读书小组?"

母亲大笑起来,语带虚伪的颤音,内含一丝焦灼。"艾莉,"她以一种只对我说话时用的细声细语说道,"你准备就这么一直重复我说的话,就好像这是你听过的最震惊的事?"

"不,我——我很抱歉。一个读书小组。很好。我们还找谁加入呢?"

"噢,没别人了,我觉得,你不觉得吗?我们俩一起读书、一起讨论。我总想加入一个读书小组,可朗霍恩只有两个小组,而我实在不适合加入任何一个。乡间俱乐部的年轻女人们那组,只读些垃圾;教师们妻子的那组,读的书我似乎闻所未闻,书的作者也从未听过。我猜这些书意义重大吧。"

"意义重大?"我说。

"你又来了。"

就这样，我们开始了我们的项目，母亲为其取名为"古尔登女孩书友会"。那天下午，我们就去了杜安书店。那是个九月的午后，感觉像八月末，温热、潮湿、有点儿阴天，树枝低垂，碰到了尘土飞扬的人行道。我们买了三种平装书，各买了两本，分别是《傲慢与偏见》《远大前程》《安娜·卡列尼娜》。回家后，我们仔细地将它们摆放在休憩室的书架上，俩人都退后片刻，看看效果如何，似乎它们是种静止的生命。

这些书让我们最初的那几个月具象了。虽然我们候诊的时候总是带着书，当化学物质慢慢滴落，微小的液滴流进身体的支脉时，母亲经常靠在活动躺椅上读书，可读书跟化疗泾渭分明。当我每天花大量时间打理日常生活中的洗衣、吸尘这些我觉得乏味的琐事时，她就会喊我："该读书了。"

"太棒了，"我跟卢尔斯讲电话时，她说，"在你自己的领域，她都胜你一筹呢。更别提教授爸爸了。"

"卢尔斯，我讨厌你的一个做事方法就是，对一件事总过分阐释。我们买了书。我们在读书。我们会讨论这些书。那又怎么样？我从没说过她愚蠢啊。"

"感谢跟我分享，亲爱的。我从没想过她愚蠢啊。我的意思是，她很可能猜出你会厌倦，会看到你的厌倦，这会提醒她你在那儿的原因。可是，她却发现了某种保证不会让你厌倦的事情。太聪明了。太聪明了。"

我真希望卢尔斯见见我母亲，但是不知怎么，我从未安排她们俩彼此认识。她们在识人方面都比我聪明。不过两人只通过一次电话，当时我外出去食品杂货店买东西了。我记得事后问起卢尔斯她们的谈话内容。"扎染。"她说。直到今天，我仍然不确定这是否是句玩笑话。

一天下午，我和母亲打包好我们的书，去河滨公园野餐，还带了床旧被子铺在山丘的草地上，从那儿可以看见朗霍恩全貌。蒙哥马利河毫无生气，呈棕色带状，在我们下面流淌，两岸生长着臭椿树。离一侧岸边稍远的地方，一排松树之后，是公共网球场，那里总是嘭嘭作响，总是人满为患。穿过河就是朗霍恩大学的校园了，这里的建筑群呈同心圆分布——三十年代坚固的哥特式建筑，五十年代没什么特色的宾馆建筑，以及玻璃墙面晃瞎人眼的新建科学楼。校园中心是座庞大、塔楼林立的红砖大厦，曾为塞缪尔·朗霍恩所有，是他和矮小结实、面相喜庆的妻子曾经的住处，行政楼接待区的壁炉台上挂着她的肖像画，她身穿黑色锦缎，珠光宝气。她叫米妮，两人没有子嗣，当时还是孩子的我觉得真是让人难过。不过大学就是这样才建立的，它的校训用拉丁文写就，翻译过来的意思是"我们所有的孩子"。

教学楼耸立在一座高高大大、岩石累累的悬崖之上，下面是蒙哥马利河。教学楼后面，顺着下倾的地势便到了宿舍区，这里散落着一座座丑陋不堪的小房子。学校后门再远一些的地方，视线之外，是一座采石场。两座步行桥和一座行车桥将大学与镇子相连,招生办公室为申请候选人提供行车指南时,尤其是为其家长提供行车指南时,总是让他们走这条路,而不是那条下了公路,路过采石场和卡车库的直路。朗霍恩是所很好却又不大为人所知的小型文理大学,与索思摩学院和哈弗福德学院[1]勉强有点儿渊源,要想赢得人心和生源,就得在开车经过朗霍恩地界儿的家长们身上多费心机。

我俩盘腿坐在被子上,吃了鸡肉三明治和红洋葱黄瓜沙拉。母亲除了日光照射中头发之下的头皮有些许迹象,嘴巴周围出现一些纹路之外,看起来很健康。我们不得不走崎岖些的路时,她会挽着我手臂,不过动作轻柔、饱含爱意,使得此举更像是陪伴而非必须。现在也是如此。吃蓝莓的时候,我躺在毯子上重读《傲慢与偏见》,母亲在一块蓝色背景布上绣着向日葵。而后她拿出她自己那本,我小睡了一下。

天气宜人,是个野餐佳日。太阳温暖着我们的胳膊、双腿,一阵微风吹乱了我的书页。一枚网球在波光粼粼的棕色河水和小山一侧墨绿色植物的映衬下,格外耀眼,它轻轻跳动,从突出的岩石边缘弹开,朝下面的河水掉落。

球经过时,我醒了,身体有层虚汗,还麻了,在落日下的被子上蜷缩着。我想起那个夏夜,我和乔就在这个地点的正下方裸泳,而后就在某片灌木丛低矮的树枝下做爱。那是个月圆之夜,我到达

---

1 索思摩学院和哈弗福德学院都是美国顶尖的文理大学。

高潮之后、他高潮来临之前,他还在我身上,那呼吸、哼声参半的声音是静寂之夜里唯一的声响——啊啊啊啊——我躺在那儿,头偏向一边,看到四周散落着各种球,网球、表面有塑料球拍划痕的威浮球[1],甚至还有一枚从高尔夫练习场穿进网球场的高尔夫球。

这回忆与情色无关。我的头发里揉进了小细枝,一块疙疙瘩瘩的老树根划伤了我的大腿,事后我跟乔提及这些球,他很郁闷,指责我在交合时貌合神离。于是,这记忆让我感到孤独。我的视线穿过河水,望向大学,心想父亲此刻是否在那儿,我知道如果我问母亲,她肯定知道,爸爸每个学期的课表她都牢记在心。

可是,她提起了他,打破了沉默。她盯着河对面,眼神空洞。她说:"我记得这本书。我遇见你父亲的时候正在读它。我记得我很欣赏这本书,却也略有不悦,因为它跟人们惯常做的浅薄事一样,把姐姐描绘得甜美、居家、善良,但屈于聪明、善谈的妹妹。简和伊丽莎白。现在我记起她们了。我觉得不公平,简那么好,伊丽莎白却受到赞赏。"

"我猜奥斯汀在反抗。她这种女人知道社会上尊重的是甜美、善良的女孩,而不是伊丽莎白这种口无遮拦的女孩。"

"但简·奥斯汀的手段应该比这高明啊,将女人只刻画成这两种类型——"

---

[1] 威浮球是一种新兴的垒棒运动,规则和传统棒球相似,不同之处在于球上有各种孔洞,借助空气摩擦的力量,在飞行过程中会有多种曲线变化。

"你真这么看她？"

"嗯，是。还有一本书的情况也是一样。"她再次看向河对岸。"《小妇人》，"过了一会儿，她说，"有个妹妹是作家，有个姐姐儿女成群。"

"乔和梅格。"我说。

"如出一辙。"她说，"各国女作家不应该狭隘地把女人分成聪明和甜美这样的小类。女教授在大学里的教务茶会上和事务上，也如法炮制。"母亲放低声音，放眼望去，"'噢，你管家——真是太太太有趣了。'"她大笑起来，我却没有。

"也许奥斯汀就想让她们成为典型呢。"我说。

"不，她们都很真实，简和伊丽莎白都是。简崇拜伊丽莎白，伊丽莎白自我崇拜。"

"不对，"我说，"伊丽莎白也相当崇拜简啊。"

"真的吗？哪儿表现出来了？你这遍读的时候注意一下这些，指给我位置，告诉我你读完整本书了是不是还这么觉得。"

"我以为你说你读过这本书了呢。"

她就好像根本没听见我说话似的，继续说道："我记得看到他们的名字我都能念出来，真是松了一口气。我刚读完一些俄国小说，那些名字让我崩溃。《战争与和平》里的人名都好长，我会跳过去。惊讶吧？"

"我猜大部分人都这么干。"

"我不是说人物名。我是说我读俄国小说家的事儿。"

"不惊讶啊。"我回道。其实这让我吃惊。

"我在你这么大的时候,应该是更小一些的时候,因为我跟你这么大的时候,已经怀了你,如果不在干洗店上班,就常去哥伦比亚大学图书馆。我就那么一小时接着一小时地读书。大多数时候,我父母会在上午十点到下午两点之间放我假,我就会去那儿,在那儿学习。我觉得在我的内心深处,把这当成不上大学的一种补偿。有一回,我发现了一张英语专业大一学生的阅读书目,就一本不落地读完了上面列的全部图书,不过后来,你父亲说大部分书都不怎么好。"

"可你不是在图书馆遇见他的吧?"

"我是在洗衣店遇见他的。他有件运动西服夹克,是件海军蓝便西服,他把它拿过来洗。拜阿姆斯特丹大道上那家意大利餐厅所赐,衣服上有一大块番茄酱渍,每当客人拿来的东西实在是脏,母亲就会咂咂嘴。他讲了一个好笑的故事,是关于带一个女孩去那家餐厅的,那女孩的父亲走进门来,用胳膊肘打了他的叉子,还把酱汁弄得两个人满身都是。我记得那女孩是他论文指导老师的女儿。那插曲扼杀了爱情。或者是因为我。"

"外公外婆肯定都是很棒的监护人吧?"

"他拿外套来时,你外婆只说了句'周二洗好'。我还是一直在图书馆读书,直到他认出我来,然后我还是继续在那儿读书,直到他带我去匈牙利面包店喝咖啡,我仍然继续在那儿读书,直到他带我去了那家意大利餐厅。那会儿,他的头发漆黑,也更清瘦些,但不消瘦。他过去很帅。"

"现在也是啊。"

"是啊。"

父亲那张匀称的脸上,有些地方瘦了,有些地方松了,那很是单薄的嘴更是成为负累了,因为中年人的纹路如括号般在嘴边浮现。他就跟那种漂亮女人一样,跟那种人们说"她年轻时绝对是个美人胚子"的女人一样,年轻时是个帅哥。

"而且他那么聪明,"母亲补充道,"他一张嘴,你就知道他多聪明。"她的视线从河水转向我,笑盈盈的,笑容里满含快乐的回忆,可目睹这笑让我伤心,"我俯身探过餐桌,说:'我会是理想的教师妻子哦。'而后抽身回来,满脸通红,反正乔治是这么说的,红头发,红脸蛋。我抽身回来,粉红色的高领毛衣前面整个都沾满了番茄酱。"

"你从来没跟我说过这个!"

"你没问过啊。"

"噢,妈妈,真是个屌爆了的回答。"我说。

"是吗?"我母亲一脸兴奋地说,"屌爆了?"

"真是屌爆了。你是说,就这么简单,就这样他就娶了你,因为你向他求婚了?"

"噢,艾莉,"她追悔莫及地说,就好像惊讶于我竟然不明白这么简单的事,"我想他娶我,是因为我让他想起他母亲。"

回想爷爷奶奶,他们在纽约州山区运营一家夏令营。如今两人都已不在人世。我小的时候,会在学校开学前在他们家待上两周,那时来自长岛、曼哈顿和康涅狄格州的孩子们都从夏令营回家去了,晒得黝黑,浑身蚊子包。我会在马场周围的芦苇丛里游荡,把那些射偏的箭捡起来,拿给爷爷,他是个强壮而寡言的男人,小臂会将邦龙短袖衬衫的接缝撑开,露出针脚。

奶奶不同。她的样子像父亲,体态柔美,面容姣好,我在小溪里抓小龙虾的时候,她就坐在石头上,还让我用泡打粉烤饼干,每片饼干的中间会有一个大拇指印,印里填上果酱。她有股玫瑰香和面粉香,就寝时唱圣诞歌,每天早上给我梳辫子,用工艺品上的一小截毛线扎好。

"我能想到。"我说。

"我记得读《傲慢与偏见》的时候,多希望是从简的角度来讲述这个故事。你父亲说,那样会是本很无趣的书。你父亲特别不喜欢回家之后还讨论这些。除了跟你,当然啦,那性质不同。我觉得他认为这是你教育的一部分。有时候我听着你俩聊,觉得像少年棒球联盟球员在听纽约扬基棒球队职业球员说话。"

"噢,别这么说。"

"我不介意啦。很有趣呀。"

"我就不会这么描述这事儿。"

"你会怎么描述呢？"

"很累人啊，"我随口说道，"得保持最佳状态。"

风变大了，吹动书页，掀起被子一角。我看到两个小孩在下游的步行桥下嬉戏，跟我儿时一样，向水里掷石子。

"不该把你的全部人生基于一个男人的认同。"母亲默默地补充道。

"女人结了婚就是这么生活的啊。"我说。

"我在说你，艾莉。"她说。

"我和乔纳森没到那种关系呢。"

"我不是在说乔纳森。"

我们重又变得安静。河对岸的钟楼上传出《奇异恩典》的乐声，塞缪尔·朗霍恩为了在校园里营造一种宗教之感建了那座钟楼。音乐停止时，"曾经盲目，重又得见"的词句在空气里像云朵一样，又盘桓了片刻。

"你第一次为什么没看完这书呢？"我最终说，此时乐音弥散，如夕阳西下。

母亲拿起腿上的平装书，举到胸前。在淡黄色的光线中，她的指关节就像四颗白色的圆形石头，闪着光。"我嫁给你父亲的那天，把书落在市政厅了，"她说，"书是从图书馆借的。我不得不自掏腰包，买了本新的。"

"我不太明白我们这个书友会怎么回事儿，"我说，"我们读完之后，要不要找时间讨论讨论？"

"我们不正是这么干的吗？"母亲说。

"不，我是说谈谈主题、人物啊之类的。"

"我们不正是这么干的吗？"她重复道。

"所以我们是边读边讨论喽？"

"不好吗？"母亲说。

"我们什么时候读下一本呢？"

"艾伦，"她一边笑着说，一边放下书，拾起绣活儿，"你这么聪明，还要这么多指导啊。我们手头这本看完了，就读下一本呗。"

5

　　父母在1967年相识、结婚，尽管后来人们将二十世纪六十年代看成大动荡与大解放时期，而事实上他们日常生活中的大动荡来得要晚一些。他们在纽约市政厅结婚，是乘坐市中心的地铁到的钱伯斯大街[1]，结束之后又回去赶父亲四点的指导课。

　　母亲则回到她父母位于百老汇街的干洗店工作，不过那晚打烊之后，她去了父亲在第一百三十五街上的单间公寓，上了他的床。第二天早上她开始将床单改成窗帘，还在热盘上做焙盘炖菜。母亲曾经告诉我，他们甚至还举行了晚宴，六个饥肠辘辘的学生腿上托着辣味与蒜味面包。

　　等到上西区到处是意识崛起的群体，教员们纷纷摆脱他们衣着得体、教养良好的史密斯太太[2]，移情别恋于穿着短裙、长发飘飘的研究生时，我的父母正转战普林斯顿，后来就到了朗霍恩。普林斯顿这地方变化已悄然登场，而朗霍恩则近乎毫无变化。

---

[1] 纽约市政厅位于钱伯斯大街上。
[2] 美国中间阶级受过良好教育的白人太太。

我是个聪明的小孩，内心无时无刻不深刻感受到作为一位聪明家长的长女这种驱动力。当母亲开车带我们去学游泳，教我们为圣诞树挂干瘪的蔓越梅，责骂我们使用粗俗的语言，对我们咋咋呼呼的笑话大笑不已时，父亲保持的距离感就如同他的微笑一样，充满了魅惑。

母亲生病之后，一切如常。如果非说有什么变化的话，那就是父亲比以往更加冷漠，到家时的举止比以往更加彬彬有礼。"嘿，亲爱的你们，怎么样啊？"他会边说边把公文包放在门边的长椅上，或者，"你看起来真是可爱极了。"他会对母亲说，同时牵起她的手，而她会一如既往地回答："噢，我的夫君，小绅士。""小绅士"是很多年前她发明的爱称，是"绅士乔治"的简称。很多时候他回到家，母亲都上床了。我听到有时在漫漫的长夜里，他悄无声息地关上厨房门，让我感觉好像父母正一同离我而去。不过那感觉跟孩提时完全不同。如今，我是以一个成人的冷眼旁观来看待他们。

我和母亲野餐、成立我们的书友会不久之后的一个晚上，我和父亲偶然一起待在昏暗的、散发着甜香的起居室里，那儿有好几碟自制的百花香干花。我从《傲慢与偏见》上抬起头来，阅读灯射出一圈金色灯光，最终说了句："为什么我在独自做着这一切？"

"我能否问问，独自做着什么呢？"

"照顾你的妻子。"

他的嘴变得很薄,声音非常英伦腔,这是他准备吐出刻薄话的前奏:"我的妻子?我的妻子?那个女人是你的母亲。我坐在这儿,目睹她无数次照顾你,关心你,为你下厨——"

"也为你呀。"我拒绝感到羞耻地说。

"艾伦,"他说,"我得赚钱养家。付抵押贷款。付医药费。你母亲明白的。"

"妥协了,你是说。"

"你对此一无所知。"他拿起我的书,挑了挑眉,"这书你不都读了一百次了吗?"

"显然,你妻子放弃这本书,嫁给了你。"我说。

"我不明白。"

"我俩成立了个书友会。妈妈想读《傲慢与偏见》。她在哥伦比亚大学开始读它,你俩结婚那天就不再读了。"

"我怎么不记得她那么喜欢简·奥斯汀。"

"不太准确。她觉得奥斯汀在女人面前假惺惺地纡尊降贵。尤其对那种比伊丽莎白·班尼特性格更传统、理想更平庸的女人。"

父亲耸了耸肩:"简·班尼特跟十九世纪小说里的任何一个年轻女子一样,满足于自己的命运。你对此很了解。"

"我不确定我是否记得。"我说,"既然我是个家庭主妇了,就有其他事情要操心。地板蜡啊。熨衣服啊。这就得让我们言归正传。"

"而这对我来说，纯属废话。在这个家里，你我各负其责。"

"我不喜欢我的角色。"

"不会永远如此的。"

"你居然说这种话。"我说。

"艾伦，我们俩没有必要做同样的工作。你母亲需要帮助。你爱她。我也爱她啊。"

"那就表现出来啊。"我说。

"你说什么？"

"表现你的爱。表现出来。你伤心吗？你关心吗？你哭过吗？首先你怎么会让她沦落到如此地步？她刚刚觉得不舒服的时候，你为什么不硬要她去看医生？"

"你母亲是大人了。"他说。

"是，没错。可事实难道不是你不想让你的小世界受打扰，你需要她在你身边让一切顺畅运转吗？就像现在你需要我在身边一样，因为她做不到了。你把我喊回家，把我扔进这堆杂事中，期待我变成那种我完全不是的人，那种身兼护士、朋友、知己和家庭主妇多重身份于一身的人。"

"别忘了当个女儿。你一直是个女儿。"

"噢，爸爸，别让我觉得愧疚。那身为丈夫呢？"

"那跟你无关。那是你母亲和我之间的事。"他用手掌揉了揉眼睛，"学期开始的这些天很累人。我没精力吵架。"说完，他消失在了昏暗的过道里，上了楼。而后他的声音从黑暗之中支离破碎地传出来，是种柴郡猫[1]没有笑容的声音："别忘了。"他补充道："我值夜班。"

我起身关灯，上床睡觉时，扫了一眼摆在钢琴上的我们仨的合影。我看见母亲光彩照人的脸庞，想到她是如何让父亲以为他的世界可以毫不费力地得到照顾，就因为她看似毫不费力地做到了一切。如今，我开始懂得了这份照顾之中付出的努力，知晓她是如何假装他有工作，而她乏事可做之后，我很生气。这也让我恐惧，恐惧未来。我和母亲存在的本质区别并非那么本质，我看到她坐在哥伦比亚大学的图书馆里，在经典文学里一路向前。因为父亲，她放弃了，并从此服从他，这才是事实。而我现在终于明白，按他要求的去做，多简单，尤其打着一个看似崇高的旗号。

我低头看着照片上的我们仨，定格在剑桥晴朗的蓝天之下那明亮的色彩之中。我怀疑我在多大程度上可以让父亲不考虑独处。我是不是保卫了他们的婚姻？无须父亲学者式的傲慢要求，母亲就如此性格甜美；因为有了另一个智力上的伙伴，父亲仍然倾心于他的妻子。大多数孩子离家离得多么及时，没聪明到理解父母的地步！

"早上你会感觉好一些。"我大声说。我越盯着那张照片，它越

---

[1] 刘易斯·卡罗尔著《爱丽丝漫游奇境记》中，以咧着嘴傻笑而著名的猫。自此，像柴郡猫那样笑的谚语便流传开来，形容咧嘴笑。

变得抽象，颜色和光线越模糊，有可能生出一百种阐释。我往后站了站，照片像往常一样，重新排列成一种静态的幸福。我眼睛干涩。我感觉很累，无精打采，就好像我一直是如此在这儿过了一生。我像曾经的自己一样，寻找着他俩中间的我。

6

那晚跟父亲交流之后，我无法释怀，就像很多年前的那天，我开始明白父亲结束了一天的课程之后，继续久久待在朗霍恩校园里并非仅仅因为工作。朗霍恩也有座图书馆，虽然不如哥伦比亚的大气、不凡。它有点儿教堂样儿，长长的、窄窄的杂色窗户纪念着莎士比亚的女主人公们，橡木的大书桌边有朴素的长椅。公立学校的教育之余，我也会去那儿，带着关于康拉德和麦尔维尔的雄心勃勃的社会学项目和论文，其中有一半是从文学评论文章里抄来的。

一天下午，我在那儿学习，不知道父亲为何也在图书馆，一群女孩围在他桌边，以小组为单位，在解构T.S.艾略特的《四首四重奏》。他一走下中间的过道，走进书架之中，我就清楚地听到她们的谈话：一个女孩说，迷人的教授女郎；另一个说，他的助教去了科尔比之后，现在是谁呢？一个长着一头卷曲黑发、门牙缝隙很大的女孩说，我愿意当教授女郎。

不会吧！她们尖叫道，一个男孩转头对她们怒目而视，他扯掉一张标准便笺纸，面前摆着一大摞参考书。他老了，他结婚了，他判分毫不留情，她们嘀咕道。

他是我父亲，我心想。

我能想到，对于她们来说，他是什么样的男人，因为我亲眼见过那个男人，虽然在家里鲜见，家里的他在养精蓄锐，好努力成为那个身兼情人、神人和万人迷的乔治·古尔登。如今，谈论父亲的迷人时，我很难不将其简化成竹篮里的蛇和吹笛子的印度耍蛇人之类的，谈论的方式就像戒酒多年的你谈论酒，你关于啤酒的记忆只是凌晨三点环抱着马桶，边吐边吸进清新剂的净化味儿。

可这确凿无疑。父亲对男人很亲切，尽管他想让他的话为人所知，被当成圣旨，但对女人，他非常谦和、温和，就好像他不分老少地在追求她们。"我亲爱的杜安夫人，"他走向书店柜台的时候，会这么说，"我在哪儿能找到《冷血》[1]呢？您的帮助不仅于我个人有益，还会造福整整一代容易受影响、认为杜鲁门·卡波特不过是'迪克·卡维特脱口秀'受邀嘉宾的学生们。对了，如果摆在橱窗里的新版诺曼·梅勒[2]书封褪色了，你是否会出于对全人类利益的考虑或者对那位女性研究领头人的尊重，把它们都扔了？为了全人类的利益，你坚持征订梅因·格里尔[3]的作品，那位领头人可是照单全收。"

杜安夫人是个世故的女人，是国务院前官员的遗孀，改嫁之后，

1　美国作家杜鲁门·卡波特的作品。
2　美国作家，代表作有《裸者与死者》《夜幕下的大军》《刽子手之歌》，一生曾结过六次婚，有无数婚外情。
3　西方女权主义作家、近代女权主义先驱，澳大利亚人。

从第五大道外的博物馆街区的一座公寓移居到了乡下。可面对父亲那见人下菜碟的一股脑儿恭维话,她也无力招架。我曾经眼见她把好大一摞《坎特伯雷故事集》从一面墙移到另外一面,就因为父亲曾经抱怨发现它们出现在短篇小说区。"乔治,要我说啊,你好像是个爱尔兰人,天生就会花言巧语。"她不止一次这么说过。"我热情、亲切而友善,"父亲回答,"就是这么回事儿,无论是凝结奶油圣诞水果甜点,还是什么胰腺病,管它是什么呢,我有了,你也就有了。你有那本书吧?"

"我有。"杜安夫人说。即便她没有,也会搞到一本的。

他如果想起来的话,也这样对待我,尽管我回家照顾母亲后从来没有过。我还记得入睡前,他在我的床边教我 ABC 之歌,当时我们在一套狭小的两居室里生活,住在远离普林斯顿市那所大学的一条后街上。工作日里,我只有在洗完澡、洗漱好、穿着长长的花边睡裙时,才能见到他。(那些睡裙是母亲亲手做的。"我这辈子上哪儿也找不到这么一件体面的小女孩睡裙!"她会跟她那个教员妻子组成的小圈子说,那些人给自家孩子穿上米老鼠睡衣或者邓顿博士牌睡衣就已经很满意了。)"A 是啊啊啊啊——啊啊啊啊——啊啊啊啊——啾啾啾啾啾啾!"他就打个喷嚏。"B是喇叭枪[1]。C是康康舞蹈[2]演员们,她们在世纪末为图卢兹-罗特列克[3]手舞足蹈。"就这么一直唱到 Z,Z 是莎

---

1 Blunderbuss。
2 Cancan。
3 法国后印象派画家。

莎·嘉宝[1]。没人像爸爸那样说莎莎。

有时候，尤其当我的一个女朋友坐在车里时，他就唱《让我们到此为止》[2]，或者背诵略有点儿色情的五行幽默诗，或者对着她那件写有"脚踏实地，放眼视野"的T恤大肆恭维（"人类的理解力可以超越你胸怀里——噢，胸上——的情感吗？"）她们当然都很喜欢。"我父亲坐在车里放屁，听收音机里的运动比分时，叫我闭嘴。"詹妮弗·巴克利说，她父亲有家建造超市和公立学校的公司。"如果有天我喷了阿玛尼香水，你父亲能闻出来。抱歉这么比哦，可你父亲太棒了。"

然而，一个能辨别出坐在他汽车后座的高中生喷什么香水的男人，身为父亲就很可能有些不足。十二月的一个晚上，身为哈佛大一学生的我回家过圣诞节，去了他位于一座旧石灰石建筑高层的办公室。那楼是英语系的办公楼，还有学生教室。外婆妮娜从佛罗里达打来电话，操着一口波兰语告诉母亲，外公中风了，医生认定他将不久于人世。学校里的电话因为冬天的冰雪，断线了，打不通，所以我走过步行桥，狂风吹歪桥体的时候，紧抓栏杆，尽量不去看脚下冰冷的河岸上高涨的水。

警卫让我进去，我上到四楼的时候发现办公室的门关着，但我听到了里面传出来的声音，呻吟声，还有父亲那张破烂的皮沙发上

---

1 Zsa Zsa Gabor，好莱坞影视演员。
2 "Let's Call the Whole Thing Off"，为音乐喜剧《一舞倾情》（*Shall We Dance*）而作，这首歌讲了一对本来情投意合的男女终将面对分手的时候，开始找各种借口，包括对于一个单词都有不同发音，比如tomato（/təˈmɑːtəv/和/təˈmeItou/）。

旧弹簧发出的吱嘎吱嘎声。"上帝啊，贝丝，"尽管门关着，我还是听到了，"耶稣基督哇，贝丝。"贝丝来自罗格斯大学，是一位强势的女权主义者、美国历史的访学教授。这真是乏味，我心里想，用的是我父亲最爱用的词语之一，真是乏味，人们总是这么干。我从系秘书桌子上的文具里，小心谨慎、悄无声息地拿出一张纸，写上"你的妻子需要你"。可在将纸从门下丢进去之前，我站在那儿，听了好一会儿。甚至在这么多年后的今天，想起这仍然让我感到恶心。

我不知道父亲是否知道我知道。自此以后，我们的关系发生了巨变。我不再是恳请者，而是评判者，只要一有机会做出评判，就刻薄出言。一个女孩曾经从哈佛的创新性写作研修班上退出，就因为我们得大声读出彼此的作品，讨论彼此的作品，四期之后，她告诉指导老师，她在听了我对别人故事的评判后，再也不能忍受听我如何评判她的故事。指导老师告诉我这些的时候，我毫无悔意。"那是她的问题，不是吗？"我说。

而对父亲，我同样口不择言，或者可能更加不留情面，因为我会想象他多年以来对我的评价总是有失公允。但父母之间的关系，无论那时还是后来，都从未改变。在很久之后，我才将这事跟我和乔纳森之间持久的恋爱联系起来，我对他简直又想又恨，爱恨参半。那个圣诞节假期后，我们回到剑桥，乔纳森发现我终于决定跟他上床的时候，简直惊呆了。还不只上床——在一节艺术史课上，我曾经把手悄悄放上他的大腿，伸进他的拉链，当时正在讲解"阿诺芬尼夫妇像"[1]，这两个乳白色面孔的人穿着华服，正准备共赴无聊的永恒之境。这让现在的我无比震惊，在模仿父亲的路上我到底愿意走多远？精神病专家可以好好研究研究这个有趣的案例。

我和父亲从未讨论过这件事。近乎谈论的一次，是我六个月后回家过暑假。我告诉父亲我跟哈佛研究生院英语系一位教授会面的场景，那是在我提交给他我写的一些故事之后，他也是一位小有名气的小说家。从那些小心翼翼而又空洞的评论中，我可以猜出他不喜欢那些故事，尽管他告诉我他从未见过像我这样的深棕色眼睛——"真真正正的深色！"他假意惊叹道。大学上了一年之后，我知道这是一种蹩脚的密码，意思是"友好些，我愿意带你共进晚餐，共浴爱河"。

我告诉父亲，教授看着每页页面顶端我的名字，如何说，"我的研究生院教学组里曾经有个乔治·古尔登。他很聪明，可是很讨厌。拿到学位之后，他就从地球上消失啦"。

我和父亲都知道那句评论的解语是什么，当时我们在坐着吃蔬菜意面和恺撒沙拉，不过他没有皱眉头，而我只是随意地讲了这个故事。母亲转身离开，去了炉子那儿，杰夫和布莱恩则目瞪口呆。父亲苦笑道："他是个不入流的作家，也是一个很糟糕的博士候选人。他喜欢你的故事吗？"

我没回答，父亲又笑了笑，知道这笑的意思。我记得我在脑子里回答了那位作家，我想象拒绝了他再来一杯酒的提议后，傲慢地

---

1 欧洲文艺复兴时期尼德兰画家扬·凡·艾克的油画作品。

说:"他是我父亲。你是个混蛋。"我想象自己气愤地走出房间,把手稿留在桌子上。而事实上,我迅速低下头,一言未发,带上我的故事,在倾盆大雨中走回家,进到宿舍里的时候,马尼拉信封都软成一锅粥了。乔穿着内裤在床上等我,正在读杰斐逊的传记。"你跟他睡了吗?"他问。"你这头蠢猪,乔纳森。"我说着把一塌糊涂的手稿扔进垃圾篮。"是啊,可我是你的猪哇。"他说着向我弯弯手指,我再次转向他。

7

医院有点儿像海滩。下个浪过来,你疼痛、住院、康复的印记都消失不见;床单换成了新的。但尽管如此瞬息万变,如果我现在去蒙哥马利医疗中心,还是会有种回家的感觉,不过我的一个小小愿望就是再也不见这地方,那座笨拙的、红砖结构的庞然大物,它那分层停车场和自动双开门。

四个月来,这变成了我们的世界,母亲在这里看医生,接受她仍然喜欢称之为的治疗。地板由灰色油毡布铺成,黑白两色斑驳,如此平常,让人气恼;内部通话干扰和盛放尖利物体的玻璃门橱柜构成了我们共同生活的大幕。

大厅中的走廊呈扇形分布,在其中一条走廊的一端,我们坐在塑料椅子上等待被人领进小隔间里。在那里,母亲为了活命而频繁使用的东西会慢慢流进静脉,努力杀死那些到处流窜的细胞,当时吗啡还没有成为她的救星。他们想让她住院接受化疗,可她拒绝,所以我每三周带她去一次医院,在门诊部刺鼻的气味和喧嚣中度过一天。

医院把化疗室布置得很漂亮，贴着花纹墙纸，放着一张色彩鲜艳的人造革活动躺椅。甚至化学药品都带点儿装饰性，那些晶体包装袋在这间无窗房间的顶灯照射下闪着银光。摄入这些药差不多要花一整天时间，一滴接一滴，上帝保佑它有效的又一滴。

噢，对，我在祈祷，在小隔间里，在外面的过道上，在餐厅里，我经常去餐厅，好摆脱那种待在斗室里被活埋的感觉，而且我真想喝杯咖啡。我不拘形式地自我祈祷，怀着最初的感受，喃喃着一个词语：求求你，求求你，求求你，求求你，求求你。

母亲接受医生检查的时候，让我在门外等候。科恩医生是个样子相当强势的女人。你可以在老钱币上看到她那种坚毅而俊朗的面庞。她常穿蓝灰色、褐灰色或暗色印花布的简单紧身长裙，就好像她买这样的衣服主要是因为这些颜色在白大褂下不会显得冒冒失失。我记得她的握手是多么有力、明确，就像跟她相关的其他一切一样。我以为她很冷血，但是自那之后，自从我认识更多的肿瘤专家之后，我意识到，她只是带着很多医生都有的一点点警觉，面对着他们经常遭遇的某种失利。

当然，科恩医生对母亲很友好。母亲化疗期间，她经常下楼来看望她，抓起她的手，在化学物质有条不紊地滴答滴答舞蹈的时候，静静地跟她聊起她的症状。

"这药里含铂，艾伦，"我母亲在第二轮时笑着说，"跟我的婚戒里含的铂一样。这就是为什么我的嘴里有股锡味儿。"

"管用吗?"我问。

"我目前还不能断定是否管用,"科恩医生说,"我会做些测试,也很愿意听听第一次之后你的感觉,凯特。"

"第二天整天的时间她都在吐。全部都吐了。吃什么,吐什么。吐过之后,她就干喘。而且枕头上开始到处是她的头发。"

科恩医生无力地笑了笑,微弱得就像嘴角的皱纹:"这些是意料之中的副作用。不过我想听听凯特说说她的感觉。"

"没那么糟糕。我确实很讨厌嘴里那股微微的味道。我在变瘦,虽然我不想将之视为问题。我的头发也掉得厉害。"母亲用手指梳了梳那稀薄的红色卷发。

"噢,少来,妈妈。上次你至少吐了十回。"

"疼吗?"科恩问。

"不值一提。"母亲回答。

"你确定?"我问。

"艾伦。"母亲说。

科恩医生离开时,我跟了出去,进了过道。她大步流星,我得紧赶着跟上她。

"医生,我实在困惑。我并不清楚她住院期间他们有哪些发现。对她的诊断,以及接下来会出现的情况,我也知之甚少。我很需要您抽出十到十五分钟的时间。"

她把一只手放在我的胳膊肘下。"来。"她说,然后把我带回大厅里。

"私密地聊聊。"我补充道。

"我不会这么做的。"她平静地说,"这是你母亲的病。我们关于病痛的任何讨论,她都有权参与。"她推开门,进了小隔间。

"凯特,"她说,母亲睁开眼,微笑着,"关于你的状况,艾伦有些疑问,我不知道你是否愿意我现在就做出回答,还是一会儿在楼上见你们?"

"什么样的疑问呢?"母亲问我,刹那间我答不上来。

"关于癌症从哪儿开始。以及是否在扩散。还有之后会出现什么状况。"

回答时,母亲并没有看我的眼睛,而是注视着科恩医生。她就像个在课堂上被叫起来回答问题的小孩子一样,背诵着:"扫描结果显示癌在肝上。子宫里也可能有,尽管在扫描结果上看不出来。血检里有些东西让他们觉得可能子宫里也有。城里的医生看过照片和切片之后,给我们的参考意见是这种情况很不寻常,却也不是闻所未闻。到这儿为止,我说的都对吗?"

"很准确。"科恩医生说。

"还有什么问题,艾伦?"母亲问。

"我只是觉得需要有人告诉我情况。"

"关于什么呢?"

如果我跟医生在过道里,我知道我会说什么。我会说:还有多长时间？我会问：到底有多糟糕？我会想知道非常详尽的恶化报告，通往死亡之路的一切细节。但母亲在，我不能问。我怀疑她已经知道答案了，她想知道我想知道的这些，还想对此守口如瓶。

"没了，"我说，"我要下楼去餐厅喝杯咖啡。"科恩医生跟着我出来。

"我是那种想知道真相的人。"我说。

"你母亲也是。"医生说，"有些问题，你为什么不问她呢？"

突然之间，我停下脚步，打了个响指。"我想起来了，"我说，"我母亲的父母是开干洗店的。您认为那些化学物质会不会引起了癌变？"

"你父亲问过同样的问题。"科恩医生说。

"答案呢？"

"你母亲说'现在又有什么关系？'"

这么多个星期以来，我唯一一次见证母亲崩溃的时刻是，我俩正从大厅走过，一位女士在自动门边的轮椅上站起来，转身从一名护士的胳膊上接过一个熟睡的新生儿，并把它抱上一辆等着的车。婴儿的手伸出襁褓，是个粉色小家伙。母亲站在那儿，望着母子俩穿门而过，双唇开始颤抖。"啊。"她呼吸着，忙把一块纸巾捂在脸上。

几星期后，她知道了所有护士的名字、她们的家庭背景和孩子的年龄。她等待的时候，她们会微笑着说出她的名字：早上好，凯特，感觉怎么样？再等一会儿就可以进了。自然，小镇上就是如此，他们认识我们。其中一个护士有个儿子，跟我的弟弟杰夫一块儿上学。还有一个护士有个女儿，是朗霍恩大学的奖学金学生。"她说你父亲是那儿最出色的教授之一。"她说，"她说，如果从你父亲那儿得了优秀，简直不简单。"

"她说得对极了。"母亲回答。

"我记得你赢得作文比赛那会儿，"一个叫吉娜的护士说着，将针插进医生们植入的导管里，那导管就在母亲的心脏正上方，护士们无须到处找静脉。"静脉导管之后会成为救星的，"她对我说，"摄入吗啡时很管用。"

"摄入吗啡？"我问。

"是这样，"她说着，低头看了下一盘子器械，"也许不需要。"

一般就我们两个，但有天早上，我记得有个上了年纪的女人事无巨细地描述她经受的髋关节置换，以及随后的康复期，都对她的余生投下了长长的阴影。最后，好像突然想起来似的，她问我母亲为什么在那儿。"一份人寿保险单需要我做个X光胸透。"母亲回答。

"如果告诉她实情，我很可能会永远待在那儿了。"那天的治疗结束后，母亲说。

那女人肯定不是朗霍恩本地人，否则她就知道母亲的病了。镇上的每个人都知道。她去菲尔普斯五金店或者超市时，他们全都有点儿兴高采烈，有点儿絮絮叨叨。"艾伦的家多温馨啊。"他们说，但是没人问我为什么待在家，因为他们心知肚明。"你气色看起来真不错，凯特。"他们撒谎。上帝呀，我想，如果他们谁有胆量靠着柜台问，"癌症的情况怎么样了？"，得多让人震惊啊。尽管母亲开始在一头卷发不复存在的头上围头巾、戴帽子，尽管身子很单薄，我却从没听见过"癌症"一词，一次也没有，直到癌症远去之后。

富尔伯格夫人是唯一用过那个词的人，她是我高四时的英语老师。我回家后不久的一天，在邮件里收到一张给我的便条，是她那支支棱棱的竖体笔迹。上面的内容很短、很直接，她性格本来如此。"亲爱的艾伦，"她写道，"我时常亲切地想起你，不仅仅因为你母亲的病，也因为你自己的责任。你愿意尽快过来吃晚餐吗？我年轻的时候，母亲也死于癌症，也许我们可以互相帮助。全心全意爱你的，布伦达·富尔伯格。"

我把便条掖在我书桌记事簿的一角，时不时拿出来看看。可似乎总是没有时间。

尽管有化疗，以及后来那些我听到她在主卫里可怜巴巴地喘气的日子，尽管有每周的血检和化验，我猜母亲也许会说，这些对她而言是精彩而忙碌的日子。她和女儿之间的关系最终遂她所愿，她为阁楼卧室里的四柱床做的床幔，为保留成绩单和文学杂志上登载的诗歌而做的剪贴簿，花在生日宴会的无数时间，以及送往大学和营地的爱心包裹，这一切终于与这关系同步了。

我们去看电影，用一天的时间去海滩散步，时不时在小餐厅吃午餐，她还从杂志和报纸上剪下这些餐厅的广告。她很容易就会累，有一两次她呼吸的样子把我吓坏了。可她就是不肯待在家,也不让我待在家。

"你们整天都做些什么啊?"有天晚上,卢尔斯打电话来问我,还愉快地吐槽接替我工作的耶鲁男生多蠢、多傲慢。

"我在当个闺蜜。"我说。

"调查男人们的不轨行为?"

"购物哇。"我回答。

现在想来,我得说这些日子对我而言同样美妙,是个补救理所当然的一生的机会。事实上,发生这一切时,我忍受着,思考这一切时,我咬牙切齿地根着。一开始,我想是因为我错过的一切,因为生命里的一小时又离我而去,城市里的人们可能在一个周末之后就成了明日黄花。

可远比这更复杂,也更简单。母亲告诉我樱桃木斗柜该打什么样的蜡时,或者让我出去买奶酪或者浆果时,我感觉就好像在生命的重压之下,在沉沦,我总是以一种鄙视多于傲慢的态度看待这种生命,一种我在《国家地理》上看到的专题文章报道的生命,那些遥远的部落过时的传统。

这也是一个没有男人的世界,弟弟们走了,父亲很少在,留母亲独自照顾自己恶化的身体,还照管她的房子,她的孩子,以及她献给他的生命。

"我明白你的意思。"我告诉卢尔斯,"我知道终有一天可以走出这一切。可万一我又走回来怎么办？万一我嫁给了乔，发现他真正想娶的是个郊区主妇，需要会给他的孩子们织外套怎么办？"

"乔会要求第一任妻子是那种能够组织慈善午宴、雇好员工的女人。而第二任妻子会是个花瓶妻，穿着皮裤的珠宝设计师之类的人。"

"你刚刚将三种人生简化为一套陈词滥调，"我说，"其中有一条就是我的。"

"真的是陈词滥调，艾尔。我打赌没有一条是你的。我知道你不喜欢我对乔说三道四，可他多久给你打个电话？多久给你写封信？他什么来时候看你？你母亲需要你，你需要他，可他不见踪影。"

卢尔斯说得没错；我回来之后，乔只来过两次电话。但我不怎么介意。乔认识的艾伦是另外一个艾伦，那个总是身披成功光环的艾伦。而那个和凯特·古尔登坐在医院过道里的艾伦肯定是个失败者；尽管她曾经风光无限，这份努力却注定归于徒然。

十月初的一天下午，我们去了镇外的大商场，在一家店里，母亲隔着货架看见了一个熟人，那女人曾经也是假日装饰乡村绿地小组的一员——"米妮之家"的会员，她们自称米妮，以无子嗣的朗霍恩夫人之名命名。

"噢，艾伦，你记得希拉·芬纳吗？她过去也是米妮之家会员，当时你在读高中。"

"我很怀念那时候，"芬纳夫人说，"可现在我是一个职业女性了，加上照顾孙子、为比尔准备晚餐，再没别的时间咯，尽管晚餐在微波炉里热热就行。可看看你,凯特,你瘦得都成影人了。你什么时候瘦了这么多?成了一把排骨。"

"噢,你知道的,"母亲耸耸肩说道,"到处跑,跟着艾伦。"

"参加减肥中心啦?"芬纳夫人调皮地说。

母亲瞟了我一眼。她知道如果让我自作主张回答,我会说:"不是的,芬纳夫人,是因为化疗计划。早餐抖一次,中饭抖一次,下午茶时胸腔再来次静脉注射,不知不觉间,就只有九十磅了。"

"不是的。"母亲说,"我讨厌那些计划。减肥餐糟糕透顶。"

"噢,很高兴见到你。"芬纳夫人说,"还有艾伦。吉尔前一阵子说在一本杂志上看见你的署名文章了。写得一定很棒。"我笑了笑:"吉尔的丈夫就读于康奈尔医学院。我真希望他早点儿毕业,这样他们就能早点儿从城里出来。我真担心啊。你住哪儿呢?"

"格林尼治村。"母亲说。

"真不错。米妮之家怎么样了?"芬纳夫人问起,是那种稍稍有点儿纡尊降贵的语调,我们说到那些不如自己的人时就会用这种方式。

"我邀请她们下周过来吃午饭。"母亲说。

8

　　米妮们的那顿午饭给我留下了怎样的记忆啊。多年以后，我在医院值夜班，头皮臭烘烘、头发乱糟糟，经历了一夜哭着喊着要止痛药、疼得死去活来的内科病房之后，脸上皮肤松垮垮的，我会试着估量自己的疲惫，于是便总是想到两相比较的共同基础：为女士们做饭的那天结束时，我同样大汗淋漓、身体空乏，那天我才知道准备十人午饭需要多少工作量，或者说按母亲的方式准备需要多少工作量。

　　午饭前一天，她派我出去买菜，回来时，她把食材都拿出来放在了厨房操作台上：鸡肉、小胡瓜、一点儿奶油、几根胡萝卜，别的我记不太清了。我在地下室搬烘干机，听到她从底层碗柜拿出锅碗瓢盆时发出的丁零哐啷声，这是我童年时代的定音鼓。我回忆起了冬夜里，我在书桌上记日志或者在索引卡上记笔记时，听到叮叮当当的声音，就知道我世界的发动机在照常运转。

　　"我来拿就好了啊。"上楼之后我说。母亲蹲着，整个上半身都伸进了储藏柜里，正在后面找一个锅盖。她出来时，得意地抓着那个锅盖。"几年前我就该重新装修这间厨房了。"她说着撑着操作台的边沿站起来,喘了一小下。

"我来拿就好了啊。"我重复道。

"你会做速煎鸡肉片和小胡瓜汤吗?"她问道,把一只大汤锅端到后炉灶上,开始从茶壶里往锅里加水。"我早就该重新装修了。"她好像在自言自语,"至少我该有个深水槽,放得下一只锅。"她转过身来,手放在屁股上,觑着眼看我。

有那么一会儿,她盯着我看,预测着,好像在打量我。之后,她在擦碗布上擦了擦手,在橡木餐桌边的一把椅子上坐下。她围着一条蓝色大围裙,肉贩围的那种;她解下围裙,从头下扯下来,递给了我。

"得交接力棒咯。"她说,"把鸡肉放到锅里,加入一根胡萝卜、一点儿干胡椒、一截芹菜和一把欧芹,加水没过这些食材。同时用茶壶烧水,准备泡茶。没茶可做不了饭。"

我花了整整一个下午做那顿饭。她坐着,给出指示。我第一回把小胡瓜放进食物处理器时,往后跳了一下,叫出声来,机器发出滋——滋——滋的声音,让我觉得它要咬碎我的手指头。我错误地往鸡汤锅里倒了一缸子热茶。母亲就那么笑着。"至少不是糖。"她说,"就这么着吧。如果她们注意的话,会觉得是种异域的新食谱。"

我记得,在那么一个时间点上,我跌坐在她对面的椅子里,脸上因为炉灶的热气汗津津的:"如果你不介意的话,我想问,就没有个简单点儿的办法做这道菜吗?人们不买罐装鸡肉汤吗?就买不到切好的小胡瓜之类的东西吗?"

"我觉得买不到切好的小胡瓜,不过当然可以买到罐装鸡肉汤。"她说,"可我总是喜欢这么做。这样味道更好,让我觉得很有成效。"

"上帝啊,妈妈,"我说,"你是我认识的人里最富有成效的人了。"

"哦,如果你那么认为的话,都是因为我做过的所有像这样的事啊。"

"可我们小的时候,你怎么做到的呢?你哪来的时间啊?我们不捣乱吗?"

"没太捣乱。"她呷了一口茶说道,"你和杰夫总是去外边什么地方玩儿。布莱恩会坐在这儿,坐在地板上,和我一起做。我会给他点儿面粉、水,他能这样坐上好几小时,一边搅拌那堆黏糊糊的东西,一边唱着《丛林流浪》[1]。"

"我记得。"我说。

"我唯一苦恼的就是,你总是跑出去。我们住在普林斯顿时尤其如此。我炖着菜或者做别的什么菜时,巡逻车就会停在门外。我很快就认识了所有的警察。你记得这些吗?"

"不太记得了。"我说,"我记得你说过。"

"有一个警察对我说:'哦,古尔登夫人,这个小女孩正要去别处。'"她转过身来看着我,两眼闪闪发亮,然后遗憾地笑了笑,"可

---

1 *Waltzing Matilda*,是澳大利亚最著名的民谣、非官方国歌。

布莱恩就这么坐着,搅拌他的糊糊。"炉子发出了嘭的一声。"你汤做得太多了。"她补充道。我叹了口气,站起身来。

"我还是更喜欢书友会。"我说。

"我也是。"母亲说。

"古尔登女孩书友会和厨艺会。"我说,逗得她哈哈大笑。她看上去那么快乐。但我注意到,她端起一大杯茶时,手发抖了。隔着一间屋子都能听到她的呼吸。而且,她几乎是下意识地时不时揉揉腰,好像那儿疼。

午餐很棒;我也记得这一点。有人说汤有一种不同寻常的味道,我和母亲差点儿没呛到。"是艾伦的秘密食谱噢。"母亲说。

午餐会订下了年度圣诞树布置计划;这过程差不多跟我的汤小火慢炖的时间一样长。每年,米妮们都会将齐聚在主街尽头的十二棵青色云杉树装扮一番。每年,她们都会做很多很多彩球、装饰图案和花环,然后所有这些女人就像一个施工队一样爬上梯子,把那些树变成镇绿地上闪亮的焦点。市长会点亮圣诞树,合唱团会唱颂歌。

圣诞树是朗霍恩的一项传统,极受重视:如果你住在朗霍恩,却没参加点亮圣诞树仪式,人人都会以为你病得起不了床,我感觉到米妮们很担心圣诞节前的六周时间里,母亲会突发这种状况。有一年,一群高中男生在深更半夜把圣诞树上的装饰摘除一空,当天学校放学的时候,两辆巡逻车就停在了环形车道上。第二天,所有的装饰又失而复得,跟米妮们放上去的时候一模一样。

"现在，我们讨论讨论主打什么颜色呢？"地区检察官的妻子琳达·贝斯特问道，她那瘦瘦的胸脯搭在我家的红木餐桌上。

"我觉得今年选红色和金色吧。"伊莎贝尔·杜安说着，用欧式风格吃着鸡肉，即叉齿朝下，餐刀把食物一点一点地推到叉齿锋利的银尖上。

"噢，又来，"拜尔斯夫人说，"前年我们不就用过红色和金色了吗？"

"你总这样，卡洛琳，"杜安夫人说，"你总是把所有的事情混为一谈。我们多少年没用过红色和金色啦！"

"噢，凯特，"拜尔斯夫人说着，把头转向了桌首的母亲，"不就两年前吗？记得吗，当时你用了那些身穿红色长袍、吹着金色喇叭的天使？就是前年。"

"伊莎贝尔说得没错。"母亲道，她把一只手放在卡洛琳·拜尔斯的手上，安慰了下她的情绪，"去年是蓝色和银色；前年是红色和白色。自从艾伦去哈佛上大学之后，我们就再没用过红色和金色了。我记得清楚是因为，她回家过第一个感恩节的时候，我在做那些天使。"

"多少年了，艾伦？"贝斯特夫人问。

"五六年了吧。"

"那就红色和金色吧。"杜安夫人说着稍稍点了点头，意思是她早知如此。拜尔斯夫人皱了皱眉头。"看样子是定了。"她叹了口气说道。

我几乎感觉到桌子另一头的母亲松了口气。她爱装扮圣诞树，有一年，有个米妮怂恿别人同意使用蓝绿配色，母亲很是不悦，这个人已经不在朗霍恩，搬到佛罗里达还是什么地方了，跟这里无论在距离上还是心理上都很远了。"呃。"那年，她每次坐下来装扮树的时候，都会这么哼哼一声。

母亲自己装扮一棵圣诞树，这么多年来一直如此；哪怕有一点点暗示说她该监督整个工程而不是亲自动手，她都不为所动。我想起了科恩医生和她的七灯烛台。她会收到一盏的，我知道母亲会照着某本杂志上的样式做一盏给她。或者她会做点儿别的纪念品，一件刺绣花样或者一个手工绣的枕头。我都能想到，科恩医生对去她办公室的人们会说，一个患者曾经做了这个给她。

"乔治抽出点儿时间没？"喝完咖啡、吃完甜点后，她们站起来准备离开时，贝斯特夫人问。

"乔治？"母亲说，"他工作就没这么多过，现在是新一届教师任期委员会。而且他还要写篇文章。你知道他这个人。"

贝斯特夫人把嘴抿成一道亮珊瑚色的唇膏线条。"哦，也对，艾德也是这样，但是这种情况下——"

"琳达，你的图书馆会要迟到啦，"杜安夫人插了一句，"我也是，我可不能迟到。"杜安夫人拥抱了母亲，我看到母亲龇牙咧嘴了，想是不是哪儿疼了。"可口的午餐，凯特，"杜安夫人说，"可口的午餐，艾伦。"之后，她用她那蓝眼睛给贝斯特夫人使了个眼色，做了个可怕的鬼脸。她们便都离开了。

"我来收拾吧，艾莉。"母亲说道，不过十分钟后，我发现她在起居室里睡着了。我收拾干净桌子，洗好碗碟。是很可口的午餐，可是却让她累坏了。我恨琳达·贝斯特。

树叶打着旋儿，萧萧飘落，本来平凡之景，对孩子却完全不同，他们脚上穿着校鞋，走向公交站，沿着马路牙子蹚着树叶走。我们做了万圣节礼包，里面有一枚二十五美分硬币、一块同笑乐牌糖果，以及一个骑着扫帚的塑料巫师，用橘黄色餐巾包起来，系了一根黑色丝带。我学着做勃艮第牛肉，不过简直一塌糊涂，还学着怎样把餐巾叠成天鹅形状。这些任务冗长耗时，很有挑战性，像图解复杂的句子。"万一我成了一户高雅家庭的守护者，"我说，"我会请大家一同进餐。"

"别忘了你的小胡瓜汤。"母亲说。

她给我讲了不少故事。纽约的公立学校，恰逢其时去那儿上学，在河滨公园里骑她父亲给她买的施文牌二手自行车，被禁止去城市学院，那里是干洗店老板的女儿上得起的学校，她父亲一来不想让她接触犹太人，二来不接触黑人。她将过去的生活娓娓道出，好像在一一注视着，小心叠好，放入某个带雪松木香味的底层抽屉里的棉纸中间。

她告诉我，大她两岁的哥哥史迪威如何乘公交车去了班宁堡参军，她多嫉妒他这场南下之旅的刺激，去过集体生活，而不是在这个带整洁小厨房、透不过气来的公寓里生活,而最后又是怎么收到贴有异域风情邮票的薄如纸片的信。她告诉我,他们是如何在一九六五年把他从越南带回家的。

"我母亲对殡仪馆馆长说:'开棺。'史迪威的军装完好无损,我猜他不过穿过一两回,但他可怜的脸庞肿得不成样子,难以辨认。他们都已经为尸体涂粉了,可还是能看得出是一种可笑的蓝色,就像一块瘀青。我母亲看着他,轻声唤了声'史蒂芬',摸了摸他的手。"

那是母亲十月里唯一一次哭泣,当时在电视机前。有时候,我们会在晚上拿着铅笔浏览电视节目单,挑些老电影看。我们看这些老电影的时候,会在前面摆张长椅,上面摆着好几只碗,里面装着塑料球、大头针、彩带和圆形小亮片,这样我们就能边看边做圣诞装饰了。

我们看《魂断蓝桥》,看费雯丽在沦落为娼妓后赴死的场景。我们看《卿何薄命》——贝蒂·戴维斯瞎了——还有《扬帆》——贝蒂·戴维斯被打败了。我们看了三遍《史黛拉恨史》。

我们哭啊,哭啊,哭个没完没了,揩完鼻涕的纸巾散落在完成的装饰里。有时我们也对着新闻节目里的惨剧哭,脸色蜡黄如南瓜的刚会走路的小孩儿需要新肝,离开家要去百老汇当职业舞蹈家的女孩,到头来却成了掉脑袋的风尘女子,前童星被偷拍到在垃圾箱里找吃的。大屠杀、地震、洪灾、火灾——所有这些都让我们的脑袋短暂地不想现实的悲剧。

我们看完《傲慢与偏见》,开始了《远大前程》。母亲觉得皮普对艾斯黛拉的爱慕难以令人信服。"我读的几乎每一本书里都有这么一个薄弱环节。"有一天她躺在沙发上说道,腿上放着书,一声尖利的咳嗽穿透她那刺耳的呼吸声,"他们树立一个很聪明、很有思想、很美好的人物,然后让他爱上某个人人都能看出来很是可怕的人类。"

"现实生活中,也总有美好、聪明的人爱上可怕的人啊。而且据我的经验来说,是常常如此。"

"哦,你应该知道,"母亲说道,然后迅速补了一句,"对不起。"

"没关系。"我说。

"相信我,艾莉,我懂性化学。很懂。经验之谈。"母亲的脸涨成了深玫瑰红,衬得眼睛都成了棕色,但她似乎下定决心继续说下去,"性是件很有力量的事情。"

"妈妈,"我说,"我们是准备谈点儿性的话题吗?我十三岁之后我们就没聊过了。"

"你再说一遍!我们当然聊过啊。看在上帝的分上,我练了两个星期呢。你十一岁时,我们就聊过,当时我第一次发现你的"——她用食指做了个指指点点的动作——"泳队连身泳装的前面漏了。"

我皱了皱眉头。我模糊地记得卫生棉和受精的事儿,不过是我们在泳队练习的水池里一种浑浊的像水的东西,散发着一股消毒水过量的酵母味儿,多年后我才在乔的车里意识到跟精液味儿如出一辙。

"别告诉我你不记得了。"她说。

"我有点儿记得。"

"我甚至还有一本介绍女性性器官的小册子,可那会儿你在意的只是数字。双胞胎怎么回事儿,你问,我解释说是有两个受精卵。三胞胎呢?我记得你一直问到了八胞胎,那是我第一次听说八胞胎。最后我告诉你,卵子和精子如何同时进入同一个位置,你丝毫没有停顿地说,'什么感觉呢?'"

突然之间,我想起了这一切。我记得就在那一天,母亲的脸颊也红了,亮闪闪的,还心烦意乱地用手梳理头发,而后父亲出其不意、吵吵嚷嚷、兴高采烈地进到过道来,公布了个重磅消息——休假?某个学术期刊上发表论文——她就再也没回答那个问题。可我从她脸上,以及后来某些周日的早餐桌边,她出神的、困倦的、知足的神态里,读出了答案。

"我当然告诉你实情了。"她现在说道,补充了记忆该有的样子,"我知道你一点儿也不满意。你就用你小时候常有的那种打量眼神看着我,而后上了楼。我想知道你在想什么。我总是很难猜出你在想什么。"

"我知道。"我说。

"在这件事上,我做得不好。"她补充道,低头看向双手,把手放在腿上,"我是指猜你在想什么。你父亲就比我强。强得多。"她看着我，补充道，"对不起。"

"没关系。"我有点儿困惑不解地说，不确定为什么道歉。一直以来，我都觉得自己是那个从她生活里走开的女孩，而很久之后，我才开始想事情的另外一面，她是多么轻易地放我离开。

9

有天早晨,我从睡梦中醒来时困惑不解,我梦见我和乔纳森在一间挤满了学生的大阶梯教室前面互咬。我听见楼下的卧室里传来高声叫喊,有那么一刻,我以为房子的什么地方有个婴儿,等着换尿不湿、喂奶。接着父亲喊我。我走进他们的卧室,他正坐在床沿上,腰间有条毛巾,母亲哭着喊着却没流出泪来。

"她疼得厉害,"他说,"说是背疼。"他转身面对她,"都会好的,凯蒂亲爱的,嘘,嘘,嘘。都会好的。嘘嘘嘘。"

"找张电热毯。"母亲声音尖利地说道。

"她几乎整夜没睡,"父亲说,"我找不到电热毯,可她执意不让我叫醒你。"

"让艾伦睡吧。"母亲抱怨地说道,就好像她整夜都在重复这句话。

我从我的卧室里拿来一张电热毯,和父亲一起一人一只胳膊地把母亲拉起来坐直。被子卷起来了,她的睡袍从肩膀滑落,在大腿处皱成一团,那一刻我才明白她到底瞒了我多少事情。她上臂的皮肤呈皱巴的囊袋状耷拉着；锁骨突出，就像支撑房子的横梁。她的腿细细的，满是瘀青。这场景让我想起我在哈佛读书时寝室里一个叫伊薇安的姑娘，她的节食餐只有香蕉，学期中间她就离开了，即便三条皮裙都会从她骨瘦如柴的臀部滑下来，她还是坚持减肥，而实际上她真正需要的是每天早上多跑上一英里。

这六个星期以来，我们如此亲密，她却还是将每天早晨她脱去睡袍时目睹的身体的每况愈下对我守口如瓶。她让我在科恩医生的办公室外柔声细语地清谈文学作品以及逝去的时光，关上卧室门和浴室门，一起短途旅行时挤出兴高采烈的微笑，所有这些时刻都对身体的状况闭口不谈。"让艾伦睡吧。"她如此坚持，而我知道原因。她还没准备好让她的孩子成为这房子里的大人。身为母亲，她有一种伟大的使命感，她不愿意就此被迫放弃自己的阵地。

我和父亲将她放回电热毯上时，她的呼吸就像爬了数层楼梯之后。

"你九点有课。"她眼睛都没睁开地对他说。

我打电话给医生的时候，听见门开了又关，知道他离开了。我想知道他面对她严重受损的身体在想什么，他是难过呢，还是反感呢？我想知道她看见他的表情后做何感想。我想知道夜班的生活是何种模样，在他们昏暗的卧室里，她是否能够说出和感受到那些她在白天对我守口如瓶的事情，他是不是比我想象中的好一些。

我打给医院里的科恩医生。"我知道你们不再来家里问诊了。"

我说道，而在我再次开口前，她以一副公事公办的语气说："我半小时后到。"半小时后，她开着一辆马里兰州车牌、后座上放有婴儿座椅的蓝色沃尔沃上了我家的车道，我煮了壶咖啡。

"噢，医生，我背不舒服，椎间盘错位还是什么的，"母亲难过地说，"太疼了。"

我看着科恩医生灌满了注射器，在母亲胸部上方的肿块边缘轻轻按了按，接着把那东西注射进了皮下的导管。母亲差不多一下子就放松了，眼皮开始低垂。

"好多了。"她说着，重新躺回去，胳膊放在身体两侧。

医生帮她翻了个身，将蓝色法兰绒碎花睡袍拉起。我捂住嘴，转过身去，脑袋抵着冰冷的白色门框。

"艾伦？"母亲虚弱地喊道，她处于半睡眠状态，我努力作答，而嗓子被郁结的恐惧和悲伤堵住了，不管怎么努力，就是开不了口，说不出话。尽管我不知道除了像个婴儿，像个好孩子一样，说句"妈妈"，我还能说什么。

"她下楼给我倒咖啡去了，凯特。"科恩医生说。

"噢，好极了。"母亲回道，我很快就听到她缓慢而深沉的呼吸声。医生拉好她的睡袍，重新铺好被子，测她的脉搏。

在楼下，我们坐在桌边，那张金色桌面的老橡木桌边。科恩医生一言不发地喝着咖啡。喝完之后，她从包里拿出一个便笺本来，开始写方子。她的字很好看，我夸奖她的时候，她干巴巴地笑了笑。

"写不好的学生就从医学院退学。"

她递给我处方。"她刚才没吐。"她说。

"我不傻,医生。"

"我知道,但你现在可能意识到了,这里不需要智力。需要同情。你母亲似乎在经受剧痛。很难说到底有多痛,因为你很清楚,她这个病人不太抱怨。也许太不抱怨了。她的癌细胞扩散得很快,我觉得我们谁都未曾想到。如果上次在医院里我没对她说起,我不会告诉你。这会儿的当务之急就是控制她的疼痛。我给过你吗啡药片。根据她的具体情况,我们可能会使用吗啡泵,吗啡泵能直接通过她的导管释放吗啡。你和你父亲考虑过临终关怀医院吗?"

"医生,我不能预测将来,但这点我可以告诉你。不去临终关怀医院,不去医院。我在城市里有份好工作,有间舒服的公寓,有朋友,有可以玩乐的地方,有要拜访的朋友,可我放弃了一切,来照顾我母亲。我会照顾我母亲。我会按要求做。"

她开始在便笺本上又写着什么。"你要看什么人吗?"她边写边问道。

"心理医生?"

"实际上,我们业内更喜欢叫他们精神病学家。不过心理医生也没错。我认为你需要跟人聊聊。"

"我跟我母亲聊。"

"你需要跟人聊聊你母亲。聊聊你母亲让你自我感觉怎么样。而你母亲可以找人聊聊将死之人有何感受。"

"我母亲很好。我母亲可以跟我聊。"

"她可以吗？她说过她害怕睡着，因为担心她不再醒来吗？她告诉过你，有时会想象你们会继续各自的生活而把她遗忘吗？她告诉过你，她想跟丈夫做爱，却害怕他不想要她吗？瞧瞧这屋子天花板上的装饰图案，瞧瞧她床上的被子。瞧瞧屋外的树木，瞧瞧你家大门上的花环，我猜是她亲手做的吧。她告诉过你，失去这一切她的感受如何吗？"

科恩医生从她的处方本上扯下第二张纸，将它跟第一张并排放在橡木桌上。"吗啡硫酸盐。"一张纸上写。"杰西卡·菲尔德。"另一张纸上写，人名下还有电话号码。

"你需要跟人聊聊，艾伦。"她边说边站起身来，"你需要跟人聊聊，需要每八小时给她药片，帮她度过接下来这个阶段。别让她嚼药片，别碾碎药片。我会送过来一把轮椅。她可能很快就走路困难了。如果明天她状态不错，我要见她。我会来看她。"

她还没开出车道，我就把那两张便笺纸拿上了楼，将其中一张贴在了书桌便笺条边缘的下面，在我还没回复的富尔伯格夫人的便条之下。我拿着另外一张便条去药店，塞林格先生一言不发地给了我药，而在我要离开的时候他对我说："将我的爱转达给你母亲。"我转告了，还有药。有一段时间，药确实有效。

10

感恩节前的星期二，弟弟们回家了。布莱恩一见她，眼泪就簌簌落下来。可她只是把他拉到她身旁。他跪在她的椅子边上，头倚在她胸口，靠近她心脏。"不，不，布布。"她这样说道，就像多年前一样。

杰夫低头看着他们，雀斑脸上浮现了一抹扭曲的笑容。"妈，你看起来糟糕透顶。"他说。

"都是艾伦的错。"她回答。

"才不是，不对。你没吃蔬菜，你整夜在外跳舞。你的储物柜鞋架后面放着空的六罐装箱子。我知道你的心思。"

"噢，上帝呀，杰非。"她说道，而他揉了揉她的头发。

不过，我觉得他们任何一个人对母亲外形的吃惊程度都比不上看到我的乔纳森，星期三他没打招呼就来了家里。我听见身后的脚步声，是他来了，他穿着蓝色毛衣、灰色法兰绒裤子，眼睛隐藏在镜面太阳镜后，真是帅气。他一摘掉太阳镜，我就看到了他眼里的惊讶，看见他上上下下地打量我，如果换个场合，这种打量很可能是种恭维。我围着一件红白格子围裙，围兜上写着"亲亲厨师吧"，头发高高盘在头顶，发髻摇摇欲坠。我在做饼干，手上、围裙前面都是面粉。我拥抱乔，用力吻他，等终于松开他时，他哪儿哪儿都是白的，毛衣上、裤子上，甚至就连像圆形黄油焦糖般重重悬在额头上的那部分头发上都是。

"噢，见鬼。"他说着，低头看看自己。

"我也爱你。"我打趣地说道——或者恶毒地说道，不确定是哪一种情绪——还在他胸口印了一个面粉大拇指印。

"艾伦！"他大喊大叫起来。我洗过手，脱掉围裙后，他搂住我，在那座寂静无声的房子里长久地吻我。"你一身黄油味儿。"他说，语气并不快乐。

听到楼梯上缓慢的脚步声时，我俩松开了彼此。母亲走进厨房。"乔纳森。"她兴高采烈地喊他，他躬下身去吻她，她脸颊上的淡黄色皮肤贴在尖尖的骨头上。他俩聊法学院的事儿，我就去洗澡了。而后我们俩开车出门，他靠在椅子上，长长地、大口地呼吸着：呼——

"你感觉怎么样？"他问。

"尽可能不感觉什么。"

"我懂你的意思。"他说。

当然，他其实并不懂，他不是后知后觉，而是从未真正感受。我一厢情愿地以为这些天里他也爱我，可爱一个女人并非他的真实性格。这不需要杰西卡·菲尔德——"我们业内更喜欢叫精神病学家"的人对外行女人解释。乔纳森的母亲离家出走了,当时他只有两岁,她二十岁。她判定一时冲动下的少年婚姻是个错误,便抛下了那个小男孩——这场婚姻中最真实的资产。等他长大后,只要一说"我爱你",就觉得永别、抛弃和始料未及拉开了序幕。

她现在住在加利福尼亚,重新组建了家庭,房子还带游泳池。他十二岁那年,曾经从外婆那儿要到了母亲的电话号码,便打给了她,一个小男孩接起了电话。"怎么有人可以抛弃他的孩子?"他告诉我,当她接起电话时,他问她这个问题,她以一口仍然浓重的布鲁克林口音答道:"我就是做了。"

"你几乎都能听到她耸了耸肩。"乔纳森说。

不久前,我看见乔纳森在麦迪逊大道上和一个好看的女人在一起,那女人一头金发,散在脸边和敏锐而智慧的眼角。我知道她聪明、有趣、拿得出手。我肯定乔纳森欣赏她,就像欣赏我一样,欣赏我头脑敏捷、意志坚决、抱负远大、为人热忱、情感奔放。但是有爱吗?我不觉得。

他父亲曾是纽约市的一名警官,在朗霍恩大学当了二十年的保卫处处长后退休了,这种工作毫无意义。他和儿子搬进了镇外一栋丑陋的现代化房子,乔曾说,那房子是他们在布鲁克林与祖父母合住公寓的四倍大。

他曾经在英语课上公开地盯着我看,后来我听见他向杰基·贝尔克纳普打听我。"古尔登?"杰基说,"学习,学习,学习,婊子,婊子，婊子。"

"正合我意。"乔纳森说。

他的好看是种怪怪的好看，双眼的距离有点儿过近，头发是脏脏的金色，下巴方方的，双唇出奇的丰满、女性化、很红润。这最后一点让他很是性感，绝不会被误解的性感。我俩真是一对，都反应很快，紧张兮兮，有紧迫感，对我们给别人造成的影响察觉不到。就像杰夫说的，饥饿的狗狗。杰夫会说，终有一天，我们会吞了彼此。但我就是不听。

我们上大学的时候，乔纳森的父亲再婚了，娶了朗霍恩的一个秘书。那年的感恩节，他和他妻子——"得叫她我的继母，叫她去死吧"，乔一早对我说——在她三百英里开外的女儿家。我们走进房门，门还没关上就开始脱衣服。

在电影里，灰色法兰绒、红色高领毛衣、花内裤、灰短袜之类的场景总有点儿性感，这些东西撒一路，一直通到卧室，如同韩塞尔与葛雷特的小径通往家园[1]。可当我拼命拉扯内衣上的搭扣，就好像我的赤身裸体是世界上最重要的事情时，有种东西如此迫不及待、如饥似渴，等到我躺在床上的时候，一切快感都消失了。我差点儿大声喊出来："我只想睡觉。"但不是对乔纳森。永远不能对他。

---

[1] 韩塞尔与葛雷特是《格林童话》中遭到继母抛弃的一对可怜兄妹。为了抛弃他们，继母将他们放到森林里。为了记住回家的路，他们第一次一路留下石子，成功回家；第二次时一路抛下面包屑，结果被森林里的动物吃光了，就迷失在了森林里。

假日前的周末总是漫长。有时，母亲会在椅子上扭来扭去，我就知道有什么东西在啃咬着她的肚子和后腰。她嘴部周围的某些线条，曾经只是笑容的线条，开始随着痛苦的怪相变深。她的头发很是稀疏，是婴儿那种薄薄的、歪歪斜斜的一层绒毛，每天早上她都会用一条头巾包住头，还从头巾里拉下几缕，使得面部清晰显露的骨头柔和一些。

勃然大怒上演了。我把轮椅拿出来的那天最糟糕。一旦痛苦来得实打实，她就会这样，不时变成一个我从未见过的人。她对几个米妮怒不可遏，她们想让她担任圣诞树点亮典礼的荣誉主席，好免掉她装扮圣诞树的工作。杜安夫人在书店里揉她后背的方式让她颇为不悦："拍我的方式就好像我是条狗。"这些爆发时刻跟平常的她太不一样，以至于我有时都觉得癌症本身是有声音的，我听到了。又或者是吗啡的声音。

"我不是废人。"她午睡醒来下楼，第一眼看到折叠在角落里的轮椅时，大喊道，"你先是让我昏昏沉沉，接着又想让我变成废人。"她重重地坐在起居室的沙发上，拿个枕头放在肚子上，像是当挡箭牌，对轮椅和我大发雷霆。"马上收起来，艾伦。马上收起来，要不我就扔到大街上去！"她拿起一个塑料球，双手哆哆嗦嗦地用一枚图钉将金色圆形小亮片推进去。"太侮辱人了。"她说道，圆形小亮片掉到了地上。

"我只是想让你舒服点儿。"我说。

"你想让我死。你想让我死,这样你和你父亲就可以继续你们的人生了。"

她错了。我希望轮椅可以帮她挽回点儿尊严,而不是拿走。我还希望她回归,哪怕就是几周,可能再读上本书,再给我上上一系列她拿手的居家课。可我知道想让她回到旧日自我,到处奔忙,整天在烘焙中度过,头发里沾上面粉,暗黑情绪隐忍不发,只有一种途径,即清除死亡记录。这样,那个凯特·古尔登才会一直活在我的脑海里。我很怕这另外一个凯特,这个易怒、干巴的冒牌货。她这点说对了;我确实想让那个愤怒的陌生人消失。很长时间以来,我都在想,她为什么不对父亲更加气愤,不对自己的命运更加气愤,不对以往自己做过的妥协更加气愤。可是,当我看到她震怒,感到愤怒如同带着爪牙的黑暗物质时,我祝她平静,渴望得到平静。

我试着告诉乔纳森这一切。科恩医生说对了;我需要找个人聊聊。做爱之后,我躺在床上,盯着天花板上的吊扇,眼泪顺着脸颊流下来,说道:"如果我有种,就拿个枕头盖在她脸上。"

"别说这种话。"乔纳森说。

"噢,乔纳森,你不知道。你在自助餐厅喝着咖啡,准备悬而未决案件的法庭论据,我却在眼睁睁地看着这个女人在我面前慢慢衰弱,而我只能想这是我最后了解她、成为她的机会,不因为她不工作,不毕业于常春藤大学,不认为莎士比亚十四行诗的背后是否确有黑女士世界而浮浮沉沉,就对她不理不睬。日子一天天溜走。她讨厌伊丽莎白·班尼特,你能相信吗?就是讨厌她。"

"究竟谁是伊丽莎白·班尼特啊?"

"《傲慢与偏见》。"

"噢,好吧,那就说得通了。"乔纳森说着,一只胳膊肘支撑着身体,脸庞沐浴在通过他卧室百叶窗透进来的最后一缕日光里,"听着,艾伦,你需要休息休息。总这么着,你会疯的。乔治爸爸不能给你放个假,你好和我过个周末吗?"

"我哪儿也不能去,乔纳森。我说不清她是不是一天天在好起来。"

"我觉得你对自己太严厉了。"

"没有什么事儿是对自己太严厉的,乔。"

"那有什么事这么难吗?"他说着将我的头按下去,很快将话题从死转到性这个他最爱的话题上。

后来,我们穿好衣服,开车回我家。"你注意到没有,整个过程里,我们都没亲吻?"我说。

"噢,主啊,艾伦,淡定。"已纵情欢愉的乔气呼呼地说道。

那个晚上余下的时间里,我用奶油焗洋葱,削洋芋皮,一丝不苟地按照母亲的指导做填馅儿,如她往常一样使得一桌子的碗碟叮当作响。乔纳森带我回家后,我穿着睡袍站在厨房切芹菜片时,意识到我做这一切是为了稳定军心,为了让这个感恩节跟其他以往的感恩节无异。我在创作一种复杂的小说,就像母亲那样,借助肉汁、南瓜饼和多脂奶油的力量。小说讲述了一切正常，生活简单而安全，丈夫没有出轨，孩子没有长大，身体没有衰退，最终也不会罢工，地轴经死亡中心，穿过厨房和人间，世界在旋转，我们家没变，平安无事。

感恩节早上，母亲看起来糟糕透了；她精心化了妆，就好像腮红和眼影可以帮助她创作自己的小说，她身体健康、容光焕发的小说。可弟弟们并没有配合；他们午后没有去朋友家里到处玩乐，而是宅在家里，从厨房里溜进溜出，谈论着学校，询问着家里。最终他们跟乔纳森一起坐在沙发上，谈论橄榄球比赛。父亲跟他们坐在一起，边阅读边吐槽。"美国未来汽车经销权所有人最伟大的专有系列，最伟大的快餐店经营许可巨头。"他说。

"所以罗德·拉沃尔目前在一家乡村俱乐部任职业教练，"杰夫说，"意义重大。"

"网球需要技巧。"父亲说，"有型而优雅。"

"王者们的运动。"乔纳森说。

"别胡扯了，乔。"杰弗里说，"你爱橄榄球。我见过的唯一一件让你把注意力从自己身上转移开的事儿就是'超级碗'[1]。"

"还有温布尔登网球公开赛啊，"乔纳森说，"我不是在表示同意。只是评论而已。"

"可真会拍马屁。"杰夫嘀咕。

---

[1] 美国国家橄榄球联盟年度冠军赛，胜者被称为"世界冠军"。

"上帝呀,我讨厌那种说法。"父亲说。他转向我,然后看向厨房:"你母亲呢?"

"她在楼上,和布莱恩在一起。"

"别让她觉得自己多余,艾伦。"父亲说。

"别让我觉得罪过。"

我重新调整了一下垂在我的火鸡上像块裹尸布似的干酪包布,我开始像过去的母亲那样谈论起食物来:我的填馅儿,我的洋芋,我的火鸡。我的小胡瓜汤。我的小胡瓜汤里总有一杯茶。

楼上,母亲待在她房间里靠窗的一把大椅子上,脚搭在长凳上。她身穿一件好看的李子色长裙,上面有黄铜纽扣,我在商场给她买的;她看到标签已经被剪掉的时候,非常满意。"一件便宜货!"她说,"多少钱?"

"跟你没关系。"我咧嘴笑着说道,就好像我几乎分文未花就得到了这条裙子。事实上,我花了七十美金,之所以剪掉商标,是因为商标上写着"母婴产品"。母亲现在需要的是孕妇装,好遮盖她那可怜的、胀鼓鼓的肚子。

我上楼看她的时候,布莱恩盘腿坐在长凳边上,腿上有本书,大声读着。我进来时,他把书塞进椅子的裙褶里。

"你看什么呢,布莱?"我问,"《北回归线》[1]?《冷暖人间》[2]?还

---

[1] 美国作家亨利·米勒的作品,有大量的性描写。
[2] 美国作家格蕾丝·麦泰利的作品,描写了一则发生在新英格兰小镇上的色情丑闻。

是《O娘的故事》[1]?"

"远不止哦。"母亲说。

布莱恩又拿出那本书,把它举起来。是本哥特小说,封面上画的是一个穿褶边衬裙的女人被一个只穿一条马裤、胸肌健硕的男人压在身下。"你父亲会叫警察的。"母亲咯咯地笑着说。

"想到警察,"布莱恩说,"他们全穿着粗花呢西服,通过让你读《牛津英语词典》来令你改头换面。"

"噢,亲爱的,"母亲再次咯咯地笑着说,"别拿《牛津英语词典》开玩笑。"

"他们把你带到一间屋子里,给你戴上耳机,让你听奥逊·威尔斯[2]朗读《织工马南》[3]。"我说。

"非常让人匪夷所思的是,"母亲说,"一个人怎么能写出杰出的《米德尔马契》[4]之后,又写了无聊的《织工马南》?杰弗里会说,她这个人身怀六艺。"

"噢,妈,"布莱恩说,"《织工马南》的作者是个男人。叫乔治·爱略特。"

我和母亲一阵尖叫,还昂着头。"噢,我的上帝啊,布莱,"我

---

1 法国作家波莉娜·雷阿日的作品,是一部虐恋题材的小说,是虐恋文学的现代经典之作。
2 美国演员、导演、编剧、制片人,曾主演《公民凯恩》。
3 英国女作家乔治·爱略特的代表作之一。
4 乔治·爱略特最著名的作品。

说,"如果爸爸听到这话,你就得走上马路、跷起大拇指,搭顺风车回费城了。乔治·爱略特是个女人。这是个笔名。她的真名是玛丽·安·伊万斯。"

"你确定?"布莱恩问。

"亲爱的,好啦,"我说,"你将来会主修政治学。只是别让爸爸听见就好。那个和这个——"我用脚碰了碰那本平装书——"会要了他的命啊。我都能想到:'文学品味低下,致教授死亡:儿子被拘留。'"

有人敲门,父亲往里面看时,我们都大笑起来。

"什么事儿这么好笑?"他说。

"一桩弄错的身份事件。"我说。

食物被端上红木餐桌时,母亲拉着布莱恩和杰弗里的手说:"我想说饭前祷告。"多年以来,我们第一次这样做:"感谢主创造如此甜美的世界,感谢主供我们食物,感谢主让鸟儿啁啾,感谢主创造一切。"餐桌带着与之配套的陈列陶瓷、中间突出的餐边柜,以及餐椅,我的祖父母是它们曾经的拥有者。

我抬起头,松开父亲手的一刹那,我看着他,看见他眼睛里闪着泪花。

饭后甜点,我做了南瓜派,在厨房切开的时候,母亲进来了。她看起来很疲惫,口红都吃掉了,只剩下边缘,如同万圣节时的假蜡唇。

"我需要一片药，艾伦。"她说。

"妈妈，午餐后我才给你了一片。这才四小时啊。"

"艾伦，我需要一片药。药在哪儿？"

"卫生间的橱柜里。就不能等到用完甜点之后吗？"

"给我一片药，求求你了，艾伦。"母亲大声喊道，隔壁的谈话甚至都停了下来，"记住，这里还是我的房子。"我都能在她的声音里听出愤怒的情绪。她回到桌边时，我走到了药柜旁。

我听到她对布莱恩说："现在——给我好好讲讲你的室友，以及任何般配的姑娘吧。"

"等会儿我们出去时，你可以给我讲讲所有那些不般配的姑娘。"杰夫说。

不过，布莱恩没跟我们其他人一起出去。我们在起居室里喝完咖啡之后，他帮着母亲上了床；她打起盹儿来的时候，他坐在她房间里，听她在黑暗中呼吸。"别在这儿睡着了。"我嘟囔道，可他没回答，我知道，父亲上楼前，他会一直在那儿。我记得那会儿我想，如果人们就凯特·古尔登病入膏肓之时谁能照顾她，而对我们进行能力测验的话，布莱恩——贴心而真诚的布莱恩，会脱颖而出。杰夫曾这样一一描述我们："食物链上艾伦和爸爸势均力敌，我跟艾伦针锋相对。"布莱稍稍语带悲伤地说："那我呢？"

"你不需要跟谁不分伯仲啊，孩子。"杰夫说，"你和妈妈只需要每天早上起床，出现在这星球上就可以啦。"

11

意料之中的是,在酒吧里,一切事情渐趋明朗。晚餐的餐碟收拾好后,乔纳森、杰夫和我去了那家萨米酒吧,店名是为了纪念塞缪尔·朗霍恩,他的小名是萨米,跟托马斯·杰斐逊是汤米,约翰·亚当斯是杰克一样。这地方仿效了昏暗的英式酒吧,装着大批量生产的廉价杂色玻璃窗,前台是一张深色木质大吧台,上面的纹章不带含义。酒吧里面都是回镇上过感恩节的孩子,还有社区大学的孩子,他们巴不得也是回来过节。杰夫不得不艰难地穿过一片手舞足蹈、嬉皮笑脸的人海。一个女孩的手从他穿卡其布裤子的小腿一路摸到大腿,她说:"来看我啊。"

"那是谁?"乔纳森问。

"一个很快乐的女人。"杰夫说,"叫詹妮弗。"

"个个都是詹妮弗哈。"我说,"我们的母亲们年轻那会儿,人人都是凯西和帕蒂。再过十年,就该都是艾什莉和塔拉喽。"

"你就不能不毒舌!"杰夫说。

"我一贯如此。"

"对,真是演了出好戏,艾尔。但我看透你了。"

"内心深处是个浪漫的人?"

"不,心软的人。"

"看在耶稣的分上,这对话就像纪伯伦的情景剧。"乔纳森说。他对着詹妮弗笑,她也对他笑。我把手偷偷塞进他牛仔裤的后兜里。

"我得打断一下,乔。"我们在桌边坐下时,我嘟囔道,那是一张涂着清漆的厚木桌子,中间有支红色的圆柱形还愿蜡烛,烛光摇曳。

自从回到朗霍恩,我再也没喝过酒。喝酒不对,不合规范。昨晚我在母亲的房子里下厨、收拾时,感到两腿间性欲的萌动也不该。我觉得为了让一切尽在掌握、随叫随到,有必要保持清醒,以应对发生的危机或者突发的紧急。我想,如果留她独自承受痛苦,而我不时扎进乔纳森少年时的、床头上仍然钉着球队所获锦旗的卧室里寻欢作乐,那该多可怕,如果她叫我,而我喝得烂醉听不到,那该多糟糕。

可如今分析自己的行为,我觉得我当时愿意放弃男欢女爱、战栗的情欲、一杯伏特加带来的迷迷瞪瞪,是为了帮助她偿还痛苦,好似享受快乐是跟她对着干。

而那晚在萨米酒吧,当乔纳森在桌子对面满怀期待地对着我笑,红色灯光在他脸上投下琥珀色阴影时,我就忘掉了这一切,我喝了两杯啤酒,接着是"塞缪尔一条龙",一种水果汁和各色酒掺在一起的饮品,这种酒水那么容易就穿肠而过,让人的脑子无比晕乎、神志漂游。在桌子底下,我把脚伸进乔纳森的大腿中间。两个男人在聊橄榄球,彼此的学期论文和教授。他们聊到一半,我打断了杰夫。

"他简直要害死我。"我说。

"谁?"乔说。但杰夫知道。

"我父亲。他简直要害死我。他坐在那儿,让你们这些家伙清理桌子。连一句评价晚餐的话都没对我说。她还没睡着呢,他就走了,说得去书房工作。就好像我们都是仆人。就好像我们在那儿是为了服侍他。耶稣啊,"我示意屋里的女侍者,"我们要再来一轮。"我喊道。

"你他妈的是需要。"杰夫嘀咕道。

"第一天就这样了,杰菲,"我说,"他真就总不在场。我真就什么都干。"

"你母亲抱怨吗?"乔纳森问。

"那不是重点。"我大声说。

"艾尔,没必要让整个酒吧都跟我们分享这些。"杰夫耸了耸肩说,他看着乔,"我母亲从不抱怨任何事。"

"没错,"我说,"现在她也抱怨不了,他根本不在场。"

"他之前也不在场。"杰夫说。

"她之前也没要死要活啊。"我说。

"每个人都有自己处理坏事的方式。"乔补了一句。

"噢,这句话说到点子上了,是不是,乔?"我说,"每当你们这些家伙说人人都有自己处理坏事的方式,就意味着你们根本就不处理。你们只是等着坏事走开。你们不帮忙。你们不倾听。你们不打电话。你们不写信。我们以我们自己的方式对待坏事。我们处理它。我们女孩子。我们做饭,清扫乱七八糟,忍受恶言恶语,听你们说你们如何以自己的方式处理坏事。什么方式?没什么方式!"

酒吧里的詹妮弗盯着我们这桌。她的朋友们也是。我对着他们竖中指,杰夫把我的手拉回来。"咳,"他说,"我们是不是该走了?"

"我不是你父亲,艾伦。"女侍者拿来我们的酒时,乔说。他把我的杯子从托盘里拿出来,放在他那侧的桌子上。

"是,你不是,乔。"我说着,越过桌子去拿酒杯。我们往两个相反的方向拉扯着;酒杯倒了,我的酒流到了他的腿上。"耶稣啊。"他边说边站了起来。

"我们走吧。"杰夫说。

"我好了,"乔说,"艾伦他妈的肯定也好了。你想让我们带你回家吗?"

"我和他走,乔。"我说,"真是漫长的一天。漫长的一周。漫长的一个月。当我母亲真是累死人了。"

"艾伦,你错了。你不是你母亲。你从来都不是你母亲。世界上就没有谁比你更不像你母亲的。"

我把外套从椅背上拿起来,"你的话可真蠢,乔。我走了。"

"我都快三个月没见你了。"

"是谁的错呢?"

"噢,耶稣。"乔说。

"安静,乔。"杰夫说,"你昨天滚床单了,明天也会,很可能周六还会。"

"嘿,杰夫,我的性生活跟你没有一毛钱关系。跟她也是。她是个大女孩。"

"哈,见鬼,她并不像每个人想的那么大。"

"如果每个人都当我不存在似的谈论我,我回家好了,径直睡觉去。"我说,"我喝醉了,我累了,我讨厌你们所有人。我不想坐车,我就想走回家,好一个人待会儿。"

就这样,我一个人在十一月寒冷的夜里走回了家,涕泪交流,剩下气哄哄的乔纳森盯着杰夫和詹妮弗,后者的透明唇膏和脏兮兮的刘海儿好像跟我隔着一个世界。我感觉就像一个疲惫不堪的家庭主妇,穿着条松松垮垮的灯芯绒裤子和一件棉毛衣,样子也像家庭主妇。到了家,我发现母亲坐在起居室里看书。"你没必要熬夜等我。"我说。

"我背疼。"

第二天早上,男孩子们让我睡到很晚,我醒来的时候,听到窗外的大喊大叫,望出去时,只见布莱恩让母亲坐在轮椅里滚下街道,杰夫在缓坡尽头截住她。她脸上的表情让我想起我们第一次把布莱恩放到河滨公园的雪橇上,混杂着的害怕、兴奋、快乐和恐惧。"来吧，宝贝！"杰夫伸出手臂抓住她时，嚷嚷道，"回家咯。"

我头疼，喝酒喝得大舌头。我爬回被子里，一直睡到几近中午，我醒来走下楼时，母亲在起居室的沙发上睡着了，双手放在一侧脸颊下，沙发罩横在腿上。厨房餐桌上有张父亲留下的便条："赶着去学校了。"休憩室里，弟弟们在聊天，声音时长时消，不时破音。我走出去坐在门廊上，裹着件毛衣坐下，直到太阳下山，寒冷降临，才走进屋，做火鸡三明治。

那晚，乔纳森没打电话来，我也没打给他。他周六打来电话的时候，说是要早点儿回剑桥，做些功课，他希望我再次考虑考虑跟他过个周末。"没门儿，乔。"我说，我们就此挂断电话，不想再聊，再见面，没有"我爱你"，甚至都没有任何淫秽的语言暗示将来。乔，我记得我自言自语，不属于这个时间、这个地点；他是某种我回归另一个艾伦时，会回去寻找的东西。

几个月之后，我将从他们发的誓词里得知，感恩节那晚，还有几乎一整个周五早上，他都在他父亲的房子里与詹妮弗缠绵床榻。真是意料之中，所有这一切。好不惊讶，而且不知怎的，跟那个冬天里发生的所有其他事情都相得益彰。

12

母亲生病的第一阶段于我而言，是一种童年。如果我是另一种女孩，母亲是另一种女人，我们都不怎么需要求助父亲的话，可能会有的童年。节日欢歌、感恩节小菜、童年的故事、少女的故事、婚姻的故事——现在所有这些带着某种迫切一股脑儿地传承给我，就好像这是她落下的功课，是个机会让她召回她可能有的女儿，那个就像布莱恩一样，可能坐在她的脚边，笑着她的笑话就无比幸福的女儿。

可一旦她开始用轮椅，我们的关系就反过来了，她是孩子，我成了母亲。也许这就是为何她如此强烈地反感轮椅。她独自在房子里转来转去很困难；门厅很窄，绛红色和深蓝色的地毯成了美丽的障碍。尽管我把家具挪到了墙边，但我并没问她可否卷起古老的东方地毯。她现在需要周围的一切尽可能美好而熟悉。其他都是本末倒置、丑陋不堪。

一天，她决定我们步行去市中心——"坐轮椅，"她补充道——到杜安书店再挑三种书。她穿上一件蓝色粗毛呢大衣，那件衣服总是很合身,时髦而优雅,掩饰了她的胸腔现在有多单薄、多凹陷,就像雏鸟的胸部。

"来点儿妆怎么样?"我说,"万一我们遇上谁呢。"

"我可不觉得你父亲会想象你成为一个美容师。"

"为什么不能呢?我可以最终以这种方式上《论坛报》。"母亲喜欢说,当地报纸上的每一份订婚声明都是一个美容师嫁给了一个跟建筑公司"相关的"男人。她大声读出这些信息时,简直要把父亲逼疯,而她事无巨细地读婚礼事宜时则简直要了他的命,比如,某个谁的网眼纱掉到腰上了、主教的袖子、大头纱,等等。

"噢,艾莉,除了艾德·贝斯特和市长,你比其他人在《论坛报》上出现的次数都多。去看看我楼上的剪贴簿吧。女孩州项目[1],英文拼字大赛,作文大赛,毕业演讲。你总是在《论坛报》上。"

"听起来好像你在做着记录哇。"

"你说得没错。为什么我不应该呢?现在开始吧,给我化点儿妆,但别过度兴奋哦。"

这事儿比我想象中难得多。我把底霜涂抹均匀后,开始画眼线,涂睫毛膏,抹腮红,结果母亲看起来就像我五岁那会儿给她画的画,整个脸颊绯红,睫毛就像多腿的黑色蜘蛛。我没能达到我想要的效果,无法实现凯特·古尔登还跟过去一样的幻想。

---

1 由美国军团和美国辅助军团赞助的暑期项目,面向高中低年级女生,旨在培养其领导力和公民意识。

"给别人化妆太难了。"我说。

母亲倚在过道的梳妆台上,仔细盯着镜子看。"你从没给一个红头发的人化过妆,"她说,"这是问题所在。"她从我举着的化妆包里拿出一小块化妆棉,在脸上擦了一会儿。

"好多了。"我说。

"你作为美容师的事业还没开始就结束喽。"母亲回答道。

"作为一名美容师,我是一位伟大的作家。"

"你是一位伟大的作家。"母亲——我的粉丝团成员,我的负担——说道。我给她扣上粗毛呢大衣的纽扣,戴上贝雷帽。

她形销骨立,看起来就像一位上了年纪的时装模特。母亲一直是个美丽的女人。其他很多女人结婚照上的照片更像自己的女儿而非自己,但母亲跟她们不一样,她那容貌和亮晶晶的眼睛一直都在。

我穿上羽绒外套,倒推着轮椅下了前面的台阶——哐啷,哐啷,哐啷——我在城市里看妈妈们推婴儿车时学会了这一招。母亲缓步小心走下台阶,坐下来。

"出去这个主意真傻,可我就是想出去。"她说,"我觉得我都成了隐士。你也是。感恩节你跟弟弟们出去之后,就再也没出去过了。"

我们慢慢走下街道,因为我怕在斜坡上控制不了轮椅,因为看到她脑袋转来转去,我知道她在仔细地打量四周,观光似的看着自己的社区。"看,艾莉,杰克逊家的起居室里已经有了一棵圣诞树,"她说,"克莱尔·贝尔克纳普最好在玫瑰上盖上点儿东西,否则如果早结霜的话，玫瑰可就活不成喽。""为什么贝斯特家把房子漆成那种颜色？白色的时候多好哇。"似乎看着这些，她的一天就过得很值得，所有这些，每一个无足轻重、微不足道、令人叹为观止的细节，每一处。

在山脚下，我们拐上绿地下方的主街。通常环绕着旗杆的花儿这会儿都不见了，只有那十二棵硕大的常青树孤独地矗立着。它们的枝叶如展开的巨大天使翅膀，是如此华美。

"他们在圣诞树还没装扮起来，紫苑草被清出去之后，完全不知道拿种植区怎么办。"母亲说，"我们到这儿的第一年，有一个新媳妇，我猜是教务长的妻子，捐了数十株一品红。市政工程部门把这些植物全放进种植区，竟没人质疑。好像没人知道一品红是热带植物，冷天里得放在室内。第二天早上，那景象真是惨不忍睹，就像一个战场。所有的植株都歪七倒八。你父亲回到家时觉得这真是个有趣的故事，我就告诉他，他们把植物放进去时，我就知道铁定会这样。可我们初来乍到，我不知道该跟谁说，或者应不应该说，最终只能保持沉默。你父亲觉得这个插曲让这故事更好玩儿，他的妻子很聪明，她知道整个主意有多可笑。于是，他会在每个圣诞节聚会上到处讲这个故事，不过在不断的讲述中，我变得越来越狡猾，越来越刻薄。你父亲从中得到了一个超棒的故事。于是教务长的妻子就对我冷若冰霜了很多年。"

那天很冷，可我们走走停停了不下十次，好让母亲和熟人聊天。

将轮椅在马路牙子上推上推下，在高低不平的人行道上推来推去很是艰难，有时候她变得不耐烦。她想进朗霍恩鞋子专柜的时候，我在门口艰难地控制轮椅，用屁股把它撑开，试图将它那大橡皮轮子使劲儿推过门厅起起伏伏的地毯。

"这真是像极了我对付那辆该死的双层婴儿车，布莱恩出生的时候我买的它。"她说，"我推车过门的时候各种吭吭哧哧，而你就在外面的大街上，任我在你背后大喊大叫。"

她借助扶手自己站了起来，走进去，留我在外面，在大街上刹住车。我望着她穿过展示橱窗，瞥了一眼在一双流苏乐福鞋和某种登山靴之间的她的侧影。我们长着一样的尖鼻子。她在跟一位店员说话，接着坐了下来。我踮起脚尖才能看到她脱下自己的船鞋，后来有人手拿一摞鞋盒从后面屋子走了出来。

"艾伦？"我身后有个声音响起来。

原来是富尔伯格夫人，我的英语老师。"你现在就不能叫我布伦达吗？"她说。

"说老实话，我宁愿不要。我觉得你永远都是富尔伯格夫人。这表达了我的敬意。"

她哈哈一笑。穿着皮外套、灰裤子的她小得就像十岁的孩子，可皮肤已是干瘪的苹果一般，一头灰白的头发则是老奶奶模样。"你母亲在里面？"她问。

我点了点头。"她好像在买鞋。我不知道她需要鞋子呢。"

"有哪个女人真需要鞋子吗?"富尔伯格夫人边说,边低头看了下自己的灰色步行牛津鞋,"买鞋总是让我大受鼓舞,就像买新的文具或者手包。它让人觉得好像有东西可以憧憬。"她把胳膊越过轮椅,摸了摸我的手背。"你收到我的便条了吗?"她说。

"我收到了,收到了,可太忙了,没时间打给你。杰夫和布莱恩回家过感恩节,我和母亲一起在做很多事儿。关于房子的。你懂的。"

"我不是强迫你来。我只是想让你知道我一直很乐意给你做些意大利面,听你倒倒苦水。"

鞋店门上的铃铛当当响了起来,母亲拿着一个手提袋走了出来。"漂亮的新乐福鞋。"她说着重重地坐在了轮椅上。然后她抬起头来。"富尔伯格夫人!"她惊呼。

"见到你真好,古尔登夫人。"母亲把鞋盒从手提袋里倒出来,展示那双乐福鞋,鞋上有流苏,科尔多瓦皮油光闪亮。她还让我看她穿的那双黑色船鞋有点儿磨损。真是场精彩的展示,可我透过富尔伯格夫人的眼神知道她已经知晓了一切。曾经她把我猛烈抨击夏洛蒂·勃朗特的论文评分为 B,这篇论文几乎照搬了我父亲的观点,当她把论文递给我时,就是这样的表情。"下次要原创,艾伦。"她那天安静地说道,可她灰色眼睛里的同情使得这话听起来少了些斥责的意味,她的口气里有某种语调,跟现在一样的语调。富尔伯格夫人洞察事理。

她一直是我最爱的老师——也是杰夫和布莱恩最爱的老师,尽管他们两人并不像我一样痴迷于英语文学。富尔伯格夫人娴熟地让我接触小说、韵文，温柔地修改我的诗歌，手段高明却不被觉察，高四那年她让我记日记，不过我现在认为她当时感觉她在净化我的人生。"她依旧是我拥有过的最棒的英语老师。"有天晚上我在家里说道，当时我是大四。"那是因为你在哈佛修错了课程。"父亲干巴巴地说。我震惊得说不出话来，母亲却开了腔。

"你嫉妒罢了，小绅士。"她平静地说。

"嫉妒？你什么意思？"

"艾伦可以有不止一位最棒的老师。"母亲说这话的时候都没看他。他把椅子往后推，发出一声刺耳的刮擦声。

"你错判我了，凯瑟琳。"他回答。

鞋店外的街上，母亲抬起头朝着富尔伯格夫人笑，还拉着她的手。"我想邀请艾伦共进晚餐，古尔登夫人。"富尔伯格夫人说，"重新熟识起来。这会给你带来不便吗？"

"不会！当然不会！她整天跟我关在一起，都变得坐立不安了，尽管她嘴上没说。我会让她打给你，做好安排哈。"而后，我们继续走下街道。

"我不知道你需要鞋子。"我说。

"我不需要啊。"母亲回答。

真是个忙碌的下午。我们在菲尔普斯五金店停下来，菲尔普斯先生拥抱着母亲，来回摇晃，两眼放光。"噢，别让我伤感啊。"母亲说,对着他明媚地笑。他把一位年轻母亲的姓名和电话号码给了她,那年轻母亲进来问起如何在婴儿床上做模版印花。"我想让你跟她聊聊,不确定你愿不愿意。"菲尔普斯先生说。"我回家后打给她。"母亲承诺道。

在杜安书店里,杜安先生和夫人都从后面的房间出来,讨论我们接下来该读什么书,我看见杜安夫人将一本哥特小说扔进了我们的袋子,那书的封面上是一个饱受折磨、穿着裙撑裙的女人。两个教员的妻子走过来,告诉母亲她看起来好极了。她俯下身去,身子都出了轮椅,跟她们的孩子说话,是些走路还摇摇晃晃的小家伙和一个身材修长的八九岁姑娘,那姑娘使劲儿盯着她看,也许想起了她父母曾经在厨房里嘀咕的恐怖事儿——"凯特·古尔登……太年轻了……乔治的妻子……太可怕了"之类的。一个住处离我们几个街区远的女人开始聊顺势疗法和草药,可母亲笑笑说:"现在还不是时候,弗朗西斯。"然后,我们走下大街,买了个冰淇淋甜筒,我一边舔着它,一边用一只手推轮椅回家。

"你看起来真好,这真棒,"我说,"我感觉就像和《生活多美好》结尾处的吉米·史都华[1]在一起。"

"他们全都只是同情我。"母亲说。

"噢,求求你,"我说,"事情并不全是这样的。他们都很高兴见

---

[1] 詹姆斯·史都华,《生活多美好》电影主演。本片讲述了主人公乔治不堪生活的重负,丧失活下去的信心,而后因为上帝派来的天使,看清自己在人世的日子里,有很多人的生命因此改变,便重燃生活勇气的故事。

到你。人人都喜欢你。"

"我知道啊。他们直到现在才不得不想这个问题。"

"太残忍了。"我说。

"你不能做评判，艾伦。人跟人是不同的。人跟人相爱也是不同的。有时通过拥抱和亲吻，有时是别的什么。有时他们感受不到，只是随心为之。"

"谁这样啊？"我担心地问。

"我母亲就是如此。她小的时候很穷，生活很艰难，我一直都不确定她是怎么嫁给你外公的，这种恋爱婚姻你我无法想象。我想她的某些部分因为不用不练，都枯萎了，消亡了。她最炽烈的就是爱我的哥哥，看看事情又是怎么收场的。她拥有过的儿子的最亲近之物就是她从未打开过一次、叠成三角形的旗子，以及抚摸越南纪念碑上儿子的名字，她的一个侄子在一次华盛顿之旅后寄了这铭牌给她。"

我把轮椅推上我家前门的石板路。我们从来不用前门，一般都是从厨房进去，可那儿有六级台阶呢，而这边到前廊只有三级，进大厅时只有一道浅浅的门槛。"差不多是时候布置房子了。"母亲说。这时我来到她面前，扶她出轮椅。

她抬起胳膊，让我把她拉起来，我用双手握住她的双手。她把我拉得很近，我感觉她的身体就像袋子里的棍棒，整个人轻飘飘的，肋骨在我的手上像某种易碎的乐器。

"谢谢你,艾莉。"她说。

"我们下个周六再去市中心。"我说,"你可以再买几双鞋。人人都会高兴见到你的。"

"在家我就很高兴了。我好累,喝点儿茶之后,我要上楼休息去了。"我们挽着胳膊一起走上台阶。"我自己可以。"她说。

"你需要药吗?"

"我自己拿。艾伦?"

"哈?"我说,倒推着轮椅跌跌撞撞上了台阶。

"给富尔伯格夫人打电话吧,找个时间去她家吃个晚饭。"母亲说。她慢慢挪进厨房,像墙纸上黄白相间的小小蜘蛛,手指摸着墙,好像眼睛看不见,腿脚不方便。

我在沙发上躺了一会儿,很快就睡着了,几乎跟下午外出回来后的她一样累不可支。最终醒来的时候,我透过起居室那楣帘式窗帘可以看见街灯闪着琥珀色的光亮,听见母亲在厨房里。我在脑海里看见她坐在橡木桌边,上臂浑圆,皮肤粉嫩、干净,眼睛如六个月前一般安详。

"记住这件最重要的事情。"我听见她以那"艾伦,你不能穿着那条长裙去巴克利家的后院玩耍"的权威语气说道,"开始粉刷前,要把刷子上大多数漆敲下来。你需要一把几乎全干的刷子,而不是湿刷子。"还有:"肯定是女儿吗?噢,棒极了。我有一个女儿,你都想不到……二十四岁了……对,她确实……嗯,我确实也是……噢,我知道，但你会习惯的……嗯，棒极了。你选什么式样？"

那个想要模版印花的女人。当然是她。我盯着街灯，觉得看见雪花在散落的灯光里飘落下来。克莱尔·贝克纳普最好管管她的玫瑰花。艾莉·古尔登最好给她的雪橇滑板上上蜡。艾莉·古尔登的雪橇还在车库里，那是弹力飞行牌雪橇，横杠上用红色字体漆了她的名字，挨着杰夫·古尔登的雪橇和布莱恩·古尔登的雪橇。

是凯特·古尔登漆的那些名字。父亲从没将我们推下河滨公园的小山，也从没拉我们上来。大学里没有下雪的日子，那里的人们可以滚下床，滚进教学楼。想当系主任的男人没有周末，后来当上系主任的男人也是如此。

可我能看见她，站在有斜坡有凸起的山脚下，面朝上冲我们嚷嚷，帽子遮住脸，只露出眼睛、鼻子和嘴。"别那么快。别那么快。慢慢来。噢，我的上帝啊，杰弗里，你简直让我犯心脏病啊。"所有的生活就像一系列场景，身处其中的时候，我们错过了那么多，隐藏了那么多，留下了那么多未做的事儿，没说的话。杰夫在那座山上摔过一次胳膊，于是她找到她的蛋彩颜料，给一个跟他的模型等大的玩具士兵上色。他很难为情。

几分钟后，我听见父亲从后门进来了。她嚷嚷道："乔治！好早。"她的声音就像我回来的那天，"艾莉！你回来啦。"

"出来看雪啊。"我听见他轻声说。

"下雪啦？"

"一点点。"而后,厨房门开了,又啪地关上了,我上楼上床睡觉,什么也听不到了。早上的时候,雪花已经无影无踪,只存在了母亲的记忆里。"我用舌头接雪花来着。"她说。早餐桌上,她把手放在父亲手里:"真美。"

"嗯,确实。"他说,对她笑着。

13

没人了解婚姻里上演着什么。我曾经读过这样一句话。那句格言的结尾是："除非在围城里的人。"可我怀疑这句话还不属实，结婚多年的两人可能在看法和期待上只是有过短暂的相似点。我记得在其他地方读到，社会科学家们采访了多对夫妻，发现他们从最爱吃的甜点到最爱的性爱姿势，几乎事事存在巨大分歧。

有时候，我觉得只能通过书本和研究文章推论出来的生活是如此局限。

不过经验告诉我，最不擅长真实评估婚姻的人是那些跳脱出婚姻的孩子。我们称呼父母的方式是我们需要他们，来原谅我们的过错，来将我们与自我的可有可无或不可或缺绝缘开来。我记得第一次读到恋母情结理论时，感到极为放松，因为我知道了，我发现自己身处其中的三角关系属于典型而非个例。

因此，当我看见父母在那个冬天日复一日地在一起，我真的不知道他们的关系是否变化了，还是因为我第一次看到父亲这样而真正第一次见证这场景。

十二月初的一天,他叫我去一家牛排店共进午餐,那地方离大学校园好几英里,昏暗、偏远、毫不起眼,我觉得人们可以带上情人共赴约会。

"常来这儿吗?"服务员端来酒水,引我们走向沙拉台时,我说道。

"很多时候我忙得都没时间吃饭,就一边工作一边在书桌边吃一口。"

"那我真是受宠若惊啊。"我说。

"艾伦,我今天约你见面有不少议程。其中之一当然是想知道你为什么充满敌意。我知道对于我们任何一个人来说,这都不是最佳状况,可你和你母亲似乎处理得很好。我很困惑为什么我无论何时走进家门,都会受到冷遇,或公开的敌对。"

"举个例子好了。"我说。

"噢,看在上帝的分上,"他说,"这不是一场辩论赛。你完全明白我的意思。你需要更多的帮助吗?我该请个护工吗?"

"我得水痘的时候,可不是护工照顾的我。"

"这可不是水痘,如果你需要例子,你这话里的讥讽足以说明问题。要沙拉吗?"

"如果是生菜和罐装鹰嘴豆,我就不要了。"

"我很肯定是这两样。"

服务员拿走我们的点单之后,是长久的沉默,直到厨房里有人不知道是发脾气还是笨手笨脚，扔的锅碗瓢盆叮当作响。有个高校董事会成员的兄弟在我们桌边停下脚步，打了个招呼。

"嘿，爸爸，"我说，"我不想跟你打架。我压力很大。我不需要再有来自你的压力。我只是在艰难度日。"

"我完全理解，艾伦。我理解，我们每每谈论现状，就是在谈论你，谈论你的感受、你的不幸。我觉得这回该关注关注你母亲了。这需要一点点同情心。"

"我从来就没有真正学会同情。"我轻声说，"你从没教过我同情。"

"现在学。"他专横地说。

"那你呢？你的同情心在哪儿？"

"我之前告诉过你——"

"我不想听抵押贷款的事儿。只要你想休假，学校什么时候都会准。你休假写过书，当然也能再休个假，参与到你他妈的生活中有史以来最重要的事情里去。"

"说话小声点儿。"

"噢，去他妈的，爸爸。我是那个在这儿表现得体的人，用你的话来讲，而你不是。她需要你跟她在一起。"

"她告诉你的？"

"她不用告诉我。她也不该告诉你。昨天，她腿上放着那该死的圣诞花环，坐了足足二十分钟，直到我把花环挂在前门上。她不断地感知那花环，好像看不见了，好像生命的意义在她缠进花环的松果上。我问她需不需要帮她挂上去,她只是说:'这真美,是不是?'有时她回房间,假装睡觉,实际上在一遍遍打开她拥有的全部盒子,游泳比赛的彩带啦,我们多年前画的画啦,她高中时写下的旧论文啦。她就那么盯着,盯着这些东西。为什么在她能拥有实物之时,得独自一人,看着生活中的照片?为什么在她能跟你一起创造实实在在的回忆之时,就那么坐着,回忆跟你在一起的生活?那房子里一切的一切都变了,无论是我的同情心指数,还是她的愤怒程度。你却对此一无所知,就因为你表现得生活如常。我们熟知的生活结束了。完了。毁了。"

父亲看都没看我一眼,只是在一块血迹斑斑的牛排上锯来锯去。最终他说:"你在给她服用吗啡?"

"我会保证她有越来越多的吗啡。如果药片不够,我可以找来一台吗啡泵,把吗啡输送进他们放在她胸腔里的导管里。可我不是你。我不能对付她脑海里的所有痛。我只能帮她这么多。她仍然觉得得保护我,宠我,或者别的。你是她丈夫。她需要跟你聊聊。"

他盯着他的食物,让它成为一种静态的生命:一片灰白的干烤土豆,一角红色肉块。又一块。又一块。看起来就好像他在用午餐下棋,神秘莫测地移动着它。他切啊,排啊,说起话来柔声细语,这样只要他不罢手,就不能进食。只要还没完,他就不罢手。

"我有时会想起,第一次是如何在哥伦比亚看见她,她有多渴望,"他说,"不过你知道,因为你知道她有多渴望。那么渴望,就好像她想要看见、理解和知晓一切，可不是以学生们的那种方式，不是把一切分类、肢解，进而最终不予理睬或将其内化。而是她有的那种向往——"他停下来切着食物，在我们的餐桌上方凝固而浑浊的空气中寻找词语——"只是想把一切吸收。那儿有种生命在，就好像如果你摸她的脸颊，脸颊是热的。她过去就是如此。她现在亦然。她没多大变化，这么多年来一直没有。仍然是那么，那么——热望。我有时好奇这热望最终会去哪儿，貌似不可能就这么消失，像光一样。所有的虚构都将死亡和必死的命运视为其最伟大的核心奥秘，而对我而言，似乎这一切都不是重点。"

他抬起头来看着我，空无一物的叉子悬在半空，就像一件小小的武器或者一种投降的信号。"我无法想象光的熄灭。"他说。

"你这么谈论她，就好像她已经不在了似的。"我说。

"我认识她了一辈子。"他说道，眼神困惑、呆滞，如同一只受伤动物的眼神。

"我也是。"

"没错，"父亲说，"我想，对于你们这些孩子来说更是如此。但你们会继续往前。而我，想象不出没有了你们的母亲，我的生活会怎样。"

他吃着食物，缓慢却兴致勃勃，就好像他刚完成了某件令人疲惫的任务。他吃完了，又抬起头来，眉毛嘲弄地挑着，显露着他惯常的自我。"自言自语得够多了。"他说，"只是想到她忍受着如此剧痛，我承受不起。夜里有的时候，她疼得好几小时睡不着觉。"

我叹了口气，说了他想听的话。"我可以照顾她。"我说。

"我会努力给她更多的机会宣泄。"他说。

"爸爸，我们聊的不是宣泄的机会。如果她需要宣泄，我送她去看科恩医生推荐的心理医生就好了。她需要你跟她聊天，听她说话，让她知道跟你顶顶嘴没什么，聊聊心事，减减压。把你刚告诉我的一些事儿告诉她。"

"可她都知道啊。"

"有时候，在事情业已成真之前，人们需要听到它们被大声说出来。"我说。

咖啡来了，苦涩而温热。英语系秘书朝桌子俯下身来，告诉我，有这么棒的父母，我多幸运。她朝父亲眨眨眼，在消失在饭店的一个昏暗角落前背对着我们挥挥手，我好奇她有没有跟他上过床。芝士蛋糕的味道就像多糖的填泥料。我想起，我得在门廊边的杜鹃花丛里缠很多圈白光灯线。我记得，我们需要牛奶和洁厕灵。我把咖啡洒在毛衣前襟上了，还好母亲上个月教了我如何用小苏打去除咖啡污渍。

"我想，我们该开始讨论丧事了。"父亲说。

"爸爸，"我说，"你要得太多了。你总是这样。"我走向卫生间，回来的时候，他喝完了咖啡，又跟董事会成员的兄弟聊上了。"我得走了。"说完，我走出餐厅，去了商场和超市。

14

我到家那会儿,母亲已经在起居室的沙发上睡着了,她嘴张着,眼皮跳动着,好像有人在梦里追赶她。我在厨房的餐桌边坐下,桌上散落着几张小便条———一张写着"灌木丛灯线",我给扔掉了——以及一些木马和花朵的印花式样。我打电话到科恩医生的办公室,她的护士说她会打电话来告诉我另外一个处方,塞林格药店有售。可五分钟后,我依然在整理便条——有张便条上写着"为杰和布买圣诞礼物",我很怀疑我们怎么能做得到——电话铃响了。

"艾伦,"科恩医生开门见山地说,"那个剂量的药怎么样?她什么时候疼得不行?"

"第一个小时,药不起作用,第二、三个小时,她感觉好极了,"我说,"而到了第四、五个小时,她就犯困了。大约到第六个小时,她的背又开始疼了。有时候,我要个小花招,给她点儿别的东西。"

"很好,继续这么干吧。我觉得如果我们靠这点儿小手段蒙混一小段时间,就可以让她舒舒服服了,也许还可以稍稍减少镇静剂用量,不过疼痛减轻可能是因为病的缓解而非药物。得确保她服用吗啡的时候跟着泻药。她的精神状态怎么样？"

"说不好。现在很安静，有思想，大部分时间里如此。"

"有例子吗？"

"有啊，"我拿起木马，"还电话指导印花呢。"

科恩医生哈哈一笑，声音竟深沉、嘶哑。"我发现你母亲真是了不起。"她说。

"我也发现了。"我说道，忙用手紧紧捂嘴，好让啜泣之声隐忍不发。

"艾伦？"

"没事儿，没事儿。我没事儿。"

"我想派一个护士过去。每周一次。量量血压，听听心音，做做诸如此类的事情。另外，持续监察导管，以便日后需要通过导管输入吗啡之时，导管能用。护士能让你休息休息，出门透口气，或许还可以帮你母亲洗澡、穿衣。"

"她自己可以洗澡、穿衣。"

"什么事情都好。"

"不需要护士。"我说。

"我坚持。"

"不需要。"

"她下周一就过去。"

"艾莉？"母亲从起居室喊我。

"我得挂了，"我说，"我稍后拿处方。谢谢你医生。"

我坐在桌边，低头看着一张纸。吗啡，吗啡，我写了一遍又一遍。电话铃再次响起。

"艾尔？"乔纳森说，"你猜怎么着？我如愿以偿了。"

乔纳森向曼哈顿地区检察官办公室申请了暑期实习的岗位。感恩节前的那个星期三，他身穿双排扣正装，打着红色领带，衣着光鲜，自信满满，去参加了面试。对于他的好运气，他听上去比我还惊讶。

"我们会在市中心合租一个房间，靠近你之前住的地方。这对我来说太完美了，你可以在那儿四处看看，找个固定工作。公法课的一个女人说，她认识一位纽约大学的讲师，在麦克杜格尔大街有一套一居室，这人很可能要休假。也许我甚至可以在杂志上写篇求租文章。"乔纳森不时扬言要写出点儿什么来，好证明他至少和我一样棒，对此我毫不怀疑。

"你能不能问问卢尔斯，她知不知道什么消息或者可不可以到处问问人？也许她认识的人里有人夏天要离开，想把公寓租出去，或者想找人帮忙照看猫或别的什么。"乔纳森继续说道，"我太激动了。虽然钱少得可怜，可接触的人脉和为简历增色的价值太棒了。自然，即便公寓糟糕透顶，还是可以有一流的生活安排。"

"真棒，乔。"

"我们圣诞节的时候可以庆祝庆祝。我父亲会喜欢的。喜欢这工作。律师跟纽约市警察局最最挂钩的情况就是这份实习岗了。"

"真棒。"

沉默。"你还好吗？"他最终问道。

"正在这儿看我的吗啡剂量呢。我和父亲一起吃午餐来着，他想讨论讨论丧事，不过他还没谈土葬还是火葬，我就离开去取洁厕灵了。我在读《安娜·卡列尼娜》呢。这回，我暗暗怀疑她会跟丈夫待在一起，度过悲惨的一生。"再次沉默，"我为你高兴，乔。"

"我们可以找个房子。"

"我离不开这儿。"

"是，不过到了六月，艾尔……"再次沉默，比之前更久。

"乔纳森，我不会假设到了那会儿我就摆脱我母亲，跟你在床上过夏天，我不会去找房子的。"

"我不是那个意思。"他说。

"你就是。你心里就是这么想的，嗯，到了夏天，古尔登夫人就去世了，我就可以跟艾伦一起分摊房租，寻欢作乐了。"

"嘿——你知道核心问题是什么吗？下回再有好消息，我会打给别人。"

"核心问题？真是好主意。因为现在的我消化不了好消息。"我不知道我俩谁先挂断的电话。反正我是那个事后哭的人。我生命里近三分之一的时间都和乔纳森在一起，却在夏天合租房的事儿上分手了。反正为了让卢尔斯觉得有趣、玩世不恭，我会这么对她说。我本该觉得愤怒、凄凉或者心碎，可这些情绪对我而言似乎很奢侈，就如同洗个长时间的热水澡，或者来个泡泡浴。我享受不起。

我听到脚步拖沓的声音，抬头看见母亲靠在门柱上。她穿着我的旧紧身裤、父亲的衬衫，下半截衬衫的纽扣在她肿胀的肚子上勉强扣住。有那么一会儿，我心想：你毁了我的生活。你用你那该死的自私、那该死的妥协、那该死的幻觉、那该死的丈夫，如今又是那该死的死亡，毁了我的生活，也许这一切的阴影掠过我脸庞，因为她一开口，声音悲哀，甚至近乎孩子气。

"我需要一片药，艾伦。"她说，声音里透着一丝微弱的哼哼，一波坏情绪。

我把药瓶递给她。"如果没有这玩意儿，我可怎么办？"她说着吃了一片，头往后仰，喉咙的吞咽动作就像一只从水坑汲水的鸟。"我好累，"药片咽下去之后，她说，"我想喝点儿茶。"

"我去煮。"我说。

"那太好了。"说完，她回到起居室。我把茶壶放上灶台烧水，而后又机械地把面包放进吐司机，在一只小碗里混合糖和肉桂，从冰箱里取出黄油盘。当我最终低头看时，发现那漂亮的漆盘上有一大杯茶和盘子里两片切成三角形的肉桂吐司，简直如梦初醒。我们滑完雪橇、在雪里玩闹之后或在公共图书馆后面的池塘上滑完冰，母亲总是给我们做这道小吃。

我小心翼翼地端着漆盘进了起居室，而后放在咖啡桌上。屋里昏暗无光，母亲在沙发上睡着了，眼窝深陷，呼吸声尖利刺耳。她的一只手放在脸边,好像在遮挡视线。

"妈妈。"我轻声呼唤,但回应我的只有她刺耳的呼吸声。我在长凳上坐下,喝了茶,吃了吐司,房子好像也在呼吸,我们仨就这样此起彼伏,风在摇晃金属窗框里的窗户,我们想让灵与肉相依相伴。一片叶子从烟囱飘下来,晃晃悠悠地落在石头壁炉上,几分钟后,我把盘子端进厨房,又回到起居室,坐在她身边,望着她熟睡。

15

到了星期一早上，我就只记得跟科恩医生打电话时她说的关于吗啡的事情，其他一概忘记了。母亲服完药的三四个小时之后，开始疼得直哼哼，有时还放声痛哭，就好像在她自己的守灵之夜，她是哭灵主力。吗啡的剂量越大，就越管事儿，不过也意味着她睡得越多，有时候我还听见她在卧室里语调平淡地自言自语。也许有些她不能说给其他人听的事需要大声说出来。

于是，当前门门铃叮叮叮叮响起来——那门铃声是我童年时期的钟琴，好久没有响起过了，"他们都觉得癌症会传染"，有天下午母亲有气无力地谈论她的朋友们——一位身材苗条、深色皮肤的女人站在台阶上时，我毫无准备。她穿着一件亮红色外套，斜挎着一个大帆布包。

"古尔登女士吗？"她说，小心使用着更为现代化的敬语，声音如蜜蜂嗡嗡般难听。她有点儿口音，牙齿在深色脸颊和头发的映衬下显得雪白。在她外套的V字领处，一件白色长款T恤不经意间显露出来。

"对。"我边说边拢了拢头发,我没时间梳顺头发,也没空儿用发卡卡上。

她伸出手来:"我是特蕾莎·格雷罗。我来帮助你和你母亲。"

她说话的方式颇有技巧,我猜他们在什么临终关怀培训课上教了这些人礼仪:别说你去照顾、治病。说你的出现是为了病人和病人家属。让自己成为一个助手;不到最后,不要操控局势。

"噢,什么女士?"

"格雷罗。我本来是厄瓜多尔人,不过如今是美国公民,时间相当长了。"

"格雷罗女士,我告诉过科恩医生,我真的不需要帮助。我自己照顾我母亲就可以了。"

"我明白,古尔登女士。今天我就是见见你母亲,检测下她的心率、呼吸和血压等生命体征。你可以稍后再决定是否需要我,以及你希望在哪些方面需要我。"

我长久地看着特蕾莎·格雷罗,她并不像大多数人那样,试图填补我们之间不断滋长的沉默。

"我不知道,格雷罗女士。"我说。

"我们会有答案的。"

"我是艾伦。"我说,下意识地使用了她的句式。

"我是特蕾莎。"

我站到一旁,让她进来。

母亲正在起居室里绣枕套，背景完成一半了。她的衣服松垮地挂在肩头，我敢说她好几天没穿内衣了，不过我不确定原因，是因为她穿不上了呢，还是因为她觉得胸部缩小得厉害穿内衣多余了呢？

特蕾莎放下帆布包，发出叮当一声响。"古尔登夫人，"她说，"我名叫特蕾莎·格雷罗，是科恩医生派来的护工，来检测您的生命体征。"生命体征，我想，她一直说生命体征。很可能这种说法会让病人感受到生命。她会说她来是为了检测死亡体征吗？我看见母亲抬起头来，笑着看特蕾莎，是她明媚的待客微笑，我在想她是否会提供茶点。

"我明白。"母亲说，"要不要来杯茶？"

"不用了，谢谢您。"特蕾莎郑重其事地说，"我工作时从不喝茶。也不吃东西。"

"那笑吗？"我问。

"要是有什么好笑的事儿的话。"特蕾莎说。她转身面对母亲，让她捋起袖子，解开衬衣的前两枚纽扣。"当当。"她说。

"谁呀？"母亲说。

"香蕉。"

"哪个香蕉呀？"

"当当。"

"谁呀？"

"香蕉。"她的一点儿口音让这个词充满了异域风情，很是美丽，近乎性感。

"哪个香蕉呀?"

"当当。"她给血压袖带充上气,盯着表盘看。

"谁呀?"

"香蕉。"

"哪个香蕉呀?"

"当当。"

母亲咯咯笑了起来。"谁呀?"她说。

"橘子。"

"啊!哪个橘子呀?"

"橘子,你很高兴我没说香蕉吧?"[1]

我们都哈哈大笑。"我以为这些孩子已经把世界上所有的'当当笑话'都讲给我了呢,可从来没听过这个。"母亲说。

特蕾莎在听母亲的心脏。"嘘嘘嘘。"她说着,把听诊器的银色表盘移来移去,最后停下来,用手指轻触母亲皮下导管之上的皮肤。

"心脏还在跳吗?"母亲问。

"响亮而清楚。"特蕾莎说道,从包里拿出板夹,开始填写表格。

"你有孩子吗?"我问。

"没有,"特蕾莎说,"我还没结婚呢。"

---

[1] 特蕾莎和艾伦的母亲玩的是美国很流行的"当当笑话"(knock knock joke),尤其盛行于大人和小朋友之间,游戏的笑点在于最后一句打破之前惯性的回答。

"那你是从哪儿听来的'当当笑话'呢？不会是从科恩医生那儿吧？"

"不是，不是听科恩医生说的。是我走访的一位女士的女儿说的。她五岁了，觉得这个笑话很好笑。我听她说了该有二十回了。"

"她母亲怎么了？"母亲说着，系上了衬衣纽扣。

"妈妈，我敢肯定，他们不允许走家串户地谈论他们的病人。"

"她母亲得了乳腺癌，古尔登夫人。"特蕾莎说，"我去看她三个月了。她母亲抽时间照顾她，可有些事情她母亲做不来。"

"她有个五岁的女儿？"

"还有个七岁的呢。"

"噢，上帝啊，小可怜儿。"母亲说这话的时候，嘴唇颤抖着。

"要是你们两个都在这房间里，得多有的聊啊。"特蕾莎说。

"嗯？"母亲问。

"我们可以稍后再聊这个话题。与此同时，我可以为你效劳吗？你的疼痛得到控制了吗？我可否帮忙看看你的食谱？你愿不愿意我帮你洗澡、穿衣？"

"噢，我进出浴缸困难极了。但我不能让你进来给我洗澡。"

"妈妈，你之前怎么没跟我说啊？"我说。

"噢，你要操心的事情够多了，艾伦。"

"我可以帮你。"

"不用。不用你帮我洗。"

"噢，妈妈，更衣室我进过无数次啊。"

"这不一样。"母亲说。

"我们上楼吧。"特蕾莎说，"我可以给你展示几种进出浴缸的舒适方法。我还想冲洗下你的导管，需要你舒舒服服地躺下来。"

"疼吗？"母亲说。

"跟我想象中你已经习以为常的疼痛相比，不太疼。"

母亲回话的时候，双唇又颤抖了："习以为常的可太可怕了。"

"嗯。"特蕾莎说着，拉住母亲的手，"你不疼才是重点。"母亲的头耷拉下来，就像干旱中的橘色雏菊。眼泪就那么滴答滴答掉落下来，掉到两人握在一起的手上。我感觉自己像个窥淫狂，一个陌生人。她们站在一起，特蕾莎扶母亲起来。

"对不起。"母亲说着，从袖子里抽出一张纸巾，轻按在脸上，"我通常比这坚强。"

"古尔登夫人，坚强和坚忍是两码事，你有权利，甚至有义务表达情感。"她把手伸进帆布包，拿出一个文件夹来。"你可能愿意读读这些，"她对我说，"并不是所有内容对所有病人都适用，可科恩医生好像认为你应该读读，尤其是那些更为技术性的信息。"而后她把胳膊递给母亲。透过扶梯扶手间的白色栏杆，我看着她们渐渐淡出视线，先是头，而后是躯干、膝盖和脚，好像她们正登上通往天堂的阶梯。

文件夹里是《垂死病人权利法案》，还有一些关于吗啡的制药小册子。该法案共有十六条，我就那么一条条读着："我有权被视为活人，直至死亡。""我有权不孤单死去。"可读到最后一条时，"我有权由充满爱心、体贴、具备专业素养的人照料，他们将试图理解我的需求，在帮我面对死亡时从中获得满足"，我情绪整个崩溃。

"什么满足？"我啜泣不已，眼泪紧接着顺脸颊淌下。我伏进枕头里大哭，最后脸都浮肿起来，我想象身穿父亲衬衫的母亲的肚子应该就是这般模样。

我不知道特蕾莎在那儿站了多久，她没有碰我或者发出任何声响。我最终抬起头来时，她就站在那儿，听诊器绕在脖子上。她开始在包里翻找东西，而后拿出仪器和密封银色包装袋包装的棉签。

"这就是我为什么告诉科恩医生我们不需要护士。"我对她说，身体仍在颤抖，"房子里有陌生人在，简直让人心烦意乱。我不能崩溃。"

"崩溃即蜷缩成胎儿姿势，卧床一周。"她说，"你的反应是个人失去爱人时正常的情感反应。我们哭泣，是要让我们的痛苦发声。"

"这话真是诗意，格雷罗女士，可没能让我好受些。"

"古尔登女士，你将在很长很长一段时间里都觉得不好受，这你比我清楚得多。可我不认为将你的悲痛藏而不露比哭出来让你好受。"

"就像一个五岁的女孩。"我揩了揩鼻涕，说。

"那个给我讲笑话的五岁女孩从来不哭，古尔登女士。她不明白发生了什么。可你不同。"

我摇了摇头。"我可以帮助她。"特蕾莎说完，又上楼去了。几分钟后,我听到一声叫喊,一声短促、尖利的叫喊,从二楼传出来,而后是一长串喃喃低语,我起身去煮两杯茶。我坐在厨房的餐桌边,喝了一杯,另一杯便在操作台上冷掉了,一层褐色奶油浮沫聚在表面。楼上再次传来声响,我去了起居室,往上看,又听到了声音,这回是一声大笑。特蕾莎走下楼来,晃着听诊器。

"刚才都是怎么回事儿啊?"我问。

"她会给你讲的。"她边说边开始收拾东西,"我教了她好几种坐在浴缸边沿,而后分步骤滑进去的方法,可要是你去买一块带吸盘的橡胶防滑垫,把它固定在浴缸边,她会更有安全感,进出浴缸就更方便了。她也不会滑倒了。"

"需要我帮她洗澡吗?"

"因为身体状态,她会不好意思,不过也许很快就需要了。她有气味吗?"

"上帝啊,没有。"

"会有的,到了那时,你得跟她再聊聊。"她拉上帆布包的拉链,进屋之后第一次笑了。她真漂亮。

"你多大?"我问。

"二十三。"

"天哪。我二十四了。你为什么做这种工作呢?你可以在医院的育婴室里工作,给婴儿们洗洗澡。"

"谁都可以给婴儿洗澡。"特蕾莎说,"可不是人人都做得了这个。"

"你做得很棒。"我说。

"科恩医生正是这么跟我说你的,古尔登女士。"

"叫我艾伦。"我说。

"艾伦,"她说,"下周一我会再来,除非你需要我早点儿来。"说完递给我一张名片。

我把茶壶放在炉灶上,给母亲拿了一杯刚泡好的茶。她坐在卧室地板上,翻看着一个棕色长盒,是那种律师们放文件的盒子。

"你记得吗,有一年万圣节,男孩子们穿得像一副色子似的出了门,结果布莱恩在市中心摔倒,杰夫却没扶他起来,因为他看见布莱恩挥舞着双手和双腿,乐不可支。杰夫说布莱恩躺在那儿活像一只乌龟。噢,我该宰了他的,可这画面太可笑了。"

"别告诉我——你那盒子里是那套衣服。"

她拿起一张两个男孩子的合影,他俩肩并肩站在屋前的草坪上,身后是夕阳西下,因为逆光拍摄,最后一抹余晖在照片右上角形成了一个明亮而变形的光点。杰夫比了个剪刀手,布莱恩挥着手。正好是幸运数字七。"我把那套衣服借给谁了,那人根本就没还回来。那套衣服可真好。"

"你刚才就在笑这个?"

"什么时候?"

"特蕾莎在这儿的时候,我听见你在楼上笑来着。"

"噢,"母亲说着,又大笑起来,"不是。是另外一个笑话:一个小男孩走进教室,老师问:'你迟到了。去哪儿了?'他说:'上了蓝莓山。'第二个小男孩又走进来,老师问:'你迟到了。去哪儿了?'那个男孩说:'上了蓝莓山。'后来第三个小男孩走进来,老师问:'你迟到了。去哪儿了?'那个男孩说:'上了蓝莓山。'最后一个小姑娘走进来,老师说:'我猜你也上了蓝莓山。'结果她回答:'我就是蓝莓山[1]。'"

母亲咯咯笑着。"五岁女孩讲给她听的?"我问。

"是七岁的那个。"母亲回答。

"如果我七岁的时候讲那个笑话,非得被关一下午禁闭不可。"

"时代不同了,风俗不同了[2]。"母亲说道,手指戳着皮下导管鼓出来的小包。

"伏尔泰说的,我记得。"我说。

"真的吗?"母亲说,"我还以为是你父亲的发明呢。"她又笑了起来,看了看盒子,"你还记得有一年万圣节,你扮成牧羊女伯·皮普[3]吗?"

"我不得不带着你做的那些羊,不停吐掉我的糖果。"我说,"我怎么能忘?"

"我全都记得。"母亲说,"任何一个细节。"

---

1 Blueberry Hill,小女孩名叫布鲁伯里·希尔。
2 原文为法语。
3 儿歌《小伯·皮普》的主人公,整首歌为:"牧羊女小伯·皮普丢了羊/不知去哪儿把羊寻/随它们去吧,它们迟早会回家/羊尾在身后。"

16

母亲去装扮圣诞树的那天早上,我们将红丝带缠上她轮椅的轮子辐条。我们小时候,她同样会在七月四日国庆日那天把我们的自行车轮子绕上红、白、蓝三色丝带,还会把丝带和扑克牌——只要红颜色——借助衣夹固定到辐条上,这样我们骑起车来就能发出声响,就像电影里的福特T型老爷车。

可米妮们谁都没提丝带,甚至杜安夫人也不例外。她给我们讲得克萨斯州一个小女孩遭绑架的故事讲了好久——悲剧!噢,我们喜欢这些道听途说的悲剧!我猜要是米妮们承认丝带,就意味着承认轮椅,要是承认了轮椅,就意味着承认母亲虚弱的塌肩,以及她从扶手上抬起手时双手那哆哆嗦嗦的样子。

也就意味着承认疾病、恐惧、危险,还有死亡。我比谁都理解她们为什么不愿意死亡发生。我比谁都理解,也许只有母亲除外。

设想一下,你在写一部小说却不得不向别人口述你的文章,或者在画一幅画,得告诉别人把天蓝色放哪儿,以及如何将之与白色染料相混合,好画出你风景画中的云边儿,那你就会理解困在轮椅中的母亲在蓝色云杉树前，指挥着笨拙的我把装饰物准确地放到她理想的位置时的情形，那云杉栽种之初只是棵幼苗，这么多年来长到了二十英尺高。装饰有数百个之多；我们两人手上都起了茧子，手指尖上有小针眼，附着干掉的血迹，都是插进圆形小亮片和排好悬挂的电线造成的。全都是红色。全都是金色。金色和红色条纹，金色和红色点点，红色和金色各种式样的随意组合。条条大红丝带穿插金色，硬挺地缠在电线上，被打成蝴蝶结。

"不对，不对，不对，艾伦，"我把一个蝴蝶结系到一根枝条上时，她从下面喊道，"那蝴蝶结得轻摆。"她用手在空气中勾勒出一道浅波，冬日的阳光将她手背上的蓝色静脉照得如同微型河流一般，那条条河流都是心脏的支流。

"就在你手边的球……不对……不对……对了！挂得太低了。得把它紧紧系在那下面……再高点儿……对了……它下面就该有一个……不对，再低点儿，过去一点儿。"这简直就像给人挠背，找对了位置，只是这比任何背部都大，需要做的努力似乎没完没了。

贝斯特夫人的树就在我们旁边；她的丝带是金色的，装饰物是红、金两色的木头士兵小人儿。"你母亲从哪儿找的不变形丝带啊？"她噘着嘴问我。

"她好像恰巧就有那种东西。"我说，"她这种人啊，即便你需要银色星星，她也可以上楼去织品橱柜一顿翻找，挖出来给你。"

"噢，琳达，别担心。"母亲对着梯子挨在一起的我们说，"你的树已经够美了。"

而事实上,即便我不善于把握间距、分门别类、系系绑绑,我觉得古尔登家的树仍然是最美的那棵,尽管杜安夫人用某种金色的东西裹住树,那金色的东西就像十四克拉的绝缘层,真是神奇而诡异。"她们有些人啊,永远也不明白,这么大一棵树放在公园里,花哨是关键。"我评论我们的装饰物看起来就像电影《第四十二街》里,那个二流夏令剧目制作团队里丰满的合唱团女孩子们时,母亲这样说道。

我退后几步看着她的树,看得出来她说得没错。最有品位的装饰,包括贝斯特夫人的在内,似乎在大树淡蓝色的树枝间不见了踪影。当市政工程部的人把前一天缠好的红色灯光的开关打开时,那些静悄悄的努力就会消失殆尽。"这些会反光!"母亲一边得意扬扬地说,一边用颤抖的手转动她的圆形小亮片。

"艾莉,另一侧有个蝴蝶结离树梢太近了。"她喊道,摸着腿上盒子里的装饰。

我们花了将近三小时来装扮那棵树。最终完成时,虽然是零下一度的低温,我还是把外套扔在草坪上,摘掉手套,由于松针和电线挂钩的缘故,手指头一会儿失去知觉一会儿隐隐作痛。"我的背疼死了。"一位米妮大声说道,她一手抓住梯子,一手揉着腰。

杜安夫人走到大街那头的熟食店,给我们所有人带来了咖啡和三明治。我坐在母亲脚边,双肩低垂,吃了烤牛肉,喝了黑咖啡。

她什么也没吃，只喝了几小口奶茶。

"你还好吗？"我轻声问。

"有个问题呢。我也说不好到底是什么，可我能感觉到。"

"什么呀？"

"蝴蝶结的什么事儿。也许蝴蝶结该朝下一些。"

于是我又爬上去，而贝斯特夫人双臂交叉放在胸前，从自己的树那儿望向我们的，又回到自己的。她叹了口气，说道："凯特，你眼睛真毒。就是有眼光。而这眼光，要么有，要么没有。"

真是个傻子，我把蝴蝶结往下倾斜的时候，心想。

"琳达，你真傻。"母亲回答，可从她兴高采烈的语调里，我可以听出她完全同意，同意琳达·贝斯特，也同意我，"树看起来很漂亮，孩子们会喜欢那些士兵小人儿的。你还有吗？"

"多了去了。"贝斯特夫人说。

"全挂上去啊。"母亲说道，一条电线划破了我的手指，"多多益善。"

我不确定她那天为何如此不知疲倦，可能是天气很棒，抑或是把东西布置得漂漂亮亮让她愉悦，抑或是回归到了她做了那么多年的事情上，抑或是竞争——"家装迷们的超级碗，"那天早餐时父亲这样说道。显然，贝斯特夫人的懊恼，以及贝斯特夫人把她家圣诞树树枝的每分每寸都挂满士兵小人儿后所呈现出的改善，比慈善本身更让母亲高兴。

或者，很有可能是因为前一天晚上她跟父亲一起外出，穿着她那件蔓越莓色直筒裙，裙子一侧肩头别着一枚蝴蝶结镶钻胸针，对她而言已然太过宽大。她还精心化了妆，可由于手抖得厉害，唇膏没涂好，眼线也有点儿像医院显示器上某种断断续续的线条。

她很谨慎地计算好吗啡的有效时间，好确保她最放松、最不嗜睡的时间里，吃晚餐，以及欣赏之后计划好的室内乐音乐会。她穿了一件毛皮大衣，还低下头蹭了蹭那柔软的衣领。

父亲和母亲开车走了之后，我坐在起居室的沙发上，双手放在腿上，想给自己的夜晚做个计划。我一直忙着摆弄她的裙子，给她服药，思考她的轮椅该放在车里什么位置，都忘记多月以来我是第一次单独一个人。我给乔纳森打了个电话，可他不在家，我就语调轻松地留了言："就是打来点个卯。有空就打给我吧。"而我听到卢尔斯录好的声音在说"不能立即接电话……"时，就挂断了电话。

我发现一家有线电视台在播《彗星美人》，还吃了盒装冰淇淋，喝了一瓶淡啤，这一切之后，我感觉更像过去的自己，那个第一晚住进市中心的小公寓走来走去、摸东摸西的艾伦·古尔登——水池、炉子、浴室水龙头——心想着是"我的，我的，我的"。

乔纳森没回家过圣诞节。他已经连续三周全职做数据处理了；赚的钱可供夏季合租房子之用。他说，他还有很多作业要做。很可能还有个一年级的法律系学生，痴迷于他用舌头舔上唇的样子，在谈论侵权行为的时候，放肆地跟他四目相对。

我的眼底和下巴很是酸涩、疼痛，也许是酒精在作怪，我想知道酒精就吗啡会怎么穿肠而过。电视上，艾娃·哈灵顿成了大明星，却将灵魂卖给一个魔鬼样的花花公子——艾迪生·德维特。我从未想过，那看上去是这么一桩糟糕透顶的交易，尽管我知道更不应该激怒长有一双刻薄而迷乱的眼睛和一张严厉的鱼形嘴的贝蒂·戴维斯。[1]

下一部电影是《正午》。我讨厌加里·库柏和格蕾丝·凯利——"太索然无味了"，我和卢尔斯总是会不约而同地这么说——我关掉电视，就听见外面一扇车门嘭的一声。

他们甚至还没进来，我就知道他们的这一晚并不愉悦。我能听到母亲在车道上争论不休，而当父亲打开房门时，她别扭地挽着父亲，父亲的脸色苍白，眼神没有光彩。

"……他们都在看。"他扶她走到沙发那儿的时候，我听见她说这话，她小心翼翼一步一步地在沙发上慢慢躺下，地板上她的矮跟无带鞋就像一个纪念品。

"我去拿轮椅。"我说。

我回来的时候，父亲已经开了灯，进了厨房。壁橱门和茶叶罐发出声响，我知道他在泡茶。母亲闭着双眼，咬着下唇。她张开嘴的时候，牙齿上沾了唇膏。睫毛膏聚集在眼角，成了污迹斑斑的暗影。

"灾难。"她喃喃自语。

---

[1] 贝蒂·戴维斯在《彗星美人》中饰演老牌明星玛戈，与安妮·巴克斯特饰演的艾娃·哈灵顿对手戏。艾迪生是剧中大名鼎鼎的剧评家，艾娃巴结的对象，由乔治·桑德斯饰演。

父亲端着茶杯进来,递给她。她支起脑袋和肩膀呷了一口,然后把茶杯放回咖啡桌上,躺了回去。

"我再也不出去了。"她说。

"噢,简直胡说,凯特。"父亲说,"室内乐期间,小教堂里的一千人都在昏昏欲睡。我印象里,主席差不多每回都是如此。你怎么就不能呢?"

"因为以前我从不这样,所有人都知道我今晚为什么这样。我记得维瓦尔第,还听了一点儿莫扎特,之后就只记得我醒来时,满下巴口水,每个人都盯着——"

"没人盯着,"父亲说,"他们正准备离开,拿好自己的东西。"

"他们盯着看了。在饭店里,人们也盯着看来着。而你就那么鼓捣那椅子——"

"饭店门得够宽,够轮椅进去。这是法律。那家饭店疏忽大意。"

"——你用了那个词。"母亲继续道,音调在升高,"你用了那个词!"

"对不起。"父亲说。

"我不是残疾人,你别忘了。你们都别忘了。我不是残疾人。我只是虚弱罢了。还有头昏。我变得昏昏沉沉。所以我需要这东西。"

"我是说,法律规定得接纳残疾人。我没说你是残疾人。"

"别说那个词了。"她说,"别说了。"

"对不起。"他又说。

我走进厨房，给自己泡了杯茶。可当我回到起居室时，父亲跪在沙发边，头枕在母亲的腿上，她在摩挲着他的头发。他们聊着天，我听不清在说什么，只听一个人语调悲伤，另一个喃喃低语。我回到厨房，把茶倒进水池，扔掉空冰淇淋盒子，吃了两片阿司匹林，止住眼底的疼痛，决定上床睡觉了。房子很静，只有地下室火炉发出微弱的嗡嗡声，隔着地板算是清晰可辨。

我穿过过道，走上台阶，经过一幅幅水彩肖像画，六岁的布莱恩，八岁的杰弗里，十一岁的艾莉，她眼神严厉，唇线严肃，一条粉色丝带将深色头发束于脑后。可我的父母走在我前面，父亲高于我三个台阶，他扶着母亲，她的头伏在他肩上。

"我好累，小绅士。"她轻声说，并不知道我在那儿。

"我知道，亲爱的。"他回答。

第二天早上，父亲说晚餐一塌糊涂。"要是她是个孩子，就会有人说她吃着玩儿了。"他说着，将咖啡一饮而尽，之后拿起书包，在她下楼之前去上九点的课了。而等到她真下楼时，却整个人神采飞扬，轻松恬静，笑意吟吟，嘴边、额头的皱纹也柔和了不少。她一整天都是如此。

父亲去工作之前有些分心。他的头发乱七八糟，衣领上有块血迹，应该是下巴上的伤口弄的。他脸上的皱纹看起来更深了，就好像他画了一幅糟糕的肖像画，或者拍了一张难以饶恕的黑白相片。"你有什么课啊？"我递咖啡给他的时候问道。

"狄更斯作品里的女性。"他说。

"赫维香小姐和艾斯黛拉吗?还是那些软弱的角色,比如小杜丽和朵拉,还有大卫那高尚的妈妈?"

"所有人。"他边说边站起身来。

"他的妻子和情妇呢?"

"只是作品,而非生平传记。"他说,"艾伦,我两件衬衫衣领上的纽扣都坏了。我把它们放在卧室的椅子上了。你可不可以换掉它们?还有我更愿意我们喝奶油,而非全部牛奶。或者两者兼而有之也行,把纯牛奶给你母亲。你的弟弟们周四下午就到家了,得有大量的食物供他们吃啊。"

"怎么能把作品和传记割裂开来呢?"

"什么?"

"狄更斯啊。如果你把作品和传记割裂开来,怎么可能阐释作品呢?"

"你知道老一套的答案。"他心不在焉地说,"作品是作品。护士会很快再来吗?"

"星期一来。"

"你母亲喜欢她。昨晚她说她觉得那护士很有帮助。"

"她确实很好。"我说。

"医生决定停止化疗了。"父亲说。

"什么?"

"前几天你带她去医院的时候，医生对她说的。她昨晚告诉我的。科恩医生觉得化疗没什么用。"他走进大厅，取了公文包，"晚上七点见，一起参加圣诞树点亮仪式。"

"就这样？就完了？不再化疗了？句子结束了？讨论结束了？"

"还有什么要说的？"父亲说完，就上班去了。

17

点亮绿地上圣诞树的那晚是朗霍恩完美的一晚。夏天的那些暗夜里，凉风习习，空气中飘荡着矮牵牛花香，气温在热与不热之间徘徊，如果你在水库里裸泳，先是会出来，而后又跳回去，感觉水比空气要温暖。

秋天，有些适宜穿毛线衫、打网球的日子，太阳明媚地照耀，光线淡黄，如白玉米般。你走在街上，一片树叶踮着脚尖就在你的眼前落入人行道，差点儿还刮到了你的鼻子，深夜时分，火炉隆隆作响，如鼾声般突然摇晃整座房子。

春天里，只要是春日就日日美好，湿润而清新的洁净气息，水仙花的清雅芳香轻歌曼舞于绿地上、我们的院子里，以及山坡上隐秘的野生草丛间，山坡一路倾斜而下，直到湿草地包围起来的小河。

而冬天，有些如那年他们点亮圣诞树那晚的日子，天空如黑色漏洞锦缎般低垂，千洞百孔中投下细碎的明亮光线。凛冽的空气灼痛你的舌头，光秃秃的树枝挥着骨瘦如柴的手指，伸向满月。室外明亮，月光皎洁，照得一簇簇灌木丛、一幢幢房屋、一个个行人投下长长的黑影。人们走在人行道上,凝望月亮,就好似他们的人生运程由它执掌,可以感到内心的暗流涌动。

通常,在朗霍恩如此的夜晚,你出门扔个垃圾就神魂颠倒,方知夜色如此撩人,或者工作晚归,或者看电影迟返,不禁驻足赞叹。夜幕降临,朗霍恩的人们待在家里,并非外面有可惧之物,而因我们的房子——我们的厨房,我们的休憩室,我们的卧室——才是我们生命展开的地方。

如果有个陌生客走在街上,我的记忆里还从没有这种事情发生,他从人行道上看来,会看到一块又一块想象中黄光弥漫、平淡之爱遍布的绿洲:一个女人的脑袋映在厨房窗户上,她冲洗杯盘时,手臂缓缓而稳稳地移动;孩子们在卧室里走来走去,找找铅笔或者被命令调低音响;男人们坐在宽大而舒适的椅子上打盹儿。外面冷飕飕的街上空无一人,不过很可能会有哪家孩子从朋友家出来,走在回家的路上,他们去做作业,或是制作混凝纸浆的金字塔,或是写《罗密欧与朱丽叶》的论文,或是逃离家庭不和。街上阒静无声,唯有那些房子里传出的微弱声响,钢琴练习曲啦,水流声啦,《世界体育秀》评论员声啦,等等。

然而,点亮圣诞树的那晚迥然不同。全家出动,衣领竖起,抵御概念上而非真正的严寒,圣诞之下,必冷无疑,他们走下街道,来到绿地。我们在屋里听见屋外人声喃喃,如完美夏日里聚集在绣球花丛中的蜜蜂般嗡嗡作响。

母亲在楼上穿衣服,我将她的药、多余的手套、四份圣诞装饰放进包里,我们没把那四份挂上树梢,她说为了以防万一,尽管很难说这"以防万一"意味着什么。她穿上了一条宽松的旧毛料裤子,套一件紧身红色高领毛衣,上面的图案有一圈蹦蹦跳跳的麋鹿,每年圣诞树点亮仪式上她都会穿这件毛衣。她慢慢走下台阶,使劲儿扶着扶手,而后在轮椅上坐下来,把贝雷帽拉到仅有的一点儿稀疏头发上。

"不穿外套?"父亲说。

"我不需要啊,"她说,"我穿了好几层。而且,我想展示我的毛衣。"

我也穿着红色,父亲是绿色罗登呢子外套,我们一起组成节日三人组,再加上缠了彩带的轮椅。父亲推着轮椅,我走在一旁。月亮轻抚轮椅把手,它的倒影成了银色的水塘。母亲头朝后仰,举头望月。

"迷人的夜晚。"她柔声细语地说。

绿地四周的公路上聚集着人群,里三圈外三圈的场面使得有些人只能站在从中心呈扇形向外辐射的大街上。不过,因为母亲和其他米妮在前排有预留座位,我们得以突进重围,那些座位就在市长示意点亮圣诞树的讲台旁。

"嘿,古尔登夫人吗?"海蒂·贝尔克纳普招呼道,她的整个童年都作为改变休和索菲亚·贝尔克纳普夫妇人生的孩子而声名赫赫,她是个骨瘦如柴的小女孩,满脸雀斑,一头沙粒色头发,发型像是自己借助指甲剪修剪的结果。

"怎么了,亲爱的?"母亲说。

"我喜欢你装饰轮子的方式。"她说,结果她父亲严厉地看了她一眼,"我一句也没说她病了啊。"他把她带走的时候,海蒂直哼哼。

"嘿,艾伦。"一个年轻的警官将人群隔离在后,他的名字我实在想不起来,直到几个月后,我在市政大楼看见他。

"哦,你好吗?"我快乐地说,"看看你穿制服的样子可真帅。"

"艾伦在模仿我,小绅士。"母亲说着,向我眨了眨眼。

长老会教友合唱团着一身红色长袍站立,歌词本夹在胳膊下。跟我同属荣誉学会的阿曼达·博兰挥着手,又转头跟身边的女士说着什么。

"布莱恩还没回家吗?"一个头戴毛耳暖的苗条女孩缩着头问我。

市长跟我们一一握手。贝斯特先生也是如此,带着他其中一顶写有"愿最棒的人获胜"的帽子。

"琳达说你给她出了装扮圣诞树的好主意。"他对母亲说。

"噢,艾德,她根本不需要。"母亲回答。

"你看起来气色很好,"他补充道,"你也是,艾伦。"

米妮们通常在讲台后站成半圆,而今年她们围在母亲的轮椅四周。市长在一片母亲嘘孩子的声音和一个小女孩的放声大哭中念出她们的名字,那女孩被带进黑暗之中,声音渐行渐远,如同转过街角的救护车。

我还是个小女孩的时候，来过这儿一次，当时骑在父亲肩头，抓着他的头发，母亲吃力地抱着杰弗里，一面用胯部托住，一面贴在自己隆起的腹部上。那是她成为米妮的第一年，我每天早上都会看过道的篮子，看看前一天晚上她又为圣诞树做了什么。可在那天早上之前，我从没帮忙布置过。她也从没让我帮过忙。我也从未主动要帮忙。

"节日快乐，朗霍恩。"市长说道，"圣诞快乐"早已是过去式，就因为两年前的一月，一位大学里的经济学犹太教授在《论坛报》的第一版上抱怨了一周。市长举起胳膊，圣诞树获得生命，树枝间跳动着火花，母亲圣诞树上的红色、金色的圆形小亮片眨呀眨。人群中爆发出一片掌声，合唱团开始高歌。

当《圣诞夜》[1]最后一个深沉浑厚的音符渐弱时，一阵静默随之降临。父亲紧盯着母亲。他双唇紧闭，上唇紧贴下唇，可当她看过来时，他又开怀大笑。

"哪个是她布置的啊？"他问道，就好像几星期以来，家里的桌子上和操作台上没有散落着圆形亮片装饰物似的。

"左数第三棵。"我低声说，闻着他那柠檬味的古龙香水味和羊绒外套的潮湿味。"爸爸有味儿。"还是个小女孩的时候，我跟他们说，还混着鞋油和皮鞋味儿。

---

1 *Silent Night*.

"我想也是。"他说。

合唱团那《装饰厅堂》[1]的声音在四处回响，发出的辅音极尽高亢，穿透寒冷之夜那一团又一团呼出的温暖的白气。米妮们互相拥抱，市长感谢她们，人群拥上来，仔细端详每一棵圣诞树。有那么一刻，我看不见母亲了，她消失在了一圈邻居之中。那位年轻的警察隔着人群冲我微笑，而后转身离开，苍白的脸庞如轮明月，高过挤着人群找朋友的那群孩子。

"你是艾伦？"一个一头金发的女人说，她的头发在高高的额头后，用点缀着丝质冬青叶和亮片坚果的红色天鹅绒发带束起。她穿着一件黑色羊绒披肩，走路间它会飘动起来。她怀着孕的肚子已经很大了。

"我是哈蕾·麦克弗森。"她边说边握住我的手，"我们刚从亚特兰大搬过来。我丈夫在大学担任审计官。这仪式太有趣了，对吧？"

"确实，不过跟亚特兰大比起来，这镇子肯定感觉小吧。"

"哦，事实上，反正哪儿都是小镇，不是吗？我丈夫总说没有大地方。虽然你妈妈说你是纽约客，可也许你并不这么认为。"

我不置可否地笑了笑。我确实不认为如此。

"对了，我就想见见你，因为你母亲对我如此无私。我跟五金店老板说，想找本装潢的书来装扮下婴儿室，他说要是我跟你妈妈聊聊，根本不需要装潢书。"

1　*Deck the Halls*。

"噢,你是那个婴儿床妈妈。怎么样了呢?"

"很漂亮。谁也不信是我自己做的。"

人群在我们周围往两边移动,原来是父亲推着轮椅出来了。母亲笑吟吟的,挥手打招呼。

"噢,哈蕾,见到真人了。"她低头看了看哈蕾的腹部,"你看起来棒极了。"

"多子多孙。"父亲说。

"从周五开始,再有一周就到预产期了。"哈蕾说。

"妈妈,你怎么知道是她?"我问。

"她也跟我讲了怎么做发带,"哈蕾说着,指了指头发,"她是通过这个认出我来的。很快她就能看到婴儿床了。"

"很快很快了。"母亲说。

我们往小山上走回家的时候,孩子们不断从我们身边经过,大人们隔着街问候我们三个,母亲又抬起头看看月亮,说道:"我真爱圣诞节。它一直是我最爱的节日。我小的时候,常常用彩纸装扮整个公寓,"我们就那么走着,她拉起我的手。"艾伦,我们需要一棵树。"她说。

"不,不。"我喊道,人们纷纷转头看我,"拜托了,上帝啊,不要再来一棵了。饶了我吧。"

"就再来一棵。"母亲笑着说,"只要八英尺就好,太高了起居室也装不下。"

"只能再来一棵。"我说,"我的极限了。"

"男孩子还有两天就回家了,我们圣诞大餐就吃火腿吧。比火鸡容易多了。"

"火鸡也不坏啊。"

"知道怎么做火鸡挺好的,以防万一嘛。"

"万一什么?"

"噢,你呀。"母亲说。

"古尔登家的树艳压群芳。"父亲说道。

"我知道。"母亲说。

月圆如盘,月光皎皎,圣诞树上的彩灯发出五颜六色的光芒,从有些人家照射出来,那些人家或已入睡,或空无一人,主人仍然沿小山蜿蜒而上,圣诞树也在一片黑暗之中不见了轮廓。空气里微风泛起,室外的常青树发出窸窸窣窣的声响,就如同手掌轻柔地相互揉搓。

母亲打了个寒战。"你冷了吧,"父亲严厉地说,"你该穿件外套的。"

"我不冷。"母亲回答。

一个头戴红色软帽、帽檐拉低的小男孩从我们身边跑过,大喊着:"妈妈!"我们隐隐约约地听到山脚下有群人在断断续续地唱"我们祝你圣诞快乐[1]",边唱边大声地问着歌词。

---

[1] "We Wish You a Merry Christmas"。

"我爱圣诞节。"母亲叹了口气说道。

父亲俯下身来,好让自己的头靠近她的头。"复活节的时候,"他说,"我很确定今年的复活节来得早。很早。那位可爱的年轻女士肯定还需要你教她如何涂彩蛋或者编花篮。"

母亲抚着父亲的脸颊,而后又抬头看看月亮。"不会了,小绅士,"她说,"复活节再也不是我的节日了。复活节见鬼去吧。"

18

　　特蕾莎第二次来家里时,杰弗里和布莱恩从学校回来了。他俩刚出费城,就被困在了一场可怕而又滂沱的冬季暴雨里。两人爬出杰夫那漏雨的吉普车,浑身淋了个落汤鸡,可还是立志要赶回家吃晚餐。他们到家的时候,母亲在楼上睡着了;圣诞树点亮仪式之后的那晚,她上床后不久痛得哭醒,我便给了她更大剂量的吗啡,可之后她再次醒来,因为婴儿、一场雷雨、前院里一棵劈掉的树以及那树砸了房子而断断续续地流泪。我站在他们的卧室门口,父亲试图安慰她,可无济于事,她眼神空洞,做无谓的咆哮。他抱着她,重复道:"你做噩梦了,凯特。是噩梦。噩梦。没什么风暴。没有婴儿。"

　　"没有婴儿。"她说。

　　"没有。"

　　"我在这儿,妈妈。"我说。

　　"噩梦。"她说。

　　"对。"

　　最后,他松开她,拉上被子围裹在她肩上。如灯熄灭般,她的眼皮耷拉下去，开始沉重地呼吸，就好像得了重感冒。父亲穿着内裤就下了床。我靠在门框上，把目光移开，他穿上了昨夜的裤子和衬衫。

"我睡不着了。"他说，"出现幻觉是那药的副作用吗？"

"我不知道。"我说，"是又怎么样？我宁愿她安稳地出现幻觉，也不要她忍受疼痛。"

"我不是说她该忍受。我的意思是我们在不完全了解它的副作用之前，不该施药。"

"噢，爸爸，谁关心这个啊？如果药能止疼，即便她皮肤变紫，鼻子流血，谁在乎啊？这不是智力练习。这就是日常，我们得过。"

"问问医生吧。"他边说边走下楼。

"你问她吧。"我回答道。

可实际上，特蕾莎背包过来的时候，我问了她。杰夫跟高中时的朋友出去了，快到早上才回来，门铃响的时候，他赤脚走在厨房里，还穿着运动短裤。

"我这一伙儿人。"他边说边抓了一个花生黄油果酱三明治，用力打开了门。

"是特蕾莎。"我从他的肩膀上望过去，说道，"进来，特蕾莎。她在楼上，导管周围的区域有点儿红。她希望你给她看看那儿，还有她身体两侧起的肿块。"

"没问题。"特蕾莎说话时，杰夫扶着门，看着她进去了。她把外套放在起居室的一把沙发椅上,从帆布包里拿出一只小袋子,上楼去了。马上我就听到她说:"太阳都老高啦。"

"提示提示。"杰夫说。

"护士。"

"护士?"

"我告诉过你啊。科恩医生想派一名护士,每周来一次。就是她啊。特蕾莎·格雷罗。"

"特蕾莎?"

"杰菲,亲爱的,我还得擦地板,洗三筐脏衣服呢。科恩医生派了名护士来,她的名字是特蕾莎·格雷罗,我也注意到了,她非常年轻,非常迷人。"

"你说护士的时候,我想的是一个看起来像小面包的人。圆圆的。白白的。肉嘟嘟的。抚慰人心的。"

"好吧,你倒是这副样子。"

"好家伙,"杰夫吃着三明治,说道,"天哪。惨了惨了。"

特蕾莎下楼前,杰夫已经穿上了牛仔裤和橄榄球衫。"居然还穿了鞋,"我说,"好家伙。"

"闭嘴吧,艾莉。"弟弟说。

"我真高兴你们这两个家伙回来了。"我说。

"我也是。尤其是布莱恩。他在学校真难熬啊。恨他的室友,恨他的指导老师,恨他的课。我觉得,根本原因在于痛恨自己不在家。

他甚至都谈论转学到朗霍恩了,这样就能在妈妈身边了。"

"爸爸绝对不会同意的。而且,如果他下学期不转过来的话,就完全没必要了。"

"你这么觉得吗?"杰夫说。

"嗯。除非有奇迹,我觉得很快就曲终人散了。"

"啊,该死,"杰夫说,"还有多久?"

"我就像个酒鬼。过一天算一天。我没法儿告诉你下周是个什么样。"

"几周前,我在剑桥看到乔了。我去波士顿大学看些朋友,还跟他喝了一杯。他告诉我说不回家过圣诞节了。"

"我觉得,他无法应对有人即将失去母亲。"

"对,也是,你真善解人意,不过我觉得,他该换个时间上演他那渺小的个人心理剧,在他自称很在乎的某人不那么需要他的时候,我觉得他表现得糟透了。"

"而你跟他这么说了。"

杰夫笑了笑。"沙皇是波兰人吗?"他说。

"然后呢?"

"他不是那种能雪中送炭的家伙。"杰夫说。

"嗯。"

"不过呢,"杰夫说,"一年前我就该跟你这么说了。"

特蕾莎走下楼来,晃荡着听诊器。这一次,她戴着一副金色大圈耳环,穿着一条几乎拖地的白色长裙,手里还拿着一个红色包装、系着红绿条纹丝带的小盒子。母亲睡着的时候,我一整个礼拜都在分发礼物,给邻居,给护士,给科恩医生,科恩医生拿着丝带写有"噢,不"[1]的一端,把刺绣小枕头拿出来,挂在了办公室的门把手上。"肿瘤学家的信条。"她说。"我相信这是礼物背后的深意。"我说。

特蕾莎拿出她的小盒子,笑着说:"她多可爱啊。"

"你还有别的笑话吗?"我问。

"没了,没别的了。这些孩子盯住蓝莓山了,总是蓝莓山,我猜是因为我们告诉他们这太粗俗。那男孩不停重复那个词,粗俗,粗俗,就好像他喜欢那想法。"

杰夫伸出手来。"杰夫,"他说,"古尔登。"稍稍回回神儿,又补充说,"全县橄榄球队员,全县曲棍球队员,大儿子,擅长大力发球。"

"我记得你母亲全都告诉我了。"特蕾莎淡淡地说。她转向我,接着说:"我没发现导管区域有什么真正的问题。我又擦拭了一遍,采了血样,科恩医生需要。她最近一次服药是什么时候?"

"我说不好。"

"她看起来好累。我觉得调整剂量或频度并不太好。我可以跟科恩医生聊聊这个吗?"

"当然。她现在早上和下午都会打个盹儿,不过通常只是不小心

---

[1] 原文为犹太人讲的意第绪语。

睡着了，而不是事先计划。有时候她在沙发上读着书或者在轮椅上看着电视，就睡着了。而后，她会好一阵儿，之后又开始疲惫。这周她尤其累，都因为糟糕的周二晚上。我父亲想知道——吗啡会诱发幻觉吗？"

特蕾莎往上看了看楼梯，又看了看杰夫。"我们坐下，好吗？"她说。

"关于幻觉和吗啡，众说纷纭，"我们在起居室里的时候，她说，"很多外科医生会告诉你，这绝不可能。而其他人会说，这可能是副作用之一。有些护士又会说，发生的根本不是幻觉。什么时候的事情呢？"

"前天晚上，她醒来，哭喊着婴儿和雷雨。"

"是这样，有这么几种可能性。一种是，这是噩梦，因为药物的关系，她比你我有着更敏锐的反应。还有一种，真是幻觉。不过，也可能是她脑子里想象了一些事情，以那种形式表现出来了。我知道这太含糊其词，不过我们认为，我们治疗的有些病人会出现其想要思考或谈论的情况。而心系他们的人却只能视之为幻觉。"

"比如呢？"

"我的一个上了年纪的女性患者因为胰腺癌而危在旦夕，她不断指责她丈夫跟一大堆他们的熟人出轨。描述很生动，还有大量细节，我得说。我学到了一些我之前并不知道的性交知识。"

"噢，该死。"杰夫说。

"你确定他没有吗？"我说。

"我们确定他没有。"特蕾莎淡淡一笑地说，"我的理论是，她在想她不在了之后他的生活，愤怒和恐惧使得她排演了那么一出。"

"婴儿和雷雨呢？"杰夫问。

"我并非精神病学家，古尔登先生，有人还告诉我，艾伦并不想咨询一位精神病学家。不过，很可能你们就是婴儿，而这个"——她指指屋子四周，最后把手放在包和一堆医疗器械上——"就是雷雨。"

"也许你该考虑考虑精神病学。"杰夫说，"说得很有道理。"

"也许你可以跟她聊聊她的梦，艾伦。"

"我真希望就那么拿着你的听诊器，听听她的心脏。她的内心，而非心率，而是内在。"

特蕾莎从包里拿出听诊器，递给我。"也许会有帮助。任何亲密的举动都有帮助。我可以再去找一副。"她站起身来，"我觉得，如果你不反对的话，我会很快再来。"

"随时欢迎。"杰夫说。

"管好你自己的事儿，杰夫。"我把听诊器挂在脖子上。事后，我有时会想，我第一次是如何对付一副听诊器的，又是怎么像医生和护士那样挂在脖子上的。我还想特蕾莎是怎么递给我的，我又是怎么留下了它，尽管我知道我该主动还回去。

"我母亲喜欢你，特蕾莎。"我说，"只要你觉得需要或者有用，或者随便什么理由,尽管常来吧。我有种预感,她如今可能更需要你。"

"对。"特蕾莎边说,边拿起外套。

"还有多久?"杰夫说。

"我也说不准,"特蕾莎说,"利用好你们现有的时间,而不是担心还有多少时间,这才是重点。"

接下来的一周,我们正是这么做的。她裹着围巾和毯子御寒,男孩子们开吉普车带她出去看全镇的圣诞布置,从我们周围某些超级豪华的房子外的树丛和树上那简朴的白色灯泡,到距离镇上十英里开外一条狭窄的县公路边的小科德角,那里的塑料合唱团大男孩装饰脑袋里装着两百瓦灯泡,在草坪上唱着歌,屋顶上有一架雪橇、八只姿势痛苦的麋鹿,车库的门上还有一块写着"圣诞快乐"[1]的牌子闪闪烁烁。

他们迟到晚上才进家门,听着杰夫描述一个他称之为"十亿灯光辉煌照耀的宅邸"以及生活于其中的人家的电费单,一顿号叫。我在厨房做可可,在一块板子上做圣诞曲奇,可以听见他们在休憩室里大喊大叫。

"我们怎么可能不叫他们,不尽可能礼貌地说'先生,女士,为什么是法语呢?为什么?'就上床睡觉了呢?"杰夫嚷嚷道,"为了给穿着塑料合唱团长袍的小混蛋们增添阶级感?因为——想想这个,

---

[1] 原文为法语。

伙计们——这没用！"

我拿着一个碟子进来，布莱恩补充道："哎呀，艾尔，你要是亲眼看看这地方该多好。杰夫的车开得慢极了，真的很慢，就对着他们拥有的所有东西——描述，妈妈说：'杰弗里，他们会听到的！'可他根本就听不见她在说什么，因为她乐不可支，发出的只是小小的尖叫声。"

"他嘴太损了。"母亲大笑着说。

"说到拜尔斯家那样儿，我又不能嘴下留情了，每扇窗户里都放了白色蜡烛。无论富豪家还是寻常人家，我都一样刻薄。谁也不能叫我势利眼。"

"你就是个势利眼。"布莱恩说。

杰夫半反手抓住他。"你完蛋了，"他说，"你玩儿完了。"

父亲从过道走进休憩室，手捂着话筒。"请你们都安静！"他嘘道，"我在给剑桥打电话呢！"

"耶稣哇，"杰夫小声嘀咕道，"剑桥！我差点儿打扰了跟剑桥某要人的谈话。"

"杰夫。"母亲喊道。

"好吧，小妈妈。曲奇一如既往的美味啊。"

"亲爱的，跟你姐姐说。她做的。"

杰夫盯着我。"想象一下，"他说，"艾伦·古尔登竟同时把面粉和水倒进一个地方——使用搅拌大师——那把铲子。"

"你他妈的觉得我一直在这儿做什么?"我说,"你觉得是谁在用吸尘器,洗衣服,做饭?你以为是谁去买东西,打扫卫生,铺床单?"我嗓音都变了,两眼含泪。我住了口,走开,回到厨房。"妈的。"我听见杰夫这么骂了一句,母亲这回没吼他。

我们看了全部圣诞节影片,《34街奇迹》和《生活多美好》,当乔治·贝利的弟弟称他为镇上最富有的人时,我们都坐在那儿哭了,甚至父亲都默默哭上了。圣诞节前夜,我做了虾,开了香槟。"贝蒂妙厨!坐到我身边来。"杰夫说。这次我没有失态。我们看了《圣诞颂歌》,阿拉斯泰尔·西姆主演的老版黑白英语片。

"确切来讲,改编自狄更斯小说的电影没有一部真正好的。"父亲说着,从他的阅读眼镜上方瞟了一眼电视屏幕,腿上放着摊开的《纽约书评》,"不可能做到原汁原味。实实在在的语言描述才是狄更斯的精髓。这种描述让电影无计可施。看,现在是那场欢聚场景,斯克鲁奇还是个学徒,电影无论是从演员阵容还是人物对话设置上都无法还原作品,比如说菲茨威格[1]在书里所能触及的内容。"

"我打赌这就跟马里奥·普佐[2]谈论《教父》时说的一样。"杰夫说。

"听听这对话,艾伦,"父亲说,"节奏完全被破坏了。"

"噢,别说了,小绅士。"母亲说了句,我们全都放声大笑,唯独父亲没有,他从下巴到额头都变了颜色。杰夫去我屋里拿书了,

---

[1] 菲茨威格为斯克鲁奇做学徒时的老板。
[2] 意大利裔美国作家,《教父》作者。

他在跟着电影对白一起读,简直完美。"很抱歉,真的。"母亲补充道,"不过你不能滔滔不绝地讨论《圣诞颂歌》了,今晚不行。"

"我的观点是——"

"我知道。可我想看电影。"

我想,换个其他任何时间,父亲都会继续辩论下去的,或者其他任何时间,母亲一开始就不会介入。可他陷入沉默,继续读报了,而我们其他人喝完一瓶香槟,又开了一瓶。

"你还生我的气吗,小绅士?"播广告时,母亲问。

"我从来不生你的气。"他说。

就在斯克鲁奇学会要欢度圣诞节之后,我们发现母亲睡着了,父亲却不肯抱她上楼。也许三个孩子站在身边,这一举动似乎太过亲密。我想,亦或许是想起了紧跟那顿灾难性的晚饭之后的早上,母亲有多高兴,那晚他抱着她上楼,许诺了事后他并不愿意做的事情。我们叫醒她——"结束了?结束了?"她问道,样子就像在马戏表演中睡着了的小孩——布莱恩扶她上了楼。

第二天一早,她七点就起了,几个星期以来起得最早的一回,她躺在沙发上拆礼物。杰夫送了她一条丝巾,上面是大串大串的紫葡萄,宽大而奢华,她把丝巾披在肩上。布莱恩送了她一本吉本写的《罗马帝国衰亡史》。她高兴地说:"我想看这本书都想了好多年了。"他们俩笑个没完没了,最后都笑抽了,不得不让别人给捶捶背。布莱恩俯身靠向我,小声说:"是另外一本爱情小说。杜安书店帮我包上了《罗马帝国衰亡史》那灰扑扑的外封。"

我给了她一部对讲机,这样即使我们俩不在一处也可以交流。父亲送了她一枚白金镶小钻戒指,弧度堪称完美。它吸收光后,会变成蓝色和粉色,虽然她一移动,戒指会掉到第一个指节的位置,可没人建议她改小戒指。

"这叫永恒戒指。"父亲几乎害羞地说。

"我知道,"母亲说,小钻在她那深蓝色丝绒长袍的映衬下熠熠发光,"很漂亮,小绅士。是我收到的最棒的礼物。"

乔纳森寄给了我一本手账,是厚皮面的,日理万机的女人们会在午饭时拿出来,放在桌上,里面抄满电话号码,以及各种备忘录,一天一面,还附一幅伦敦地铁图,好像她们除打车之外还坐过别的交通工具似的。即将到来的一年就像扑克牌一样在我的指尖划过,空白,崭新,二月,七月,十一月。

我坐在圣诞树旁边的地板上,逐页给手账标上页码。我八月的生日是个星期五,母亲六月末的生日是个星期二。复活节的确比往年早,在三月底。

"他很狡猾,对吧?"杰夫越过我肩膀看那些空白的纸页时,说道。

19

我还留着那本手账。如今我每天都用；如果没了它，没了全部电话号码，没了那些写着时间、咨询和用药的潦草纸条，没了下周二、下周五、下个月行程的便条，我就迷失了。有时候我会觉得，要是丢了它，就丢了生活的关键。不过当然，从某种角度来说，我记得几年前就已经丢了那个关键，就在我得到这本手账之后不久。这可是一桩并不对等的交易。

那年过完之后，我把字迹潦草、凌乱不整、记录有经常无法理解的内容——对了，5月12日的"11—DMC"是什么意思？——的纸页拿出来，放进一个小马尼拉信封里，封上口，放进鞋盒。卢尔斯把银行账单、手机短信、旧的垃圾邮件和家人照片统统扔进她公寓壁橱内的盒子里，她说我精细过头了，此举只是赋予混乱的精神世界一种表面的秩序而已。可迄今为止，这个习惯已经保留了五年，它就成了你的日常之一，跟你叠袜子还是卷袜子，是从左到右还是从右到左吃玉米，别无二致。我从来没打开过信封，看这些旧纸页。我不在的时候，看过这些的人们不会比没看以前更加了解我，除非内容显而易见，比如，我是个超级超级忙碌的女人，我喜欢用纤细的黑色墨水马克笔，而非蓝色。

不过，那些撕开黄色信封、看过内容的人肯定会对第一年的头两个月感到困扰。我清楚地记得那段时间的纸页一片空白。

一二月间，那本手账就躺在我的书桌上。我写上了卢尔斯的电话号码，其实没有必要，我都记住了。我还记下了杰夫和布莱恩的在校地址。我没写乔纳森的地址；他自己记录就好了。用的是蓝色圆珠笔。是手账里唯一的蓝色圆珠笔记录。

"你喜欢它吗？"乔问，"我本想给你买本一周一面的，可又觉得那种不够用，你那么多事情。一天一面的版本让手账太厚了，可我觉得这让步值得。"

"很棒，乔。"我说。

"那东西就叫艾伦·古尔登哟。"他说。

没错，那东西确实叫过去的艾伦·古尔登，那女孩会穿着高尔夫钉鞋踩扁她母亲；把同学从写作研修班上吓唬走；上周四以优异成绩从哈佛毕业，下周一就开始上班；钟爱办公室里的那些时光，她向外望着东河那无法穿透的漆黑点缀皇后区倒映的灯影，彼时，只有公司的保洁人员还与她同在，想象着那些强过她的形形色色的人在参加宴会或去餐厅用餐，跟她类似的形形色色的人在市中心的俱乐部或者在某些便宜但地道的唐人街店里消磨时光，她便自言自语："我领先了。"那个艾伦·古尔登，她的老板怀疑她耍母亲病危这一伎俩来要求加薪或升职，会将这些纸页的每一寸地方都疯狂而凌乱地写上不经权衡的野心。

两个月里，我只字未写。我不需要。一月的大事就是医院送来病床，我们把休憩室里的家具移进起居室，好放下病床。凯特·古尔登的家在一点一点受到瓦解。过去那些完美的生命所寄居的地方，很可能跟先前的艾伦·古尔登毗邻而居，那个古尔登把野心当早餐，用任何拦路之人当中餐。

我记得最后一个完美的下午就是我学会做面包的时候。我对面团又揉、又折、又拍，之后将一块干布覆盖在上面，母亲和我聊着特蕾莎和她的工作。面发起来的时候，我们坐在起居室里，拿着大厚本的《安娜·卡列尼娜》。我沉浸在书里面，列文在大太阳下割草，渥伦斯基自我陶醉，一段段罗曼史，一桩桩密谋，以及安娜可触知的痛苦和沉沦。直到屋里的光线消失殆尽，我再也无法清楚地看见文字，我才看了看母亲，她在看我，书在她手上摊开。

"真高兴我们成立了读书会，"我赶忙说，"因为我真想听听你的观点。我最后一次读这本书是为了准备'文学中的女性'这门课程。我们年轻的女教授说，这本书的致命缺陷是由男人书写，安娜也许会为了情人离开丈夫，却绝不会离开儿子，要是作者是女人，她就会明白。我曾经尝试跟爸爸谈论这个话题，可他对整个观点嗤之以鼻——我记得他说，安娜代表肉体，吉蒂代表灵魂什么的，我猜他说得没错。可你怎么想？你觉得女教授说得对吗？安娜会不会为了孩子留下来?"

空气中有一大段沉默,我觉得她是在思考我提出的问题。后来,她安静地说:"我看不见字了。"

"我知道,"我说,"天太晚了。"我打开桌灯,"你该早点儿告诉我开灯的。"

她摇了摇头,一片红色灯光倾泻而出,她任由手里的书滑落到地毯上。"我再也看不见书上的字了。我再也不能阅读了。我看不见了。跟一个老妇人一样。"她深叹一口气,而后如骨在喉般,发出了一个声响。

我们默默地坐着,最后她开了口:"我很难相信有女人会愿意抛下她的孩子。"

"即便为爱也不会?"

"那就是爱啊。"她说着,俯下身去,拾起书。

"我可以给你买个放大镜。"我说。

"药。"她说,"我需要一片药。"

后来,我告诉特蕾莎母亲看不见了,她告诉我她并不吃惊,这可能是服用药物和身体恶化所产生的某种非同寻常的副作用。"我们有个书友会。"我跟她说,而后就发出了跟母亲一样的声音,那种吞咽的抽噎。

"你得进入下一阶段了。"特蕾莎说。

"我吓得魂飞魄散了。"我说完,把脸埋在双手里。

"你当然会。"特蕾莎说,"你一直在做正确的事。现在那就是正确的事。"

"我再也忍受不了了。"我说。

屋里很安静,我都能听到厨房挂钟的指针沿着它们的轨道势不可挡的流转嘀嗒之声。特蕾莎等了很长时间,最后柔声细语地开口,我第一次从她的声音里听出了同情或是真正的柔软:"只要需要你忍受,你就会忍受。"

要是没有特蕾莎·格雷罗,我不确定我会不会洗澡,会不会穿好衣服。母亲和我可能会像宝贝简和她可怜的小妹妹一样,穿着浴袍、头发油腻地坐在起居室里。可是因为特蕾莎,因为我需要让她觉得我自己看起来很好,我就早早起床,淋浴,清理干净厨房料理台上昨晚留下的杯盘狼藉,诸如父亲吃完烤箱里小火略微加热的剩饭之后留下的盘子,以及我睡前吃樱桃派的碟子。

我长胖了;唯一合身的裤子就是那种带松紧带的。可父亲看起来还跟以前一样,面色疲惫,衣着光鲜,某些天看起来还更好,我总是怀疑这些天的前一个晚上,他是不是在办公室吱嘎作响的皮沙发上搞了某个副教授或者行政助理。我这么猜忌的时候,一股如疼痛般强烈的火气就会一涌而上,我要压下去,因为我无力承受。我需要集中所有精力来熬过眼前这些日子,母亲如今真的开始慢慢走向死亡了。

也许是我罗曼蒂克,不过我认为是她自己让滑向死亡变得真实,就在男孩子们离家之后。我记得她是如何说"复活节见鬼去吧",我想也许她拼命挣扎了很长时间,才得以熬到圣诞节,遵循那些古老传统,不缺席一家人的时光。她下定决心为那段时间集结力量,在那座漂亮的小白房子里,她曾经如此苦心营造一种生活,而圣诞时光就是这生活最极致的展现,有家庭聚餐、愉快的仪式和各种美丽的事物。

那两星期里,她常常兴高采烈。人们说,有时候那些朝自己嘴里开枪或者迈进屋顶到人行道之间那段狭长的空气隧道里的人,为了让自己周身涌起一股暖流会变得欣喜若狂,母亲的兴高采烈便是这一种。我觉得,在杰夫把那个多余的军用帆布包放进自己吉普车的后备厢里,放在布莱恩的帆布包旁边,抓住翻车保护杆,跳进前排座位,两人分别穿羽绒和羊绒外套来抵御一月灰蒙蒙的早晨,在车里坐定之后,在母亲让布莱恩把头倚在她肩膀上,用手背抹掉他的眼泪之后,在我们俩站在那儿跟他们挥手道别之后——我觉得就是在那时候,母亲允许自己放弃。

"我觉得她丧失了活着的意愿。"一周后的一天我对特蕾莎这样说道,"如此简单吗?"

"是。"她说道,嘴角微微上扬。如果放到一开始,我会觉得这笑冷漠,有点儿屈尊,而现在我仅仅视其为颇有尊严地表达理解。"你母亲至少在过去几个月里,在她的部分生命里,按她习惯的和钟爱的方式生活了。而她现在很可能意识到,那生活不再真实,她会逐渐变成一个病人。他们培训我们的时候说，绝症病人会经历如下阶段——否认、愤怒，最后是和解。"

"去他妈的和解，特蕾莎。"

"不是为你，艾伦。为她。我没有期待你跟她和解。"

那时，特蕾莎一周来三次。有一天卢尔斯打来电话，她在场，我给卢尔斯打回去的时候，告诉她，刚刚我跟护士在一起。

"噢，想必是轻松自在的一天。"卢尔斯说。她刚和一个画家分手，他说她要求太多，他们坐在饭店里吃饭，他想勾搭女服务员时，她抱怨了。

"并不是哎，她太棒了，卢尔斯，"我说，"像心理医生和牧师的结合体。"

"某种结合体，"卢尔斯说，"她把你妈妈照顾得好吗？"

"她也照顾我。她跟我聊天。她让我神志正常。有时我会想，我们到底谁是她的病人。你和她是我跟外界的联系。或者说你可能是我跟外部世界的联系，而她是我跟内部世界的联系。"

"你听上去好像在接受心理咨询。"卢尔斯说，她在电话的那头咀嚼着什么。

"噢，求求你。"我模仿卢尔斯说，她总说可以通过人们疯狂的程度来判断他们在接受心理咨询。

"我想，我可能会改变对心理咨询的看法。"卢尔斯温柔地说，"我想我可能需要找个人聊聊。"

"你可以跟我说。"

"我知道,甜心。可我不能跟你诉苦,因为我的苦跟你的苦比起来,不值一提。"沉默中,我听见卢尔斯在咀嚼、吞咽,"家人的苦,这是我们在聊的。特蕾莎只是听你的苦,而不诉自己的苦吗?"

"我认为,特蕾莎没有真正的痛苦。"

"上帝保佑她,"卢尔斯说,"什么样的人生啊!"

相反,特蕾莎诉说其他人之苦,那方式竟奇怪地能抚慰人心,让我觉得自己是痛苦和折磨这个大社团里的一员。她告诉我,那个患胰腺癌的女人如何在病床上死在丈夫的臂弯里,那个得乳腺癌的女人病痛如何减轻,她和她的两个小孩不再需要她。"未来某一天,你会再去她家吗?"我问道,就像斯克鲁奇一样,想要看见跟死亡有关联的某个幸福的场景,特蕾莎突然眼窝一热,说:"我祈祷不要。"有时候,我忘记还有其他人的生命跟我们的一样,与她的生命紧密缠绕。

"你有没有跟谁约会?"有天早上我问她。

"我在跟城里的一个男人约会,"她说,"不过长距离恋爱好难。"

"给我讲讲吧,"我说,"你怎么遇见他的?"

"在教堂里。我母亲认识他母亲。我过去住在布鲁克林,离他不远。两年前才搬的家。"

"你过去住在城里?我完全没想到。那你是怎么来这儿的呢?"

"离这儿三十英里的地方,有个弱势儿童营地,名叫'梦之营地'。我小的时候去过那儿。有一回,我们来朗霍恩看电影。透过公交车车窗,我看着朗霍恩,觉得它看起来像我未来有一天愿意居住的地方。"

"所以你就照这想法来了这儿?"

"哪儿都缺护士嘛。"

"可你为什么离开城市呢?我爱城市。在城市里自己的公寓睡的第一晚,我记得感觉就像这辈子第一次回家了。有时候,人们会说,噢,你怎么睡得着,那么多噪声?我听着汽车喇叭声,救护车声,那就是生活。真正的生活,就在外面上演。"

"是,我知道。"

"所以你为什么离开?"

"你怎么爱纽约,我就怎么恨它。噪声,尘土。真正的生活。我受够了真正的生活。我在这儿的公寓里,夜晚能听到树木随风摇曳,飒飒作响。我再也不回城市了。"

"拜访都不愿意?"

"那儿没人需要我去拜访。我十八岁那年,母亲去世了。对于你的问题,答案是否。不是因为疾病,也不是因此我才从事这个职业。她是在诺斯特兰特大街被一辆犹太人开的出租车撞死的,当时她在上班的路上。司机非常非常抱歉,我也一样。于是我就离开城市,来到这里。如果我在约会的男人对我有足够兴趣,他也会来。如果没有,那就算了。"

"我们有相似点。我们的母亲,我是说。"

"我母亲是个坚强的女人,有着艰难的一生。"

"指哪方面?"

"我觉得暂时还是不聊这个了。没什么好的方式可以告诉人们现有的亲属关系多么幸运。"

"我知道。"我说。我朝起居室四周看过去,看到那架钢琴,那些印花布,钢琴上那些镶框相片。

"我从没见过你父亲。"特蕾莎补充道,"我猜他是个有趣的人。"

"你都没好奇过为什么见不到他?"我问。

"我来的时候,他在上班。"

"可你就没怀疑过,他为什么不在家,为什么都没有至少回来见你一下?"

"听你的语气,你替我们两个人怀疑了。我这个岗位上的人,要明白的事情里其中一项就是,疾病激发出不同人身上不同的特质。有些人因为疾病充实了——对,我知道,你不想考虑这种可能性,可那是事实,我见证过。有些人天生就能面对疾病,挺身而出。而有些人被恐惧打败了。他们常常否认或者抽身而退。"

"杰夫说得对——你应该当个心理医生。"

"你弟弟真有意思。我想象你父亲跟他很像吧。"

"你想错了。我父亲很像我。或者说我很像他。或者至少说我过去像他。当下我不是很像自己,如果你知道我的意思的话。"

特蕾莎又笑了，有时你先在她的眼睛里而不是嘴上看到这丝微笑，就像医院显示器上的东西。"痛苦让人蜕变。"她说。

"痛苦糟透了。"我说。

"我同意。实际上，两种结论都对。"

20

没有人来看望我们。谁也没来过,除了联合包裹快递员,他送来卢尔斯从办公室寄的书籍和手稿,这样我好不丧失编辑技能。我把这些东西堆在卧室的角落,继续读《安娜·卡列尼娜》,即便对结局已经了然于胸。我觉得好像有义务继续读下去,一直读到火车轰隆隆驶出车站。

有时候,我出门采购,或是买些书或一束雏菊,因为这些东西会给母亲带来超过这行为本身的愉悦,我会碰上某位老朋友,哪个米妮啊,或者教员的妻子啊之类的,我几乎都能看到她们在脱口而出之前,脑子里正在形成的那句话:"我一直想去探望,可是……"

又一股愤怒的小火苗会在胸中一闪,而后因为缺氧而熄灭,可有天下午我破了例,我去书店买了一个放大镜。特蕾莎说她觉得药物影响了母亲的视力。不过我认为那又是她累得力不从心不想活的一个方面。

杜安夫人开始说她一直想去探望,我就直视着她清澈的蓝眼睛,那双聪慧的眼睛,意识到她将要说出口的话含有的欺骗性,迅速避开了我的视线。我不假思索地打断她:"那就来啊。别光跟我说。没来别后悔。她的病不传染。"

"艾伦——"

"别。"我说，声调越来越高，音量越来越大。我意识到店里的人都在驻足聆听，可我不在乎，"自从圣诞节前的那一周，再没人来看我母亲。她很孤单，很难过，她觉得每个人都忘了她。这一切都因为那不是冬天的滑雪计划，也不是晚餐购物，处理起比那些更深一层的东西，谁都会非常不舒服。"我拿起购物袋，没付钱就离开了。

我回到家，把放大镜放在起居室的桌子上，就在《安娜·卡列尼娜》旁边。可我没发现它被使用过的任何证据。我还是不愿意将她的书放回书架，跟其他两本放一起。我不愿意宣布"古尔登女孩书友会和厨艺会"不复存在。

第二天，杜安夫人打来电话询问她能不能过来共进午餐。我做了鸡肉三明治，她和母亲在餐厅里摆放得体的餐桌边用了餐——"餐具垫，艾伦。"母亲吩咐道。杜安夫人很少跟我眼神对视。她跟母亲八卦些谁家的孩子做了什么，一月的经济萧条之类的。

我注意到，她对男人的弱点竭力闭口不谈，而这可能是我跟卢尔斯一起吃中饭时最常提起的话题。我在想，这是否是母亲和我这两个年龄层的女人之间的又一区别，或者是不是单身女人和已婚女人的区别，后者因此比我们在男人身上投资的要多得多。或者很可能是因为母亲的朋友们知道父亲的所作所为，以及对母亲所怀有的感受。我想知道杜安夫人和其他如她一样的女人是不是背着我母亲经常谈论，又或者她们对此习以为常，不确定自己的婚姻在菠菜沙拉和冰茶的表象下安全与否。

母亲让我帮她从轮椅里出来，坐进父亲通常坐的那把带扶手的餐椅，杜安夫人到达的时候，她已经坐在那儿了。她穿着一件深绿色高领毛衣，套着一件同色圆领毛衣，但怎么都掩盖不了她的虚弱。

"可爱的中饭"（她跟父亲说起这顿饭时，用的就是这个说法）之后的第二天早上，她起得很晚。听到头顶的旧松木地板响起她那虚弱的脚步声时，我在厨房打扫。水哗哗地流着，管道如同半心半意的报丧女妖一样发出微弱的哭号，抽屉和门被关上时闷声闷响，此外便是沉默。

我拿着一本母亲的杂志坐到餐桌旁，看着花期在春季的多年生植物。不过我无法告诉你我会在哪儿种这些植物，为什么种这些植物，因为我烦透了园艺。我读了菜谱，还看了制作婴儿床床裙指南。母亲很可能是为哈蕾留下这个的，哈蕾的女儿肯定超过预产期了。我听到头顶上方有个声音，起初以为肯定是管道，或者下面街上的孩子在大喊大叫，或者很可能是一阵脾气乖戾的冬风突然鞭打天窗。声音再次响起，我抬起头来。又来一声，我走到楼梯脚处。

"艾伦。"那声音在呼喊。

我跑上楼梯。自从高中开始我就不跑上去了，之前我都跑上去看父亲有没有早到家，好告诉他新闻，让新闻成真——"我进了普林斯顿！""我赢了作文比赛！""我要在毕业典礼上代表毕业生发言!"有多少次我急匆匆跑进家,使劲儿敲门,上气不接下气地要告诉他什么事儿,结果只能跟她说啊?我脸上表现得该有多失望啊?

"艾伦。"喊声又响起来。

她的卧室里没人,被子掀开了。母亲生病以前,我看见父母的床没整理的情况,要么是他们还没起床,要么是我做了噩梦胆战心惊地进屋,要么是我凌晨一点回家,头伸进去跟他们报个平安。椅子上放着一条针织裤和一件长款T恤,被移得离浴室门很近,这样母亲就能走过来,停在这儿扶一下,从床到桌子到椅子,再到浴室。浴室门关着,我轻轻敲了敲门。

"你得进来。"母亲哽咽着说。

浴室里很热,有股汗味和某种甜腻、深远的气味混合而成的腐臭味。母亲躺在浴缸里,手臂遮着眼睛,可能在玩小孩子的把戏,坚信她看不见我的话,我也看不见她。

"我出不去了。"她说。

我默默拿起浴缸旁边椅子上的毛巾——我记得她把一个工具箱改成这长椅,漆上颜色,又把一些漆磨光,如此椅子便看上去更古朴——把它搭在手臂上。我抓住她的双手,想把她拉起来,可她的双腿在水里无助地乱动,浴液又让双腿打滑,光滑的陶瓷浴缸上亦无把手可支撑。我只好揽住她的胸部,使劲儿拉她出浴缸边沿,上了椅子。我气喘吁吁,牛仔衬衫的前襟被洗澡水或是汗水浸透了。她没什么重量,却感觉那么沉重。

我从未做过、也不会再做一项这么需要我完全不假思索地行动的任务。母亲把胳膊肘倚在浴缸边沿，头枕在手上，我为她擦干她那不堪而备受蹂躏的身体时，她哭了。我一片一片、一点一点地擦，因为我知道我要是允许自己真的去看她，看她变成了什么样子，我就完蛋了。

可她知道，我说不出话来，她也保持不了沉默。突然，她用手擦了擦脸，说道："我永远也不想让你看见这样的我。我应该就那么待在那儿，等你父亲回来。我说不好两者之间哪种更糟糕，是让你看见这样的我，还是让他看见这样的我。"

"我最终也会上来的。"我说着，擦干了她的肩膀。

"在你看到这样的我之前，我宁愿先死。就这么……腐烂了。我现在看起来就是这样，像一个烂透了的桃子。像烂水果。为什么我就不能死了算了，不活了？一个人不得不这样活着真是罪过。腐烂成这样。"她再次让脑袋耷拉下去。

我走到她身后，用双手抓住她的腋窝，拉她站起来。她紧紧抓住我的胳膊，拖拖拽拽地进了卧室。她扶住梳妆台边沿，我帮她穿上内裤、裤子和短上衣。可我从没碰过她，那种真正意义上的触碰，没有拍拍她，更不用说紧紧抱住她。如果我今天告诉你，自打那以后，我曾一百次想，我该不该用双手搂住她，而不是用毛巾裹住她，我该不该摇摇她，就像她无数次摇我一样，那我就在次数上撒了谎，何止一百次啊，简直无以计数。

我从没尝试回忆那个早上她的样子。我记得我从没碰她,从没直视她的眼睛。我给她穿好衣服之后,她如同置身于陌生房间里的盲人一样,缓慢地移向床,而后躺下去,盯着天花板。我第一次注意到,杰弗里送她的圣诞丝巾被搭在了梳妆台的镜子上,这样那富有光泽的紫色葡萄、绿色葡萄叶和蜿蜒缠绕的葡萄藤就从任何一处映像中垂下来。

"我要睡觉了。"她说。

那个一月,他们送来病床,让休憩室不再井井有条,起居室挤满了家具,还一不留神让一条金属侧栏在过道那橡木地板上划下一道长痕,她一直一言未发。她只是走进去,面向窗外侧身躺下,看向我们的车道,以及隔壁邻居家的山墙。好像什么东西碎了,我觉得它碎在了浴室里、椅子上。

21

在生命的终点，她既是孩子，又是母亲，既是老师，又是学生，既奉献力量，又乞求力量。在生命的终点，她躺在休憩室里，躺在两侧高栏防护的床上，免得夜里滚下床去。有时候，我会摸黑站在门口，像偷窥狂那样安静而机警，注视着她辗转反侧、嚷嚷、谈论毫无关联的琐碎之事，关于我父亲，关于她的孩子们，总是孩子。关于那些名字对我毫无意义的人，可能是鬼魂、臆想、悔恨，以及那些错失良机的人。有天晚上她跟她哥哥史蒂芬聊天，睁着双眼，即便呆滞的眼神如同盲人的白手杖，暴露了失明的状况，我就待在那儿，直到外面的天空开始露出鱼肚白。不知道为什么，我总觉得如果她跟多年前过世的哥哥讲话，就意味着她用天眼看见了另一个国度，她的心脏在怦怦跳向不可避免的终止符。

望着这一切，我的眼泪常常顺着脸颊流下来，流到睡袍的前襟上，可眼泪就像狂流不止的鼻涕，似乎是一个无效的身体机能。没有啜泣，没有跟痛哭一场关联起来的长吁短叹。我站在房间对面，泪流不止，屋里除了母亲沉重而吃力的呼吸之外，毫无声响。

有一次，我走下楼来，发现她的床一侧的防护栏降低了，父亲难受地蜷在她身边。我和他在黑暗中对望彼此，而后我转身上楼，即便他跟在后面，我也没有听见。

休憩室的墙上装饰着白色的松木镶板，挂着碎花窗帘，我仍能在记忆里想起那块玫瑰加绿叶的印花布。绿色沙发被拖到了起居室，病床固定在书架那面墙的前面，好对着电视。然而，装饰唤起的全部光彩和美丽都被那昏暗而阴沉的光线抵消，那种一二月典型的阴霾天，阳光昏沉而吝啬。如今，我感觉我的心在开始下沉，只在复活节将至时不可避免而又充满讽刺地稍稍轻松一些。我痛苦的纪念日啊！

有天晚上，位于屋外角落的道格拉斯松枝整夜抽打我的卧室和母亲休憩室的窗户，到了早上，鹅毛大雪倏忽而下，屋里完全没有了光线，我不得不在大中午打开灯。雪花开始飘飘洒洒，最后都快飘进了窗户。母亲整天歪着脑袋，只有喝汤的时间除外。她缓慢地兜个大圈，将勺子往上举，勺子才到半道，嘴巴已经张开，好像她再也无法信任自己可以更加准确地协调肢体动作。"雪好美。"她说，把碗盅递回给我，而后又睡着了。

我在亮黄色灯光下读着书，眼睛累了的时候，就进厨房看看雪下了多厚。屋后铺了一层雪毯，积雪覆盖矮灌木丛的地方形成波浪和小丘，院子里突出的一块正是杜鹃花的所在之处，我拿一个倒扣的果篮和一个粗麻布包保护那株杜鹃花。厨房的电话响了，就像安静的屋子里发出的一声尖叫,我跑去接电话,看见一天就这么溜走,已近七点。唯有光线告知我时间,而整个下午的光线却被隐藏。

"艾伦,"父亲说,"雪这么大,我回不了家了。安保人员封锁了两座步行桥,谁也没法出来铲雪。我就在这儿找个地方睡了。"

"睡在办公室?"

"我不知道。系里有些人有沙发床。要是我发现谁已经回家了,就用他们的。你打电话到这儿没人接的话,我就是去别人那儿了。"

"嗯。"我说。

"你母亲怎么样?"他问。

"老样子。"

"告诉她明天见。"

"好。"

"你还好吗?"

"很好。"

我觉得我记得,放下电话的时候脑子里闪过一个念头,如果母亲在那晚死去,外面飘着鹅毛大雪,父亲却和某个以优异成绩毕业于"七姐妹盟校"[1]的饱学之士困在沙发上,那他余生都会因这记忆而痛苦不堪,那毕业生可能对亨利·詹姆斯抱有强烈的观点,狭隘俊朗的已婚人士是其软肋。或者可能我是事后这么想过,记忆总是玩尽花招。

---

1 最早指美国东北部七所女校(曼荷莲学院、韦尔斯利学院、史密斯学院、布林茅尔学院、巴纳德学院、瓦萨学院和拉德克里夫学院),当时与"八兄弟"(常春藤盟校)相对。创立时旨在为女性提供一流的大学教育。

休憩室里,母亲睁着眼,眼里却空无一物。"谁啊?"她柔声问道。

"你丈夫。"我说话的语气自认为不带情绪,"看样子,他没法回家了,得待在学校了。他说明天见。"

"可真是场大暴雪啊。"母亲再次看向窗外,说道。

"没那么大。"我说。

"艾伦,"她说话的语气多少天以来都没这么有力过,"把书放下。"实际上,我记忆里她就没这么有力、严肃地说过话,除了那次我嘲笑一个患唐氏综合征的小女孩。她曾住在我家山脚下,那次母亲变得冷酷、无情,我一直还以为只有父亲才会如此。现在她就像一名短跑选手,一直休养生息,等待那短暂的必要时刻,在那寥寥的几分钟里成为她自己。

"你和你父亲怎么回事儿?"

"什么怎么回事儿?"

"你回家以后,就一直很生他的气。如果你要因为这一切生谁的气的话,你该生我的气啊。是因为我你才在这儿,不是因为他。"

"妈妈,这跟你没关系。我们不该讨论这个。我跟爸爸之间的分歧跟你无关。"

"跟我有关,尤其是现在。将来你就只有他。"

"停。停下吧。"我抬起手,掌心向外,就好像要把那些话推远。

"不,你停下。你跟你父亲会需要彼此。你跟你的弟弟们也是。"

我希望没有我夹在中间的时候,他也可以跟男孩子们关系密切。可你跟他本就密切相连了。你们俩好像。"

"求求你,别这么说。"

"为什么?因为他不完美?因为他不是你曾经以为的他?"

"妈妈,我没法儿跟你聊这个。"

"艾伦,"她边说边挣扎着转向我,在床边扶手上的双手就像没有血色的爪子,她用双腿把白色床单夹开,"仔细听着,因为我只说一次,我本不该说。你知道的关于你父亲的事情没有我不知道的。"

我们俩默默地注视着对方的眼睛,我觉得过了一会儿,她点了点头,然后躺下了。

"而且更理解他。"她补充道。

"好吧。"我说。

"结婚久了,你就会让步,而新婚燕尔之时,你都不相信会如此退让。"她说,"年轻的时候,你对自己说,噢,我受不了这个,受不了那个,受不了别的,你说世界上唯有爱情至关重要,唯有那种爱让你跟别的时间感受不同,就好像点亮了你的全部。可时光流逝,你们同床共眠了上千个晚上,孩子们生病的时候,你闻起来一股痰味,他看见你的松弛肉体。有些晚上,你对自己说,这不够,我一分钟也忍不了了。而到了第二天早上,你醒来,厨房飘着咖啡香,孩子们弄好了头发,鸟儿吃了喂食器里的东西,你看着你丈夫,他不是那个你过去以为的他,可他是你的生活。房子、孩子和你的所作所为，都围绕着他而营建，你的生活、你的过去也是如此。如果你拿掉他，就像把他的脸从所有相片中剪掉，会有个大洞，丑陋不堪。一切就都毁了。这不仅仅是爱，比爱更为重要。想想安娜。"

"安娜？"

"书里的。"她朝茶几示意了下，那上面有我那本平装的《安娜·卡列尼娜》。

"可你没读完啊。"

"我之前读过。"她看着雪花飘落，微小的浮游灵魂敲击着窗子，在那边的深蓝色之处打着旋儿，"那些书我之前全都读过。我只想有个机会再读一遍。跟你一起读。"

我倚靠在床栏上，那金属冰冷、坚硬，抵着我的胸口，我抓起她的手，她抓得如此有力，都快弄疼我了，而后又松开了。我把栏杆放下去，将头枕在被单上，就在她的盆腔上面，再没有脂肪或肉体保护它了。我直哭到床单都湿了，她摩挲着我的头发，一遍又一遍，那干燥的肉体发出撕拉撕拉的声响，如同最微小的喃喃低语。而后她更为轻柔地再次开口。

"很难。你不身处围城，就难以理解。因为你所处的位置和内心所感，你现在很难理解。可我还是想说，我说得不好，好吧，我又不是作家，但我就想说出来，因为将来需要我说的时候，我就说不了了。就在某个晚上你锁上前门，感到爱情的愚蠢，荒唐地以为事情本该如何如何，你可以严厉，可以爱下判断，单单这两样，就会把你的生活搞得一团糟，糟糕的程度令你难以置信。我想了上千种可以在未来的十年里传授给你的东西，我想到你生命的头二十四年学到的一桩桩重要的事情都是你父亲教你的，而不是我，知道我做得那么少，就会伤心。"

"不是的，妈妈。"我轻声说。

"是的，是的，是的，是的，有人让我说实话，有人。"她叫道，"你父亲说，我只会让自己情绪低落，你说，求求你，不是的，妈妈，只有特蕾莎让我说。只有说出来才让我觉得舒服些，毒品都没这么好的效果。所有我们没有说出口的事，所有我们咽下去的话，除了捣乱，没有别的作用。死前我想要说话。我想成为那个说的人，那个深入思考的人。我死了之后你就什么都可以说了。现在让我说，别嘘我，就因为我想说的你听了会伤心。我受够了嘘声。"

"你想说什么呢？"我抬起头来问道，把哭湿的头发拨开，"继续，说吧。"

"我想说的刚刚都说了，还有就是我很难过。我很难过，不能操办你的婚礼了。别请捧花女孩或者戒指男孩——他们总是淘气，分散新娘身上的注意力。别请太多人。"

"妈妈，我觉得我永远不会结婚。"

"别那么说，艾伦。想想我刚才跟你说的话。"

"好吧。还有什么呢？"

"恐怕我睡着了，再也醒不过来。我想念跟你父亲同床共枕。"

"需要我跟他说吗?"

"我说过了。"

"其他的呢?"

"如果我知道你会快乐,现在就可以闭眼安息了。"她的声音开始变弱,直至消失,就好像进了下水道,奔腾的话语变成了低语的涓涓细流,"容易得多。"

"我知道。我希望你会。"

"不,不是那个。我是说快乐。学会爱你所有的而不是一味渴望你错过的,或者只是想象中错过的,快乐就容易得多。平静得多。"

"我尽力。"我说。

"不是那么回事儿。"突然,她睡着了。她的嘴巴张着,头发蹭到了脑后,露出额头,自从特蕾莎上次来过之后,她的头发好几天没洗了,都变直了。额头上的皱纹很深,就像有人用尺子和铅笔画出来的一样。肚子上的被单浸了眼泪,颜色变深了。

她说,你知道的我都知道,这是真相。我才是无知的那个。我列了个清单,详细写上母亲做过的所有事情,以及没做过的所有事情——这对我更为重要——然后把这些事看成母亲,这些就是母亲,正如父亲就狄更斯作品中的女人讲授的课程就是他一样。

对我们来说,我们的父母从来不是真实的人类,从来不是,他们总是一堆性格群像,致命弱点,模糊的噩梦,发声型抽动症,流鼻涕,热泪,这些统统遗传下来,将我们与他们联系在一起。我们的困境是绝对存在的：转身看看这个女人，理解她，同情她，喜欢她，跟她聊天，认识到在她强大、也许受伤的心里，有种出身陋居的清冷，她将之转化成一生的烹煮和宠爱，让她在世界的一隅漂亮而好客，死别是彻底的——它一旦发生，你就不得不长大。如果你的生命之舟仅能容纳一人，你总会选择自己，把父母变成任何保持船漂浮的东西。

就在午夜之前，她醒了。她慢慢地舔了下嘴唇，在被单上绞扭着双手，而后转了下头。

"早上了吗？"她说。

"没有。"

"我需要药。"她说。

这是又一瓶药，几乎满着。她吞下一片，费劲儿咽着；还咳嗽，就又喝了一小口水，整个身体剧烈颤动。她叹了口气，喉咙里嘶嘶作响，半是呻吟。

"帮帮我，艾伦，"她小声说，"我再也不想这样活了。"

我们在灯光的半明半暗间凝视着彼此。

"求求你，"她说，"你肯定知道怎么做。求求你。帮帮我。再也不想这么活了。"

"到了早上，会好些的。"

"不会，"她说，又呻吟起来，"不会的。不会的。"她听起来就像一个疲惫而易怒的孩子。她抓着我的手腕，抓着拿药片的那只手腕。那抓力大得惊人，因为某种原因，我想到了那些把大众车从困在其下的孩子身上搬开的人，那些困在山洞里而后幸存的人，那些以雪充饥而保命的人，他们大大超出了其生命该有的期限。

"求求你，"她说，"帮帮我。我不想这样。"可我不确定是药开始起效，还是言语、请求、紧抓我胳膊让她精力耗尽，失去知觉。她从眼底悲伤地看着我，眼皮就像某种聪明而年迈的鸟儿掉落下来。"帮帮我，"她小声说，"你那么聪明。你知道怎么做。"而后便彻底闭上眼睛。"求求你。"她又小声说了一遍。

那天晚上，我就睡在休憩室的椅子上，雪还在下，我睡着了。雪阒静无声地覆盖万物，只有松枝剐蹭着屋子外墙，发出声响。那深埋在落雪之下的世界被残忍的白色遮盖，露出丑陋的荧光之色，将我唤醒。这是一个已永远改变的世界，一个我发现难以直视母亲眼睛的世界。

22

五月初埋葬心爱之人肯定非常可怕，那时候土地开始解冻，变得松软，染成嫩绿，丁香的味道如小小祝福从灌木丛弥漫开来。九月也是如此，正午的太阳照在脸上还暖融融的，却夜凉如水，得盖法兰绒被子，半夜从床尾挡板处再拽上来条毯子。

圣诞节也不例外。圣诞节想必非常糟糕。

二月宜死亡。周遭的一切死气沉沉。树木一片黑色，还未解冻，两个月后绿芽的出现此时看来甚至不可想象。土地坚硬、冰冷，积雪肮脏，惹人仇恨的冬天竟滞留许久。二月伊始，我在主街的花店给母亲买了银莲花，那么一小束就十五美元，就因为那娇弱的紫色和明艳的红色似乎代表了如月亮般遥不可及的东西。我把花束放在窗边的桌子上，好让母亲看向窗外的时候，不只是车道边缘如同采矿场矿渣一般的、一堆堆灰色的旧日积雪，不只是邻居家的山墙和冬风中呻吟的大橡树，还有这些娇弱、美丽的东西，它们向她垂下沉甸甸的脑袋。可不过两天时间，银莲花就凋零了，几乎垂到了布满尘土的桌子上，也许是受了窗台下方进来的冷气流影响。我就把花束扔了。

"很可爱,艾莉。"她有时候喃喃地说道,尽管银莲花已经不在了,"可爱的花儿。"

特蕾莎有天上午过来,连接上了那台小型机器。它像带红色电子读数的微型录音机,只要按下侧面的按钮,就会将吗啡压进母亲的导管。特蕾莎为它编好了程序,也教了我操作方法。"我们得说好需要的剂量,以及输送的时间。"特蕾莎说。

"她会服用过量吗?"我说。

特蕾莎望着我,一边眉毛稍稍挑起。"不太可能。"她说。

特蕾莎将针插进导管,母亲疼得直皱眉头,不过待针头位置合适之后,小盒子放在身边,她说除了感受到细嫩的皮肤上胶带的拉力之外,感受不到其他。"我可以重新粘胶带,古尔登夫人。"特蕾莎边捋顺头发边说,而后用黑发带将头发束在脑后,"可能粘太紧了。"

"不用了,特蕾莎,"母亲说,"很好,谢谢。"

我和特蕾莎一言不发地坐在她身边将近一小时,她在总带在身边的小日志本上做着记录,我则要绣完向日葵枕套上的背景。母亲睡着的时候,焦躁地扯了扯穿在身上的纸尿裤。过去的一周里,她弄脏了三次床,我打电话给特蕾莎,这本不是她的分内事——会有健康助理来换床单,但助理不如护士业务纯熟,也不与之同酬——可特蕾莎坚持说我们家里没时间再有新人和外人了。特蕾莎为母亲洗净,扶她上了沙发之后,我就急忙收拾起床单,拿到地下室去,其间我屏住呼吸,才不会因此作呕。

"我很抱歉。"每次母亲都说。

最后,特蕾莎拉着她的手,坐在了她床边。"古尔登夫人,我想给你插上导管。"她说。

母亲的手缓慢地举起来,去摸胸部上的小鼓包,就在心脏上面。

"插根输尿管。"特蕾莎说,"这样你就不用便盆,也不用那么依赖艾伦。"

"噢,不用,特蕾莎。"她说,"我不需要。"

"我觉得你可能需要。"

"不不。"

"那么,我觉得你也许需要穿安全裤。"

"噢,不,"她说完躺回枕头,眼泪从眼底涌出,顺着皱纹滑落下来,从眼睛到鼻子,从鼻子到下巴,"好难受。"

"我知道这让人沮丧。"特蕾莎柔声说,轻抚着母亲的手背,"可我相信你会舒服些。艾伦也好过些。"

可无论什么时候母亲打个盹儿,睡着了,都会像现在这样拉扯纸尿裤,就好像她无意识的时候,纸尿裤成了一种有形的提醒,提醒痛苦的存在,衰竭的存在,虽生犹死的生活的存在。

她不常吃饭,吃就吃婴儿餐。燕麦粥啊,苹果酱啊,布丁和酸奶之类的。她的双唇干裂,我一天会给她抹好几次凡士林,以免嘴唇掉皮或者流血。那层薄薄的意识之毯下,已经难以判断她是醒是睡，还是就闭着眼睛躺着，想着那些无法想象的思绪，任何站在悬崖上俯瞰深渊的人肯定都那么想过。

"男孩子们过得怎么样啊？"特蕾莎走了之后，她慢慢问道。

"很好，我猜。杰夫还是那个说着俏皮话的杰夫。布莱恩有了个新室友，与之前的室友相比，好像更喜欢他。"

"那就好。我担心布莱恩。"

"你想让我把他们带回家吗，妈妈？"我问。

"不用了，艾伦。"她清楚地说。

最后那个下午，我给她喝了奶油番茄汤作为午餐，可才喝了三勺，她就摇了摇脑袋，也许因为从碗盅到嘴的这段距离，勺子移动得太缓慢，太煎熬，还脏兮兮的，我事后还得换上一条新床单。她穿着丝绒家居服，丝绒因为多日卧床都变平了，她衣服下面的两条腿如棍子一般。

"我看起来像野营题材电影里的人。"她小声说着，往下看了看。

我把干净的床单掖进她身下，床单在她周围散发着好闻的新鲜气息，还把她的头发捋到脑后。角落里的金属推车上，有她的药、她的水、一盒纸巾，这会儿还有她的汤杯，以及一张心形相框镶起的新生儿小照片，那小脸儿的颜色跟人们洗完热水澡之后的一样。她的小拳头攥了起来，还挥向自己的头，好像她在投降，小脸看起来像点缀着葡萄干、还没烤的饼干。她的圆脑袋上只有一层绒毛，脑袋偏离照片中央，造型不佳。哈蕾生了宝宝，把医院的宝宝照拿来给母亲。我在门口说，母亲不能见客，可之后就听到一个微弱的声音叫道："没关系，艾莉。"于是我就带哈蕾进门，在母亲的床边待了几分钟。她说，她在喂奶，不能待久了，奶水要涨了。可到了门口，她抱住我，边哭边说："我好难过，好难过。"她有黑眼圈，头发看起来几乎跟母亲一样凌乱不堪。我觉得她们俩都是不堪为母的重压。

"你肯定很难熬。"她抽抽搭搭，从口袋里扯出一张纸巾竭力压住哭声。

"快结束了。"我说。

我回到屋子里时，母亲在盯着相片看。"那孩子可不漂亮。"我说。

"婴儿从来不是美人儿，尤其是头胎。他们出生的过程很长，而且妈妈一般是意外怀孕。"

"年轻妈妈看上去也不太好。"

"她会好起来的。"母亲说，"养孩子很难，可她会胜任的。想想我的熟人们，那些连只猫都不养却有了孩子的人——结果呢，不知怎么的也都把孩子养大了。"

"你是个好母亲。"我说。

"我很努力的。"她说。

她醒来后就转身面向我，当时大约四点，接着，她恢复神志，伸手按了下按钮，让液体吗啡进入她的导管，由导管进入静脉。她闭上眼睛，呼吸变得刺耳、响亮，那种令人震惊的声音好似一根棍子沿一排篱笆飞快移动，碰到一根又一根篱笆桩而发出的噪声。跟着她的呼吸,我调整自己的呼吸,我们两人的胸口一同起起伏伏,保持我们的生命状态。"机器好用了。"几分钟后她说道。她的手再次摸到那台送药机,按了一下,可我知道什么也不会出来。也许这动作有镇定的效果,她又睡了一小时。我看到她的眼睛在半明半暗中熠熠发光,而后打开室内各处的灯。

"我爱你,艾伦。"她说。

"我也爱你,妈妈。"

"我一直都知道。"她笑着说,是她旧日的笑容,如此温暖、丰富,如同月亮在它旁边。笑容也在她眼里,还有整张脸上,过去六个月里发生的一切毁灭在这笑容面前荡然无存,她的整个灵魂都在向我闪着光芒。

我也竭力对她笑,可嘴和下巴无法抑制地抖动,眼睛也眨个不停,好像得了抽搐症。

"小绅士?"她说,"你父亲在吗?"

"他今天有晚课吧?"

她闭上眼睛,额头上的皱纹加深了。然后,她点了点头,"我希望他快点儿回家。"她说。

"我这就打电话给他。"跟往常一样,我说道,可这次她没想阻止我。

在厨房里,我跌坐在餐桌边,双手颤抖着开始拨电话。我打了两次才拨对号码,铃声响啊响啊,我都能想到办公室里的画面:倚墙而立的书架上面乱七八糟，有些书随手插在合适的地方；有些书一本摞着一本，都掉到了地板上，就在又重又大的书桌旁边，书桌下的两侧各有一排狭窄的抽屉；有些书散落在两把没什么特色的椅子下面，椅子是学生们坐的地方；还有些书爬满了划痕累累、皱纹道道的棕黄色沙发一侧，沙发上有个枕头，枕套是母亲亲手绣的，写着"叫我以实玛利"[1]。

"快啊，爸爸，快啊。"我嘟囔道，可就是没人接，我内心有个声音在说，当然没人接啦，当然永远都没人接，永远也没人接过，只有不间断的电话铃声。回家吧，来这儿，跟我说话啊，说啊。说啊。说啊。可还是没人接。

"小绅士？"母亲语带悲伤地再次喊道。

"我去校园里找他去。"我喊道，"他电话出了问题。"

我从后门边的挂钩上取下外套，手伸进口袋找了找钥匙。这是我三天来第一次出门，天气冷得难以置信，是那种静态、刺骨的寒冷，会冰冻所有柔软和脆弱的部分，比如鼻腔黏膜、耳朵根儿、手指尖儿。起初，车子嘎嘎作响，打不着火，我又说："快啊，快啊。"我无法解释我的迫不及待，除了母亲从来没在父亲工作的时候叫过他——她管这叫"大白天打扰他"——她父亲中风那次是个例外。不管消息好坏，我们都等他回家，从后排车座上拿起皮包，走上台阶，进了厨房，关上房门，加入我们之后再说。

---

[1] 美国作家赫尔曼·麦尔维尔的长篇小说《白鲸》以此句开篇。

绿地那边的街道上几乎空无一人，商店的橱窗上浓重地覆盖着一层蒸汽，屋里热气腾腾，屋外冷风嗖嗖。我开车爬上沿河的那条公路，开上连接镇子和校园的那座小桥，排挡吱嘎作响。桥面有冰，车子打滑，车尾开始摆来摆去，我调至低速挡。可我的脚依旧踩在油门上，迫切地要将母亲如此明确渴望的东西给她。我害怕回家的时候她可能已经去了。我知道，如果这样，我将永远不原谅父亲，他也不会原谅我。

桥的尽头陡然下降，通往一对石柱，每根石柱上各有一块饰板，分别写着"朗霍恩"和"大学"。我开车依次经过新科学楼的停车场、萧瑟的体育馆、两栋不起眼的语言教学大楼，最后来到一栋陈旧的灰石楼，在双排门上方，方正如鞋盒的大写字母拼出"英语"一词。我把车停在楼前的消防通道上，高柱之上影影绰绰的维多利亚球形校灯纷纷亮起，还有黄色灯光在昏暗的过道上闪闪烁烁，如同狄更斯时代的伦敦街景。

"贵姓，小姐？"保安问。

"古尔登教授的女儿。"我边说边从他身边跑过，上了四楼，跑到最后一处楼梯平台上时，心脏在耳畔怦怦作响。

父亲办公室的门关着，外面等待区的灯没开。借助大厅里安全出口的红色灯光以及低垂的荧光灯，我看见有一张纸贴在他门上。只是一张英语专业大一学生的会议签到表，这些不走运的家伙上的这门课是父亲一直以来最讨厌上的课。

办公室门锁了。余下的过道黑乎乎的,只听见室外街上微弱的汽车声以及偶尔响起的叫喊声。

"该死!"我大声咒骂道。

楼下,保安懒散地坐在一把椅子上,双腿岔开,椅子旁边是登记簿。"你还得登记,小姐。"他闷闷不乐地说。

"你看见古尔登教授了吗?"我说。

"你来这儿的大概十分钟前,他下楼离开了。"他说,"我想告诉你来着,可你跑得好快。"

我二话没说,就跑回车里,发动引擎。收音机开着,很可能开了一路,我都没注意到。苏丹爆发了内战,华盛顿陷入了预算僵局。在得克萨斯,一名二十岁男子被处以电椅死刑,五名儿童在一起校车事故中丧生。天气预报说夜间会降温。车右侧的保险杠撞上了桥的支柱,我猛踩刹车,而后倒车,继续赶路。街灯在黑色的柏油路上投下洁白的圆月状光影。行经环岛时,我看见杜安夫妇在锁书店的门。这是如此平凡的朗霍恩一晚。透过蕾丝棉质窗帘从外面看去,我们的厨房如往常一样,祥和而温馨。

屋内,父亲的书包放在餐桌上。休憩室里,他俯身在母亲上方,拿起将液体吗啡输进她静脉的小桶,又捋顺她的头发。"你究竟去哪儿了?"他头都没转,轻声说。

"去学校找你了。"

"为什么?"他转过头来,问道。

"她问起你。她要找你。"

他转回身去，摩挲她的头发，又往下抚摸她疲惫的脖颈、锁骨，在凹下去的胸腔之上那道锁骨线如一块隔板。"你跟我肯定错过了，"他说，"我到家，屋里没人，我恨不得杀了你。"

"你在回家的路上，而我在去学校的路上。"我说，"像一篇欧·亨利的短篇小说。"

"错误集合而成的喜剧。"他说，"我该猜到的。只是发现她独自一人让我震惊不已。她怎么样？"

"不好。"

"吃东西没有？"

"没怎么吃。"

父亲用指尖碰了碰那台机器，就好像怕它似的："这是她所服用药品的泵压版？"

我点点头。

"有用吗？"

"我想是的。"

"我可怜的凯特。"他温柔地说，她好像听到了似的，动了动，最后一次拽了拽下身的纸尿裤，缓缓睁开了眼睛。

"小绅士。"她说。

"是我，亲爱的。"

他们俩都转过头来，看着我，母亲动作缓慢，好像转头需要费好大力气。她笑了。"去休息一下吧，艾伦。"她说。

即便受询问的次数数不胜数，可直到现在我依然不确定接下来的几个小时我到底是如何度过的。我只知道，只要屋里传来喁喁私语，我就不贸然打扰，我久久听着，久得令我难以想象。有一次我听到母亲提高了嗓门，我想我听见了她哭，听见了那句"求求你！"，那种女高音发出的请求。有一次我听到父亲也升高了嗓门，我想我听见了他大声地咒骂，还用拳头使劲儿打了什么东西。不过，大部分时间我听到的都是两个人在喃喃低语，就如同公园里的鸽子或者草坪和树林衔接之处的森鸠咕咕鸣叫。

我记得我洗了个澡，躺在床上，湿头发打湿了枕头，我觉得打了一个来小时的盹儿。房子安静极了，窗外可见半轮明月，云朵在月亮上穿行。

我回到楼下，发现休憩室的门开着，光线之中，地上和墙上影影绰绰，起起伏伏，同步地晃来晃去，父母亲相向而坐。父亲坐在直背椅上，腿上放着一只朴素的瓷碗，母亲靠在病床上，床背几乎完全成了直角，她看着像挺直腰板而坐。

她仰着脑袋，嘴巴张开，双眼无神，而当他缓慢地曲着手臂舀好食物，举到跟她的嘴巴齐平的位置，并最终递到嘴边时，她的表情动作才会有所变化。慢慢地，她闭上双唇，再张开，接着脖子和下巴的肌肉做明显的吞咽动作，脑袋后仰。

她看起来像只雏鸟，而他像喂养之人。那动作就那么持续下去，头往前,勺子往前,送进嘴里,头后仰。每一次他们眼神交汇,她的双眼都炯炯有神。我在头脑中频繁回放这个画面,红褐色灯光照亮那一幕,现在我知道了,她看向的不是那口大米布丁,而是越过它在看他。

我会一遍又一遍地看见他在灯光中举起那把勺子。这是我失去双亲之后,记住他俩在一起的最生动的方式,我试着在记忆里破译它,解构那些动作、动机、情感和真相。尽管我对真相的理解已今非昔比。

我经过休憩室门口,进了起居室,还坐了下来,读着同一页《安娜·卡列尼娜》,读了一遍又一遍,在那一页,安娜骑在马背上,身穿黑色修女长袍,头发打着卷。我仍然记得这一幕,好似那是放在我们钢琴上的另一张照片:马、修女长袍、黑色发卷。我想起母亲已经读过这本书,也读过其他两本,想起她如何成立书友会来打破自己女儿的矜持,好在来不及再次交谈之前找到可以谈论的话题。她多讲究技巧。"说吧。"她说,我就照做了。可她竟然都没说那个词,就做到了。

大概一小时之后,父亲进屋来,把头发撩到脑后。他双眼红得厉害。

"谁也不该那么活着。"他说。

"她怎么样?"

"谁也不该那么活着。"他重复道,"谁也不该。"

"她也这么说过。"

"我知道。"他嘴唇颤抖地说,"她说得对。她再也不该那么活着了。"他用手背揉了揉眼睛,"她想让我跟她睡在那儿,"他补充道,"可我做不到。我做不到。今晚不行。我要上楼了。"

"我再熬一会儿。"我说。

"没必要,艾伦。"

"反正我也睡不着。"我说。

"随她吧。"他说。

我在起居室又坐了一小时,看着屋子四周她的全部手工作品:抵着一面墙的樱桃木箱上那只大铜碗,一幅旧朗霍恩镶边地图挂于其上,天鹅绒沙发上绣着大朵大朵红玫瑰的刺绣枕头,曾经是书桌而后被她在车库里锯掉桌腿变身而成的咖啡桌,当时她锯到了自己,便抬起胳膊吮着血走进厨房,找水槽旁边位于第二个抽屉里的急救箱。在红头发白皮肤的映衬下,她的血总是看起来鲜红鲜红。

尽管疲惫不堪,我还是在休憩室门口站了好久,凝望她。可那晚,她并没有烦躁不安。没有只言片语,没有喃喃低语的人名,没有推揉头发,没有用手拉扯那讨人厌的纸尿裤。她的嘴就那么张着,空气从唇间呼进呼出,伴随深沉的呼呼之声,都有点儿像号叫之声,在如此呼吸之间,一大片沉默悬在空气中,如同永远。

我在床边坐下来,把她的手握在手心里。她的手很凉,我都能感觉到骨头,就像容易折断的小木棍在我自己那温暖、汗涔涔的手中。我开始跟她同步呼吸,吸气之后,我等她再次呼出,好与她同步,感觉整整几分钟就那么流逝而过。呼进。呼出。呼进。呼出。也许因为呼吸之间隔得如此遥远,也可能我太过虚弱,不过,过了很久之后,我开始觉得我在天花板的某个角落俯瞰着我们俩,俯瞰着这个干瘪的女人,红头发稀薄,色泽暗淡,双手放在床单上,掌心朝上,如同做出某种恳求的手势,她的女儿坐在旁边,棱角分明的方脸耷拉着,深色头发挡住脸,空闲的那只手在抓那条旧黑裤子的膝盖。

呼进。呼出。呼进。呼出。她们一同呼吸,我就那么注视着,想知道谁会先停下来。接着,有人停止了,是母亲,她发出的声音让我回过神儿来,不再茫然,是先前那缓慢而重复的声音让我陷入茫然。母亲的嗓子里发出低沉的呃呃呃呃的声音,就像一个清冷的早晨无法启动的汽车发出的声响。我紧紧抓住她的手,就好像我会用自己修长而有力的手指捏碎她的手一般。一个战栗晃动她的身体,接着又是那种声音:呃呃呃,继而是最后一口漫长的吸气。

我握着她的手,感觉手指在我的手里好小,我等她呼气,等了很久。我把头躺在床尾附近,还是没有松手,直到外面的漆黑有了一丝微弱的转变,我知道快早上了。最终把她的手放在床单上时,她的手冰凉。床单一片静默,如同雪不再下,雪毯静谧而洁净。我看看她的脸,她的魂儿已不在,什么都不在了,好似半夜里我打个盹儿的空当,她踮着脚尖出去了。我还是个小女孩的时候,伴着她"平安无事"的歌声进入梦乡之后,她就会那么蹑手蹑脚地出门。

太阳升起来,我依然坐在那儿,父亲步履沉重地走下楼来,打着寒战站在门口,许是冻得许是别的什么。"她怎么样?"他问。

"去了。"我回答,"我去煮咖啡。"

第二部

"古尔登小姐,我还有最后一个问题。你爱你母亲吗?"

……

"简单的回答,爱。可如果谈论起母亲的话,这样的回答未免太过简单。绝不仅仅是爱——是,是一切,不是吗?"似乎他们不知怎的会全部点头似的,"如果有人问你你从哪儿来,答案是母亲。"现在,我双手交叉在胸前,身穿蓝色外衣的女士转动着手上的戒指,"你母亲去世时,你失去了你的过去。绝不仅仅是爱。即便没有爱,也比你生命中其他的一切都要复杂得多。我爱我母亲,可直到她离去,我才明白有多爱。"

"你是否杀了她?"公诉人问。

1

过去的五个月里,我住在之前的房间,在黑暗中追寻围天花板边缘印刻的藤蔓花,最终被天窗熟悉的轮廓抚慰着入眠,偶尔又被楼下传来的哭喊声唤醒,跟母亲一同生活,一同呼吸,直到她最终奄奄一息,我的收获并不多。那本手账仍然在书桌上,仍然空白。有件肥大的燕麦色毛衣,是父母送我的圣诞礼物:我们总是如此标记收到的礼物,尽管知道买礼物的是母亲。有一条牛仔裤,是杰夫在感恩节时留下的,我据为己有,还有一双我在商场里买的靴子,在十月的一天,母亲非常想让我给自己买点儿什么。

另外还有一套我为葬礼而买的海军蓝正装,准备搭配一双黑漆矮跟皮鞋,那是我在衣橱的后面找到的,高中毕业典礼时买的。我不会带走那套正装。我不会再穿。

于是在母亲死后的两周、下葬后的一周,我整理旅行包时,除了把拿出来的放回去之外,并没有多少需要再放进去——实际上东西还变少了,两条灯芯绒裤子现在穿着太紧,我就留在抽屉里了。

我没有准备立刻离开,而是又待了些时日。一天上午,我监督病床的拆除和轮椅的归还，轮椅如同一套空荡荡的正装被折叠起来，塑料皮座椅颓丧地垂下。还有一天上午，我重新安置了家具，叫人来清洗各种布面、垫子和地毯。银器得抛光。我绣完了枕套的向日葵背景，拿到一家商店去，他们会填充，缝在天鹅绒上；之前母亲选好形状、布料和边饰，他们总是知道怎么做。就在我转身要走出去时，门上的小铃铛在我头顶响起，就像《生活多美好》的结尾处吉米·史都华听到的一样，为了抵御一场寒冷而密实的冬雨，我把伞半开着，我停下脚步，告诉他们枕头做好的时候，送到卢尔斯在城市里的地址。我决定留下这只枕头。

另外一天早上，我边做咖啡，边跟父亲说，我愿意把他卧室里的衣橱整体清理一下。他头都没从麸皮粥和《纽约时报》中抬起来，说道："不用。绝对不用。"

然而，他穿着那件上身三天的高领毛衣去学校之后，我上了楼，推开衣橱那白色的百叶式橱门，双手滑过五彩六色的衣服，有亮蓝色、夏天的白色、苏格兰花呢色、紫色和红色。而后，我不假思索地伸出胳膊，把它们拥入怀中。我闻到丁香花淡味香水、让·拿铁沐浴露、乔伊香水和玫瑰油的味道全混在一起，还有日用香水和夜用香水味儿，沐浴油和面霜味儿。在这些味道之外，还有另一种味道，悠远、潮湿、死气沉沉，比我站在墓地旁、橡木棺材边时还要糟糕，棺材如厨房里的餐桌，那么干净、闪亮。

"这屋子太空了。"葬礼当天早上，父亲用餐的时候说，的确如此。我意识到房子里的光和热都消失了,就在母亲的躯体在我看来似乎无关紧要之时,她的房子好像空了,是一堆东西和物品的任意收集,跟家具店里的展示间一样空荡。

卢尔斯频繁打电话给我,我都开始笑她了。"就为了确认我还活着?"我说。她回答道:"噢,去死。"我告诉她待着别动时,她都收拾好了,正准备坐火车南下参加葬礼。我想见卢尔斯,在她狭小的起居室里,与她在绛红色旧天鹅绒大沙发的两个角上相对而坐,感受与她十指相触,告诉她一切,两人的鞋子就放在地板上。她会从掉毛的沙发角里捡出填充其中的一卷卷马毛须;我会伸出手去,打她的手。然而这会儿还没到时候。

"我不愿意你这会儿过来。"我在电话里说,"我要回到那儿,让一切恢复如常,与这里不同,不是这里在上演的一部分。"

"没被人类的手触碰过。"她说。

"完全正确。"

"杂志社正要发出一项代理任命。"

"求求你,卢尔斯,告诉他们不要。我就是不想这样。所有这一切是一回事儿,我在那里的生活又是另一回事儿,我想把两者区别开。"

"我不能是那个例外吗?"她温柔地问。

"不。你也不行。"

"我有件漂亮的黑色礼服,是我们俩在班德尔精品店[1]打折的时候买的。"

"我们出门庆祝我找到新工作的时候,你可以穿啊。"

"什么?什么工作?"

"听明白啊。等我有了工作,再去庆祝。"

卢尔斯沉默了一会儿。"我不知道。"最终,她说道。

"求你了,卢尔斯。"我说。

"你穿什么啊?"她问。

我笑了很久,很用力,比这话需要的久得多,用力得多。"这事儿上我需要你。"我说。

"你需要一瓶酒,还要大哭一场。"卢尔斯说道。透过她那低沉的低音嗓里些许的颤抖,我敢说她在哭。我吸了口气,化作一声叹息。

"之后。"我说,"我保证。"

我穿的是海军蓝正装,父亲穿的是海军蓝正装,男孩子们穿的是海军蓝夹克。戴安娜·弗里兰[2]是不是曾经说过,粉色是印度的海军蓝?事后,我坐在杜安家吃中饭,吞下鸡肉沙拉和磅蛋糕时问道,海军蓝是不是大学城里的黑色呢?杜安家漂亮、简单、朴素,位于跟我家平行的山区街道上。

当然,无人发笑,贝斯特夫人说:"你总是开玩笑,艾伦。"在接

---

[1] 位于美国纽约曼哈顿第五大道的百年潮牌,以销售女帽起家,现以时尚新潮的化妆品、首饰等女性商品为主,是女性的购物天堂。

[2] 著名时尚专栏作家兼编辑。

下来的几个月里,他们全都记得这一幕。

葬礼的午餐会上,父亲并非以往的自己,并非那个教我说这种话的男人。那天,他不是那个风趣之人,身上有股白酒和柠檬古龙水味儿,那丧偶的风趣之人本该谈论母亲会多喜欢葬礼上的室内乐,还有选读的一个《哥林多书》篇章和伊莎贝拉·杜安的悼词。相反,他站在一张桌边,紧握一大杯咖啡,其他人上前来吊唁和追忆之时,就那么听着。

他双手颤抖,脸色铁灰。他比几个月之前的母亲看上去还要病入膏肓,彼时他走出来,走到前廊,说我没有心。科恩医生跟他握手时,他都没认出她来,她俯身凑近他,在他耳边说了些什么时,他眼神呆滞而茫然,就像那些在精神病院里消磨时光的人所有的眼神一样。似乎他的灵魂也飞走了。

科恩医生要我跟她一块儿出去,她身穿黑色羊绒外套,头戴檐帽,帽檐卷上去,露出那张坚毅的脸庞。她看起来跟星期六早上我在上西区看到的东正教女人一模一样,她们赶着一群小孩子去教堂,女孩们穿着裙子,男孩们穿着夹克、头戴圆顶小帽。我油腔滑调地问道:"你所有病人的葬礼都参加吗?"

"只参加那些我特别喜欢的。"她说。

她打开汽车前门,顺势进去,并示意我也进车。她透过挡风玻璃直直地看着堆在马路牙子和车道上的积雪,就好像我们在开车去个什么地方,她正集中精力找下一个岔路口。

最终，她语调平淡地说：“我不知道这话当讲不当讲。可我得说。病理学家在尸检中发现异常。”

我发出了一声半哼半笑的声音。我有点儿醉了，很累。"新闻快讯哈，医生，"我说，"我猜母亲有什么异常吧。"

"别嘻嘻哈哈，艾伦。我是说他们发现死因是吗啡过量。"

"泵的原因？"

"已经有人检查过了。没问题。"

"药片的问题？"

"我不知道。我只知道毒理学报告表明，她体内有大量吗啡，足以致死。不仅仅足以致死。而是剂量极大。"

"所以呢？怎么样呢？她一直在服用吗啡。你知道的。特蕾莎会告诉他们，母亲在生命的尽头就像一只动物，饱受痛苦煎熬，穿纸尿裤，流口水，记不清日子，起不来床。谁在乎她怎么死的啊？几个星期以前，她就该结束这痛苦了。要是她是只狗，他们就会那么做了。"

"艾伦，"科恩医生说，"你得当心你说的话。"

"我不在乎别人怎么想我。"

"你不想知道谁干的吗？"

"干什么？"

"你在听我说话吗？有人让你母亲服用了致命的过量吗啡。"

"你告诉我父亲了？"我问。

"我们不得不告知地区检察官。"

我又哼了哼,提高了嗓门,"噢,上帝,贝斯特先生,"我说,"谁在乎啊?你告诉我父亲了吗?"

"我试着告诉他。"科恩医生说,"可他似乎十分心不在焉。我感觉他根本就不在状态,如果你明白我的意思的话。"

她说得对。我听说,他课上表现得还不错,可除此之外似乎就心不在焉,疲惫不堪。校长给了他假,可他回答:不用。绝对不用。我主动帮他清理衣橱时,他也是这么回答。

我想知道,当他开车穿过蒙哥马利河之上的大桥,去往那栋他在位于角落的办公室接待来访者的灰石大楼时,当他分发书单、监督高年级学生论文时,或许甚至是当某位仍在寻觅人生伴侣的副教授——她知道照常理讲,一个鳏夫不会强烈反对婚姻——邀他共进晚餐、喝上一杯口感上乘的干马提尼时,我想知道这一切是否会因为这样一幕而黯然失色:他手里拿着勺子,将大米布丁从碗里送到她嘴里,那勺子是母亲次好的晚餐配置,勺柄上有个小的贝壳图案。葬礼完毕,科恩医生告诉我吗啡的事情后,甚至在我真正明白将有人掘地三尺查明母亲苍老无力的身体里到底发生何事之前,就开始想起布丁来。

打包的时候,清理银器的时候,将家具重归原位的时候,我都在想布丁的事。我听见楼下传来一声哀号,一声嗡响,有那么一会儿还以为是轮椅从起居室移动到了厨房。然而,那只是暖炉调试的声音。我觉得我听到底下的一声高声叫喊，惆怅哀婉、饱受摧残、生气鲜活。可那是某种鸟，对着自己迷人的影子在啄厨房的窗户，将自己的映像错看成其他而陷入了爱情。当，当，当，当。我往化妆包里装阿司匹林、凡士林、我的子宫帽和几管口红，它就那么一直啄啊啄啊。有个先前装吗啡药片的空塑料药瓶，我扔进了垃圾桶，母亲去世的第二天早上，我也扔过休憩室桌子上的空药瓶，当时父亲坐在那儿，对着我死去的母亲、他死去的妻子喃喃低语，声音那么温柔、亲密，最终断断续续，我只得在去厨房煮咖啡之前，到另外一个房间大声播放维瓦尔第[1]，方能听不见他。

当，当，那只鸟又开始了，可这次的音色不同，我走下楼，把包拿在手里。火车时刻表在大厅桌子上。六点十分，我记得是。就是九月的那天我最后乘坐的那班，在喝了橘子汁，打碎玻璃杯，发誓要表明我有心之后。

两个身穿制服的男人在敲门，敲门声跟鸟的声音一唱一和，那鸟是北美红雀，正在决绝地将自己往窗户上撞，直撞得身上出现了某种黏液和一丝血迹。那两个男人站在门口台阶上，我开门时，两人都没动，身穿棕色制服的年长那位微微一笑，和气地说道："古尔登小姐。"这不是个问题。

帕特森警官和身穿棕色制服的布朗[2]警官。要是我做什么能把父

---

1 意大利神父，巴洛克音乐作曲家，代表作为《四季》。
2 此处布朗和棕色的原文皆为 brown。

亲从呆滞中唤醒，应该就是告诉他布朗警官穿棕色制服的事儿，告诉他这是个廉价的、假模假式的狄更斯式花招，告诉他布朗警官问问题之前，会把领结转来转去，就好像有人在纸页上创造了他，决心要赋予他某种明确的性格。帕特森警官说："漂亮的房子。"布朗警官说："我们想问你几个问题。"帕特森警官拒绝了咖啡。布朗警官问我能否来市中心。

"那是什么声音？"帕特森警官问。

"一只鸟在用头使劲儿撞厨房窗户。"我回答，他们俩面面相觑。

我的旅行包放在地板上，在那张折叠桌旁边。火车时刻表掖在蓝橙两色的中国碗下。人人都赞叹这碗，布朗警官也不例外。母亲得到这碗一直欢天喜地，因为她只花了二十五美元就从唐人街一家卖杂货和厨房用品的商店里买下了它，她跟店主从三十五美元一路杀价，还要求附赠一袋算命饼。"好主妇打造快乐家庭。"我拿到的那块算命饼上写着这句话，我是皱着鼻子大声读出来的。

我走出大门，走向他们的黑色轿车，路上看见了我在车库里的床垫，我已准备在之后的一周之内扔进杰夫的吉普车，运回卢尔斯的公寓。我们走了之后，又有两位警官跟随父亲前来，他们搜查了整栋房子，发现了垃圾桶里的空药瓶，以及车库垃圾袋里的另外一个，还发现了子宫帽、火车时刻表和旅行包。事后报纸上说，我正准备潜逃。"天哪，我要赶六点十分的火车。"杰夫和富尔伯格太太把我保释出来之后，我曾在一家路边小店里边吃总会三明治和巧克力奶昔,边对杰夫说:"我是打算回到我真正生活的地方。"有人听到我说这句话,将它也写在了报纸上。

布朗警官问我,母亲吃什么、喝什么,睡得怎么样,脸色怎么样,我是否喜欢她,是否爱她,是否对不再看护她、回到城市、回归自己的生活而感到焦虑。他询问我吗啡的剂量、管理、副作用、药片和泵。我全都了然于心,就一一告诉他,速记员一一予以记录。太阳在市政大楼的窗外落下,贝斯特先生在他的办公室里百感交集地等待,他们逮捕我、指控我杀死母亲的时候,六点十分的火车刚刚驶出车站。

"你们开什么玩笑。"我说。这句话也出现在了报纸上。

我在牢房度过了一晚,电线的嗡嗡声抚慰着我入睡。第二天早上,我出现在法庭上,小心翼翼地通过前排入口处的记者群,而后爬上富尔伯格夫人那台米黄色老车,跟她乘车离开,去两镇之外的希腊小餐馆见杰夫。我在车上告诉她,我简直等不及告诉父亲身穿棕色制服的布朗警官、法庭的大木偶剧场[1]属性,太像伊夫林·沃[2]作品中的情节了。直到那时,我才发现他不在那儿,那天晚上不在,第二天早上不在。"他星期四有早课。"我说道。

"我可以用一根棍子揍那男人。"富尔伯格夫人说。

我八年没再见父亲,除了那个走在县法院那天花板高悬的长灰

---

1 以上演自然主义恐怖表演为特色。
2 英国作家,被誉为"英国文学史上最具摧毁力和最有成果的讽刺小说家之一",代表作有《旧地重游》《衰落与瓦解》《一抔土》等。

走廊的下午,当时我俩还穿着海军蓝的礼服。自从他说我没有心,我开始向他证明并非如此之后,我们离不开彼此、身份交融的错觉在这几个月里逐渐瓦解,如今又将永远烟消云散。

不是他就是我。他们逮捕了我之后,我最后一次选择了他。

2

刚满八岁的那年夏天,我去古尔登祖父母家小住两周,其间雨下不止。那雨稠密而阴冷,偶尔对八月的东北部影响巨大,让那些夏日胜地和海滨小镇上的孩子们玩起了"大富翁"和"老处女"[1],打打保龄球,捉捉迷藏,就在衣橱里,或者因潮湿而霉味刺鼻的地下室里,结果把家长们逼疯,母亲只得求助于最后一种绝望的消遣方式,放他们去雨里玩耍。

在那些日子里,祖母教会了我"战争"游戏,两人都在夏装之外套上毛衣;我记得一盏盏灯打开,以一场灯秀对抗外面的灰暗,那灯光照得她的婚戒熠熠发光,还在她出牌的时刻,在她指甲表面反光。虽然我已经大了,可我们还是玩了"吹笛子游戏""梯子游戏""糖果天地游戏";尽管我玩得很笨拙,我们还是玩了"大冒险"和"八棋戏"。

祖母说,祖父会教我下围棋,可他从来没有。即便外面大雨倾

---

[1] 一种扑克牌游戏,玩之前从全副扑克中抽掉一张,导致剩下的牌中有一张牌无法配对,那张牌即为"老处女"。玩家轮流摸牌,进行配对出牌,最后手里持"老处女"的玩家,为输家。

盆,他还是一如既往地去营地,巡逻那些季节项目,切断小木屋的水源,堵上窗户缝,将空塑料瓶漂在马桶上,在游泳池外缘放上防冻剂。他回家来吃午饭和晚饭,把一件黄色的防雨皮大衣挂在后门不远处的挂钩上,雨水哗哗流下,他吃完中饭就回到外面,再回来吃晚饭,之后在灯光下读读内战方面的书籍,读上个一两小时,或者看电视上的棒球选手在阳光明媚的城市来来回回移动,而祖母就织织毛衣,毛衣针同样捕捉到了灯光。

他椅子旁边的小桌上,会放着一瓶漂亮的琥珀色威士忌,玻璃杯里总有那么一两英寸高的琥珀色液体。酒并没有把他变得跟父亲那样喋喋不休、才华横溢或卑鄙刻薄。这样一个深沉、寡言的男人,酒只让他更加寡言。我能记住祖父对我说过的每一个词,那就像平原上的树,凤毛麟角。

我们无所事事的时候,祖母就会拿出她的剪贴簿——封面是加工好的皮革,用皮带绑在一起,一张张照片在厚厚的、粗糙的黑色纸张上面摆放得当,用黄褐色小三角形固定住,那些照片有着锯齿边缘,以单一的黑白色调展示着祖母少女时代的一幕幕往昔。我记得最清楚的一张照片,是父亲和他父亲并肩站在湖前,那湖是南部营地的边线。

也许最初引起我注意的是它的拍摄日期,照片里的父亲跟那时的我一样大。不过事后,我记得的却是他有多瘦小,格子衬衫、深色短裤下的男孩有多单薄,他的膝盖在难看的、稍稍弯曲的腿部线条上明显地突出，双手叉在腰间，手置于臀上，肩膀耸着，就好像竭力在这照片里多占些空间，比身体正常需要的空间再大些。而他父亲是个大块头男人，魁梧而健硕——如今我想到的词是"健壮"——深色头发打着卷，下巴方方的，胳膊长，手掌大，站在儿子身边尤显高大，就像嫩绿的草叶近旁某棵高大的深绿色常青树。他们俩脸上的表情都很僵硬。我几乎能想到，祖母告诉他们要笑，笑啊，笑啊，就跟母亲总对我说的那样，结果他们就那么沉默无言地站着，并不配合，只是毫无表情的面孔更加阴郁。为了将父亲整个照进去，祖母在构图时将她丈夫的脑袋掐掉了大概两英寸。

  母亲死后的两周，父亲就像照片上的小男孩：身形缩小，黯然失色，保有与自己在世界上的惯常位置不相适宜的冷淡呆板姿态。很可能是他的孩子们把他搞成了这副样子。她去世的当晚，他们回到家来，都忽视他。这忽视并非是以一种刻薄的方式，而是似乎他们与他的关系从来都是次要的，通过他共结连理的女人、他们爱着的女人才得以建立。如果把我们的家比作轮子，这样一个以一种永恒的运动状态滚下一段轻松之路的浑圆的东西，那她既是轮轴又是路线。我们都六神无主了，他和我们仨都是如此。实际上，他尤甚。

  这就是为什么在被逮捕、控告之后的第二天早上，当我在陌生的房间里陌生的床上醒来，发现父亲并没有来救我时，我是那个唯一不惊讶的人。他如今看起来那么渺小，那么萎缩，我无法想象他可以处理这样一件事情。

此外,别人不知道,支撑我的东西需要他去做、去承认、去坦白。其他人没有看见他喂他妻子大米布丁,勺子在空气中掠过,就像携带讯息的鸽子飞回家。其他人没听见她低声说"帮帮我"。在一间方正、灰暗的房间里,一间只有一张床、一个梳妆台、墙上没照片的房间里,我闭上眼睛,又一次看见他抬起手,舀食物,又举起。其他人都在好奇吗啡从何而来,但我觉得我知道。母亲过去把屋子收拾得秩序井然,其主要原因是她丈夫渴求如此,而后她打乱这秩序——落灰的桌子、轮椅、夜晚的恐惧、病床、酸腐的汗味儿,以及化学药品的味道。很可能他受不了。很可能他为她感到难过。

很可能他其实爱她。很可能最后一晚我听见他们谈话的时候她在要求他,她曾经如此要求我,而他有勇气和爱意服从了她,做了我做不到的事。单是这一种可能性,我觉得他就值得我保护。至少这是现在的我分析当时的我时,以为的当时的我感受。

"喝咖啡,艾伦。"富尔伯格夫人说着关掉了收音机。我走出房间,走进狭小的厨房,身上还穿着在蒙哥马利县牢房那小小狱间里过夜时的裤子和毛衣。

我默默坐在一张白色小桌旁边,低头看着桌面,用勺子边儿画着图案。过了一会儿,富尔伯格夫人坐在了我对面。

"今天没课?"我问。

"我请了私人事假。"她说。

"私人,好吧。"我说。

"你想待多久就待多久。"

"你花了多少钱保我出来？"我问。

"一万美金。十分之一保释金。只要你不离开小镇，我会悉数拿回。"

"跑路。"我说。

"什么？"

"他们在电影里总是这么说。跑路。放心。我哪儿也不去。"

"那也是他们为什么逮捕你，因为你准备逃跑。"

"好吧，我猜那也是一种说法。当时我在整理旅行包，准备回纽约。两个家伙在前门出现，跟我说他们想在警局问我些问题，紧接着我就被逮捕了。"

"艾伦，你知道尸检的结果。那位医生说上周告诉你了，就在葬礼之后。你怎么不做些什么呢？"

"做什么呢？"

"找个律师。找个人聊聊。来找我。难道你不明白发生了什么吗？"

"不是我干的。"我简单地说道。

就此事，有多少种不同的回答方式？在警局总部，调查员问我，我就坐在这样一间屋子里，回答了一遍又一遍，我手掌的颜色跟母亲和我坐在塑料椅子上等一位护士清理屋子准备化疗时一个模样。不是我干的。我给她药了吗？我知道药瓶为什么空了吗？不。我爱我母亲吗？我恨我母亲吗？我憎恨我母亲吗？我想让我母亲死吗？

"如果你见过我母亲，了解曾经的她是什么样的人，你也想让她死。"我勃然大怒地说。

我杀死了她吗？

没有。

但我可以看见那勺子举起来，举过去，送进她口中，再出来，她的双眼在灯光中闪闪发亮。我对勺子的事始终只字未提。这么多年，从来没提。

我八岁的那个夏天，父亲开车送我去他父母家，是营地上的一间小木屋，父亲还是个婴儿的时候，祖父就种了一排大松树，以此跟营员和辅导员们隔开。"乔吉的树。"祖母如此称呼这些树。这一路很长，三小时还有余，途中，我们在一座名为"自由"的小镇上的一间餐馆停下来，享用了总会三明治和冰茶。雨已经开始下了。尽管广播说第二天雨才会停，可我不在乎。一路上，父亲用他那富于变化的演员嗓音背诵莎士比亚、约翰·多恩，甚至还有埃德娜·圣·文森特·米莱[1]的诗歌：

> 我的双唇曾吻过谁的双唇，
> 因何故在何地，我已忘记，

---

[1] 美国历史上第一位得到普利策诗歌奖的女性，获奖作品为《拨竖琴者》。她独特的波希米亚生活方式以及和男女两性的恋爱饱受争议。下面这首诗是作者的第四十三首十四行诗。

> 又曾枕过谁的手臂直至晨曦；
> 然而今晚的雨水充斥了幽灵，
> 在玻璃上敲打叹息，等待回应，
> 我内心搅动起一阵无声的痛苦
> 因为不被记起的少年将不再
> 午夜时分哭哭啼啼奔我而来。
>
> 于是，孤独的树站在冬天里，
> 不知晓什么鸟儿一只只离去，
> 只知晓树枝比以往更加沉寂：
> 我无法说出什么爱来了又去，
> 只知道夏天在我心中高歌，
> 唱了一会儿，便无声无息。

那词组、那情绪，我虽然不懂，却好似充斥了整个车厢，那结束句——"便无声无息"——还在回响，之后是长久的沉默，又因为我们四周的树林里细微而密集的声音似乎格外悠长——有只鸟发出高声而连续的颤音，长声嗡鸣的我猜是虫子。接着，父亲看了看我，耸了耸肩。

"即便二流诗歌也比没有诗歌强，艾伦。"他说。我记得那种如释重负的感觉，那种近乎身体觉察到的感觉，就因为等到他先开口告诉我该如何体会，而我没立刻告诉他我觉得那诗多美。

"你是个出类拔萃的孩子，小内尔。"他打量着我那张迷醉的面孔，说道。

我们越来越深地驶入树林，车内一片漆黑，因为高大的老橡树和榆树在狭窄的乡间小路上弯着枝条彼此碰触。我们走了数十英里，没看到一户人家、一辆车子，只有眼神放肆的兔子，又肥又懒的土拨鼠在啃咬沿路生长的零星野草。家长们把孩子送到营地，想给自家孩子的就是这种隔绝，这种置身于真正的美国的感觉。可是，难以想象父亲在这儿的生活，借着旧书桌上的灯光仔细阅读《伊索寓言》，搭乘校车，去十二英里开外的最近的镇子，上古板的红砖小学，整理好行囊离开这里去上大学预科，那里树木稀少，有光洒下。

母鹿跳到车前的时候，我们离一座大型木拱门不远了，那拱门标志着去往营地的岔路口。有那么一会儿，我看见它的脸转向我，即便离得远，仍能看见它的口鼻处样子柔和，眼睛漆黑、滚圆，那对大耳朵使劲儿伸着，明白来到路上的时候已经晚了那么一刹那。我们撞到了它，影响巨大，父亲急忙转向路肩，猛踩刹车，黑红斑点溅上挡风玻璃。事后，我在祖母的木屋里照药品箱镜子时，才意识到自己的头撞上了仪表板。脸上有擦伤和肿块。

"天哪。"他说。

那鹿几乎横在路中间，用窄窄的尖脚乱踢乱蹬。可它站不起来，也无法继续向前，只是朝这边朝那边稍稍转了转身体，脖子弯曲，那场景便看起来像脑袋碰触着长长的、锦缎似的棕色背部。

父亲从车里出去，转圈看了看前保险杠。"该死。"他说着，因愤怒板起面孔，又瞥了一眼公路，而后回到车里，"该死。"

鹿脚发出的声响如同有人在用打字机：嗒嗒嗒，停，嗒嗒嗒，停。有那么一刻，它会休息，弯曲的脖颈会垂落下去，我看见它的脸，它的鼻孔跟着身体两侧不规则的一起一伏而一翕一张。

父亲回到车里，发动引擎。"什么也别说。"他说。我们开走的时候，我甚至害怕在座椅上转身看一眼。

我们驶近祖父母家，他们出来迎接我们，我们经过一座座空如旧鞋盒的小木屋，以及围场和水池。在树与树之间，可以看见一长条湖水，就在他们房子坐落之处的山坡底下。

"我需要一杯水。"他从车里出来的时候，对他母亲说道，还把发生的事情告诉她。

"噢，乔治，太可怕了。"她边说边挽上他胳膊，陪他走向屋里。

"那动物？"祖父用他那喉间低音说道，声音凝固在辅音的位置。

"完蛋了。"父亲回答。

"就在路边上。"我说。

祖父走进屋去，拿着一把猎枪出来。他把猎枪放在他那辆旧旅行车的后座上，之后指了指我。"带路。"他说。

"顺其自然好了。"父亲说。可祖父发动了车子，越过副驾驶座位打开另一侧车门，让我进去。

"看在上帝的分上,我去。"父亲说着,耸耸肩,甩掉他母亲的胳膊。祖母的脸看上去就跟母鹿的一样,眼神明亮,嘴部线条柔和,还颤抖着。我已经在副驾驶座位坐下,父亲想把我拉出去,而我坐在祖父身边,摇了摇头。

"镇上人每年秋天到底要打多少该死的鹿?"他嘟囔道。

我们回到路边那个位置,那头鹿还活着,还在徒然地挪动着腿脚。祖父拿枪对准它的头,有那么一会儿,它不再弯着脖子,而是转过头来看着,然后静静躺下。祖父开枪的时候,肩膀稍稍往后一扯。回木屋时,我哭了一路,把脸埋在手里。祖父拍着我的肩膀,父亲则看向窗外。

"我需要一杯酒,一辆新车。"他们俩进屋的时候,父亲对祖母说道。

我睡在富尔伯格夫人的客房里或者在她厨房的餐桌边喝咖啡的时候,经常想起的就是那件事,还有那张他和他父亲的合影。那天下午,杰夫从树林里抄了近道从后门进来,好避开那些坐在富尔伯格夫人家外面的当地记者和摄影师。他敲了敲厨房的玻璃窗,往里张望,双眼在黄色的半截帘之上。

"这很像一部难看的间谍小说。"我说。

"我得回屋打几个电话。"富尔伯格夫人说。

杰弗里和我坐在餐桌两端,望着彼此。"你看起来糟透了。"他说。

"我知道,可我能做什么呢?这身衣服我都穿两天了,也没润体膏了。"

"你的旅行包在吉普车里。要是外面那些家伙离开，我就拿进来。"

"他们迟早会觉得无聊的。"

"他们不会的。明天就会有十个，之后就是二十个。这可是他们说的头条新闻。所以那个混蛋贝斯特第一时间逮捕你——不是因为他可以破获一起案子，而是可以整日整日地占据头条，就安乐死和全民正义不断发表演讲。镇上有人说，要是你没为比赛写那篇文章，这事儿绝不会发生。跟上个月加拿大那个帮人使用静脉滴注的医生，以及毁掉那些人的护士相比，这简直是轰动。"

"会过去的。"

"不会很快过去的，亲爱的。不会很快。"

"镇上的人还说了什么？"

杰夫低下头，红头发泛着光泽，这让我有那么一刻看到了母亲。"有些人说你做得有理。"他说。

"其他人呢？"

"你做得不对。"

"有没有人相信不是我干的？"

他摇了摇头。

"你呢？"

他抬起头来，一脸讶异。"艾尔，你有很多缺点，而在这个节骨眼儿上，最突出的似乎是认为人们是正常而理智的这一错觉。可你一辈子从不骗人。过分诚实，我得补一句。"

"布莱恩呢？"

"他真是一团糟。他从学校打来电话，就那么哭啊，哭啊。我觉得他不在乎她的死因，而在乎她死这一事实。那就是这些傻瓜跟这混为一谈的事情——我们有权只是面对她不在这一事实，而不面对她的死因。癌症杀死了我母亲。我们的母亲。我就是那么说的。"

"你什么时候回去？"我说。

"我会一直待到这事儿结束。"

"待在家里？"

"我尽量不在那儿待。爸爸我们俩交流有困难。"

我想着父亲沉默、渺小地待在凯特营造的房子里，想着他手握勺子，举起，举过去，举起，举过去，递进她嘴里，拿出来。

"他真想见你，艾尔。"弟弟说，"每天早餐的时候他都说，'我得跟你姐姐聊聊'，每天晚餐的时候也说，'你跟艾伦聊过了吗'，他说你们俩需要聊聊。他想让我安排个时间，好让你们俩在这儿单独聊聊。他说要是你不想回家，他理解。"

"我现在不需要跟他聊。"我说，"他也不需要跟我聊。"

杰夫捏了捏我的手："他不会接受'拒绝'这种答复的。"

"他必须接受。"我说，"告诉他不可能。"

"他的律师跟他说了，大陪审团碰头之前，他不该见你，"杰夫说,"可他坚持你们得聊聊。"

"他请了律师?"我说。

"是的。你也需要一个。一个好律师。"

"也许我可以打给乔,让他推荐一个。"我说。

"乔?"

"F.李·贝尔茨。法理学先生。我名义上的男友。"葬礼上,乔也穿了海军蓝,葬礼结束后,他只是在教堂里握了握我的手,后来没去杜安家。

"你没看报纸吗?"杰夫问。

我摇摇头。"该死。"杰夫说着站起身来,看了一眼冰箱里面,又关上,而后又打开看。"乔是你的麻烦。"他说,"妈妈死后,他告诉他老爸,说你一直在说你希望她死。他老爸听到尸检的事情,就去了贝斯特那儿做了额外测试。乔揭发了你。"

"乔?"

"对。"

"他出卖了我?"我问。

杰夫点了点头。

"真是结束关系的极端做法啊。"我说。

"别胡说八道了,艾伦。几乎可以说他毁了你。他就是个人渣,一直就是,现在你得为你那挑男人的渣品位付出代价了。"杰夫再一次握住我的手,"我知道真相。"他说,"难道你以为我不知道?你这么做只为一个人。"

"我为了她这么做。"我说。

"谁？"

"妈妈，"我说，"我这么做是为了她。杰菲，我没法跟你聊这个话题了。一个字也不能聊了。我就是没办法。你可以给我请个律师吗？"

"我该跟爸爸怎么说？"他问。

"告诉他我理解。"我说，"告诉他我们什么时候会聊聊。就是不知道什么时候。"

"如果我碰上乔呢？"

我想了一下，两手放在腿上。我想起乔打电话给他在加利福尼亚的母亲，问她那天怎么就能走出家门，丢下他不管，让一个两岁大的孩子心上缺了一块长大。我想起他听到她的回答，"我就是做了"。我想起他把手放在我腰上，胸上，嘴贴在我肚子上，想起手账，以及他可能已经租了的大双人床公寓。我头好疼。

"告诉他见鬼去吧。"我说。

"说定了。"杰夫回答。

3

我的心理咨询师让我记日志来剖析那年的事件,尤其想让我理清被捕之后的短暂时间内历经的情感,那时大陪审团还没举行听证会,没判决我的案子,没决定是否起诉我。有那么一段时间,我想到如法炮制我为富尔伯格夫人的课写文章或作诗时一贯的做法,即从锦缎般的聪明故事里编造出虚假的感情来。我可以骗过我的心理咨询师,可骗不了富尔伯格夫人,相比她一贯的和颜悦色,她实际上更机敏,更严厉。她会把我的诗发回来,轻蔑地评论道:"很聪明……可是!"或者委婉些说:"语言很美,可文章里哪有你的真实情感啊?"

很难告诉我的心理咨询师,我被控告谋杀母亲之后的几周里没什么感觉,结果最终正是这么做的。不过如果当时我像如今对精神病学有这么多了解的话,就会意识到这回答非常好接受,可简单地归类为"影响缺乏"。那时,我觉得无感是因为,如同势必会重蹈覆辙的酒鬼或者精神病患一样,我陷入这样一种状态,曾经我努力做好母亲的女儿,如今顺理成章地转做父亲的女儿,我的情感腌制在玩世不恭和自我涉入的溶液里。有时候，我怀疑是不是所有的小孩都得以那种方式选择。我想象母亲坐看一个蹒跚学步的小孩，寻找早期迹象：这孩子会是父亲党还是母亲党？如同刺绣的方巾一样。我好奇是否这就是有三个孩子的原因，以此来打破平局。在数量上，母亲是大赢家，不过就十足的献身精神来看，很可能又不是，至少直到生命尽头不是。

很难解释你的生活有多平凡，即便非凡之事就发生在你身边。杰夫说得对；富尔伯格夫人家外面的记者数目在接下去的几天里多了起来，而后又退去，而后又上涨，当时又有新的报道涌现出来，说检察官在求助于佛罗里达的一位病理学家，还说预计我前男友会在大陪审团面前现身，又说校董事会在考虑对富尔伯格夫人进行纪律处分。每天早上她离家去学校的时候，都要走入电视荧幕和六七台闪光灯的聚焦之下。

"让他们开除我好了。"她边说边煮着咖啡，那天早上最后一条报道出现在《论坛报》上，"我可以拿社保，也许这将教会我的学生们如何行正义之举。"

"我还是没有完全理解你这么做的原因。"我说。

"有脑子不用真可怕。"她说。

"严肃地说来呢？"

"严肃地说来就是，你需要帮忙，而我可以提供帮助。没什么秘密。"

"在这场电影里,你在扮演雪莉·布思[1]的角色。"

"我一直讨厌雪莉·布思。"富尔伯格夫人说。然后她就离开了,而你可以听见那噪声,一片嗡嗡作响,跟着是连珠炮似的质问,卑陋地假装着亲密:"布伦达,你要失业了吗?""你能不能告诉我们艾伦怎么样?""你们聊没聊过她的所作所为?"继而是汽车发动的声音,随着她驶出车道,又响起碾过石子路的噪声,发问随之消失。

那是我生活里唯一的奇特之处,还有人们在超市或者商场看我的眼神,或是斜着一瞥,或是盯着我看。两个星期过后,外面的记者逐渐离开,等待下次听证会,等待法庭里上演的轻松剧。可每当贝斯特先生发表一项新声明,《论坛报》就放出我在被控告之后离开法庭的照片;当有个小女孩在超市货道里很夸张地将裙子掀到头顶,或者我无聊地想到母亲曾经就商场里漫无目的地闲逛却鲜有购物的青少年所发表的言论时,我只能略微一笑,此时有人肯定在觑着眼睛仔细打量我。是的……我不确定……是的……是……那是她。

"她母亲。"偶尔都能听见他们的嘟囔。那小女孩会把裙子放下来,靠近婴儿车,她的小弟弟张着嘴睡在其中,肥嘟嘟的小腿在一条大纸尿裤的鼓包两边弓着。

在塞夫韦超市里,一个上了年纪的女人把一本日常冥想的小书塞到我手上,书的封面上带朵玫瑰花。"愿上帝祝福你,保佑你,亲爱的。"她说。

---

[1] 美国女演员,曾凭借《兰闺春怨》获奥斯卡最佳女主角奖。

"你比照片上好看。"收银的姑娘说。

富尔伯格夫人家餐厅里的电话答录机塞满了信息。《论坛报》的记者朱莉·海因莱因在不辞辛苦地找我,觉察到这次机会将让她离开朗霍恩,去更大更好的地方发展。电话里的她花言巧语,哄哄骗骗——做次采访,或者来次私人对话,或者来份第一人称的报道。有次,她说:"有人告诉我,你也是新闻工作者。"我想起比尔·崔迪有天晚上在杂志办公楼楼下的布拉尼·斯通餐厅喝着锅炉厂鸡尾酒时发出的气愤评论:"新闻工作者就是总担心穿着的记者。"

当然,还有疯子,有的向我求婚,有的提出按住我,痛苦地杀死我,好让我完全明白我的罪。此外,也有支持者。死亡权利中心受理了我的案子,提出为我请律师。

"是时候让我们每个人都意识到,家人比法庭、警察或者不惜一切代价保其性命的医护人员更清楚地知道临终病人有何权利。"一名自称是执行主任的男子说道。

"不是我干的。"我对着答录机说道。

"对于数百万人来说,你已经成为一种象征,象征着充满关爱的家人如何被不给爱人提供任何希望的体制残害。"他继续说道,"你可以成为那场运动里一个举足轻重的声音,允许人们有尊严地死去,如果需要,还可以有辅助。"

"不是我干的。"我又说了一遍。

接下来的留言来自一个男人,他说他知道很多种我可能会享受其中的性行为。我自己听这些信息，不想让富尔伯格夫人不得已听见，可听过之后，我觉得恶心，就好像得了胃肠感冒。那几周我变瘦了。我吃不下。

每隔几天，答录机上就会有一个我熟悉得如同自己声音的声音，那韵律和音质都很像。"艾伦？"父亲说，"如果你在，可不可以行行好接电话？"沉默中，我听见他略带疲倦的呼吸声，好似在跑步。"艾伦？"所有的留言除了我的名字和那个请我接电话的请求之外，没有多余信息，直到有天下午，他开口说话。

"艾伦，"他安静地说，"我想跟你谈谈发生的事情。我知道对你来说很难。可我们不能不聊。"接下来是很长时间的停顿。录音带绕着眼睛似的轴线移动，发出嗒嗒声。"我不知道警局的人在做什么，"他继续道，"我完全不知道他们会逮捕你。要不我就去了。我不知道。我不应该——"接下来是一声哽咽，一声急促的呼吸，"我们该聊聊。"他说，"我们需要聊聊。"之后就是听筒被放下的声音，很是决绝。

那是我从他那儿收到的最后一条信息。

除此之外，日子稀松平常，几近冗长。如今想来，对于发生在我周围、报纸上、法庭办公室里、市政大楼里的事情，我唯一的真正感触就是一种感觉，它很像我去祖父母家待的头几天时间里，甚至，我惊讶地发现，大一的头几个月里，一直充斥我心的那种思家之情。

我在富尔伯格夫人家的屋子里转悠的时候，渴望的并不是母亲创造的实实在在的家；我记得医院车来了，护工高效甚至神奇地抬走尸体的时候,家里显得多空。而是我在灵魂深处因为家的更大意义感到难过,童年时期,我们对家的理解近乎纯粹,家是保障,是安全,是生命中可以预测的、温柔的、美好的情愫,是这所有可能的情感的代名词。

在富尔伯格夫人家的那几个星期里,我的大部分生活都是可预见的。实际上,那很像我照顾母亲的那最后几个月,可对比之下,前者显得如此空洞。没有中心,没有意义。这是一种空洞的家庭主妇的日常,扫扫地,叠叠衣服,甚至看看肥皂剧。我下厨,打扫,阅读;我做焙盘炖菜,做派。可一切活动都不是围绕谁或什么事情展开。那只是我生活的白噪声[1],好让时间以最低限度的痛苦流逝。我就像一位孩子死于某种可怕事故的母亲,仍然在下午三点的餐桌隔热垫上放一托盘布朗尼蛋糕。

有天晚上,我把一袋垃圾拿出去,放到短短的车道末端,连接乡村石子路的地方,麦克纳尔提兄弟早上会收走。他们会把垃圾丢进卡车车斗,而后拉去垃圾场,他们在那儿,低着脑袋,戴着脏兮兮的毛线帽,不停工作,就像那些长着油亮亮羽毛的大鸟,用尖尖的鸟嘴在有咖啡渍以及蛋黄酱和生菜污迹的黄色区域啄食。

我早些时候扔过一袋了,这会儿借着几乎满月的光亮,我看见一只浣熊,它的尖嘴巴埋在闪着光的绿色塑料袋一角。它转了个圈,

---

[1] 是一种功率密度为常数的随机信号,此信号在各个频段上的功率是一样的,可以当成背景音,帮人睡眠等。

算问候我，还龇着黄色的小牙，那老鼠一般的眼睛和乱扒拉的四肢一点儿也不可爱，不卡通，然后它跑过马路，跑进黑暗之中。我看见它把战利品摊在邮筒柱子四周，一堆脏兮兮的骨头，干净得都灰白了，如同月光，还有一个金枪鱼罐头盒，一个曾经盛塔塔沙司的小罐子，半只柠檬，如今已经只剩碗状的一点儿黄色外皮了，以及两张油乎乎的纸巾，就像行将枯萎的花儿。

我开始解开手里垃圾袋的扣，好把地上所有东西放进去，可就当我蹲下去，捡第一块骨头的时候，脚踝一歪，我往旁边一滑，重重地摔倒在草地上，摔进泥里，我开始大哭，尖利的长声喘气声攫住了我的胸腔，就像有只手按在我的胸骨上。我坐在那儿抹眼泪，抬起头朝着天空，就好像月亮可以温暖我的脸。由脆骨和胸骨软骨中心弓形处构成的一块鸡骨头在我的手掌底下，我把它捡起来，拼尽力气扔出去，它掉落在公路那边的繁茂杂草中，我没听到任何声响。

"该死。"我喊了一声，想要站起来，可富尔伯格夫人在我身后，僵硬地弯下腰来，把手放在我肩膀上。

"只是该死的乱七八糟的东西。"我说，"看看。"我晃动着弯曲的手臂，最后捂住胸口，我感觉呼吸停了，又缓慢地开始了，又停了。

"进屋去。"她说，"我来吧。"我听了她的话。

有时候，我帮她批改作业，用红笔改高年级学生的作文，为判断对错题打分。他们说,莎士比亚用"死亡,不该骄傲"[1]开始一首十四行诗正确。他们说,达西先生[2]是《双城记》里的人物正确。他们说,《织工马南》是一个名叫乔治·爱略特的男子所写正确。

让人崩溃的东西都有些滑稽,是不是?你的情人迁居到了伦敦,爱上了英国广播公司的一个新闻记者,你觉得这没什么,可后来有一天,你稍稍举高伞,穿过第五十七大街,盯着一家巴宝莉店,就开始抽抽搭搭。或者你孩子一出生就夭折,五年之后的一家古董店里,在一块天鹅绒方毯上,有个破碎的银质小拨浪鼓上面有牙印儿,一端上还刻有"艾米莉"这名字,而后从你内心深处的那只妖怪瓶里,崩溃的情绪就哭哭啼啼跑了出来,前一刻它们还埋藏得很深。

或者垃圾袋破了。

在测试卷上,我拿红笔豪放地判着错误,错误,错误,而后到了《织工马南》和乔治·爱略特这一题,我用手捂住脸,试图让一切都待在它所归属的地方。我垂下头,走到富尔伯格夫人的那间小浴室里。

"你不能把情感全都封闭起来。"我走出来的时候,她说道。

"我当然可以。"我说。

"要喝茶吗?"

"不了。我真正想喝的是酒,可那样就该糟糕了。"

---

[1] 作者为玄学派诗人约翰·多恩。
[2] 《傲慢与偏见》中的男主人公。

"阿门，"富尔伯格夫人边说，边把一碗花生放在桌子上。她一周去两次路德教堂的地下室，参加嗜酒者互诫协会，"别把我的试卷弄油了。"

"你们这些人都这样，"我说着拼命挤出个微笑，"甚至在大学里，你们也总说'我的试卷'。你们为什么有这么强的占有欲？"

"我之前没想过这个问题，"富尔伯格夫人说着，吃了一把花生，"也许是因为试卷是教学里唯一有形的东西。当然，你们这些家伙，这些成品，也是，不过即便那些也是短暂的。你看着学生们课上学习，你知道你在做的事情就是掌控局面，可除此之外，没有别的东西可以真正表明这一点。"她拿起一张带红色批改痕迹的试卷，"例子不太好，不过你明白我的意思。你看着这些试卷，就可以知道哪些记住了，哪些没有。这是一个你是否做好工作的明证。还有就是，偶尔会收到一个学生的来信，告诉你干得不错。"

"我该寄一封那样的信给你的。我脑子里装满了你教我的东西。我是说，靠着从你那儿学到的东西，我得以度过大学四年的英语文学课。"

"谢谢你，亲爱的。那是人们一直希望会发生的事情，可它并没有真的给你多少可抓紧的东西。我猜，在某种程度上讲，这就像养孩子。没人真正知道自己的孩子养得怎么样，除非你干得很糟，孩子误入歧途，这就是自相矛盾的地方。你长年累月地做着这项工作，却获誉甚少。"

如果没有富尔伯格夫人,我不知道那几个星期我会做什么。这就像跟一个更温和、更慈祥的父亲住在一起,一样渴望谈论文学和生活的联系,却不会对跟她意见相左的看法指指点点。晚上,我们一起吃饭,看晚间新闻,之后在厨房餐桌旁聊一两个小时,百叶窗总是拉得严严实实。她出去开会的时候,我就看看电视情景剧,读读推理小说,打电话给卢尔斯聊天。

"人们不该多嘴嗜酒者互诚协会的事儿,是不是?"有天晚上,富尔伯格夫人从会上回来之后,我问她。

"我不知道别人。"她说,"你当然可以问我。"

"你为什么要去呢?"

"因为它帮助我理解我的一些所作所为。"她回答。

"对不起,我说得不恰当。如果你有家人是酒鬼,你通常会去嗜酒者互诚协会。那家人是谁呢?"我抬起手,手掌摊开,就好像表明这房间空空如也,没有照片,也没有纪念品,跟母亲的房间太不一样了。"对不起,"我说,"这么说可真让人讨厌。"

"你注意到你这些天老道歉了吗?"富尔伯格夫人问。

"是为了逃避我的问题?"

"不是,只是这事儿你可能想思考思考。答案是我前夫是酒鬼。我父亲是酒鬼。我母亲是酒鬼。按照上瘾的严格定义来讲,我是那个让他们全都可以继续喝酒的人。母亲喝醉的时候,我照顾她,而后她命悬一线的时候也是如此。我爱我父亲,为父亲的那些行为找借口。"

"你丈夫呢?"

"噢,他就是翻版的父亲——迷人、聪明、病态。你随便翻一本戒酒手册,都可以看到我这种故事。可是明白自己不是异类,并非向着日常生活里感觉良好迈进了一大步。"

"你离婚多久了啊?"我问道。我都不记得富尔伯格夫人结过婚。

"十二年了。"她说。

"你花了那么久才走出来?"

"像你这么聪明的人发出这种评论,可真是天真。忘掉某些你挚爱的人要用上一辈子,还有些人你根本忘不掉。"

"你总是如此。理智行事。就好像你要是聪明就可以自我理解似的。"

"你说得对。那是我天真的地方。我尤其天真。"

"你父亲还活着吗?"

"三年前去世了。可如果我的记忆算数的话,他会不朽。"

我明白。这些天里,我一直想起我父亲。不想起他,就梦见他。在梦里,人们在长时间、缓慢无力地追我,这场景梦里很常见,很可能在现实中也是如此,虽然我们并不理解。有时候,父亲是追逐我的人群中的一员,有时候他是旁观者,有时候他在努力帮我,可当我擦身而过的时候,他却放开我的手,我们的手指彼此错过,就像并行游了一会儿的鱼,之后便分道扬镳。

我记得十二三岁时,有一次下楼想喝杯牛奶,发现他和母亲坐在那张圆形橡木桌边,家谱刺绣的下面:在一排人工的花草之下,乔治和凯特的名字用十字刺绣法绣好,枝条上是我们三个,笔直的针法一笔一画地绣着我们的全名。

父亲面前有一大杯白兰地。我能闻出来,那酒刺鼻却有挥之不散的甜香。他穿着一件爱尔兰渔夫开襟毛衣,用缆绳状的毛线织成,很是肥大,他的运动外套搭在椅背上。他整个人重心在椅子的后腿上,母亲从不让我们这么干,说是对椅子不好。

"艾伦,发表个意见。"他说着当啷一声把椅子放平,俯身向前拿起白兰地,"今天《论坛报》上的故事你看了吗?人们提议在大学里建宿舍楼。"

"没看。"我记得我这么回答。那会儿是十三还是十四?那个年龄的多数女孩读报纸吗?

"这儿,"他说着,把桌子下面地板上的报纸的那部分拿给我看,"背景。"他的话语很是利落,有很多酒喝的时候,他说话一向如此。

故事上说,州政府提议在矿区正后方的林区为低收入居民建一座二十四层高的公寓楼。

我抬起头来。

"你母亲,"父亲说,"觉得这个提议合理极了。"

"我不是这么说的,小绅士。"母亲说道。

"合理极了。在这儿,这么一块宜人的林区,将被砍伐一光,就为了给一些人建些饼干盒,而不出几个星期,这些人就会将旧车丢在草坪上,在墙上写满自己名字。你母亲竟然觉得这都不是事儿。"

"我不是这么说的,小绅士。"

"哦,那你是怎么说的?"

"我说,人人都该有安居之所。"

"你听见了,艾伦。原话:人人都该有安居之所。"

"我去睡觉了。"我说。

"我也是。"母亲说。

"这家就没有人想参与文明的辩论。"父亲说。

我的记忆准确吗,或者我现在这么回忆是希望事实如此?那几周里回忆那些场景的时候,我记得我跟母亲统一战线,对抗父亲。全是真的吗?或者是灯光搞的鬼,她活着的时候灯光只照在他身上,而今只照在她曾经待过的地方,除了基督的光芒、尘埃和地上的一圈银光之外,空无一物?现在,我所有的故事都有了另外一个结局,就像《美女还是老虎》[1]。有个结局是,我冷漠、聪明,他从半框眼镜的边缘看着我,眼睛的蓝色被玳瑁色镜片一分为二,嘴角微微上扬,

---

[1] 作者为弗兰克·R. 斯托克顿,故事内容为:从前有个想法奇特的国王,他规定,被控告之人在竞技场上将面对两扇一模一样的门,门后分别为美女和老虎。如果该人选择的门后是老虎,那就说明他"有罪",将被老虎当场撕碎吞食;如果门后是女子,被告将获"清白",须立刻与该女子结婚。后来,一个出身贫寒但高大、英俊的小伙子与国王的女儿相爱了,愤怒的国王决定让他接受审判。公主知道门后的秘密,看着心爱之人求助的眼神,她悄悄举起手指向了右边的门……故事在此处戛然而止,作者将问题抛给读者,门后究竟是美女还是老虎。

我知道我做对了。还有另外一个结局。母亲的结局。

"你听听。"他说,"原话——人人都该有安居之所。"

"我去睡觉了。"母亲说。

"你呢,艾伦?"他问。

"我再待一会儿。"我说,"你要再来一杯白兰地吗?"

有天晚上,我梦见我开着家里的车,屁股下垫着一本电话簿,为的是视线高过仪表板,结果我撞了鹿,他说:"太不小心了,艾伦。"可透过他的微笑,你知道他并没有真的生气。祖父拿上枪,我们回到那地方,鹿却不见了,取而代之的是一个穿着睡袍的女人,脸歪向一边。"那是谁?"祖父问,可我和父亲都没认出她来。

4

我喜欢我的律师。并不是我被传讯时站在我身边的那第一位律师，当时我的手指尖儿上还有墨汁的黑色痕迹，警察采我的指纹来着。不是那个叫史密斯的律师，他本人就跟他的衣着和观察力一样，一般般。

而是那个接手我案子的律师，杰弗里付的他酬金，我事后才知道需要请律师的时间早过了，那酬金的一部分是古尔登祖父母留给杰夫的遗产，一部分是朗霍恩的几家人捐的款，他们是我们的朋友，相信我不该受追究。我觉得，他们大多数人相信我杀了母亲，不过相信我是出于善意。杰夫告诉我，杜安夫人只是重复："要是你看见她推轮椅的样子……"当时她从书店的账户上开给他一张大额支票。

那钱不够，我知道。乔纳森曾经告诉过我，如果他能成为那家他梦寐以求的公司的合伙人，他期待出庭做辩护的费用是一小时三百美金，那家公司有中庭，里面长满无花果树，还有家私家餐厅，由新式菜肴的美国大厨掌厨。甚至都还没庭审，我就知道罗伯特·格林斯坦愿意在这个案子上花时间。他的办公室没有中庭，没有大厨。他在办公桌的绿色记事簿上吃纸袋装的鸡肉沙拉,有时我跟他一起吃。

可他仍然是个让人尊敬的刑事案件庭审律师,我弟弟付他的两万五千美金还不够。我告诉杰夫,我们应该以食物的形式酬谢他,给他用一次性锡纸盘带千层面来,带瓦罐汤来,带倒扣菠萝蛋糕来,带布朗尼蛋糕来,这后两样仍然散落在母亲房子里的操作台上,填充着冰箱的冷藏室。简直不可能打开它,杰夫告诉我说,否则会有一些为葬礼准备的肉类掉到脚上。让他吃蛋糕吧,我说。

"你把故事卖给电视台,就能付我余下的酬金了。"鲍勃·格林斯坦说,"就像北部的那个女孩一样,她杀了父亲,因为她不满意他规定的宵禁时间,而他不喜欢她的鼻环。"

"没错。"我嘴里塞满了鸡肉沙拉,说道。

这是我喜欢他的地方之一,在母亲去世这个话题上,他不像大多数人那样,神神秘秘,充满敬意,不会进行随之而来的对话,那些人不管认为事情是如何发生的,都会如此。甚至记者们都会以一种殡仪馆的腔调说话,就是人们谈到死亡时常带有的那种通情达理。"我知道这很可能是个困难时期,可如果你愿意给我半小时,"富尔伯格夫人家的电话答录机上,他们的留言里会说,"我们可以给你做头发,化妆。"一家电视台的一位制片人助理如此说道,"万一你在乎这个的话。"

可鲍勃从不放低声音,从没在低垂的眉毛下面棕色的眼睛里带着关切靠近我。从很多方面来讲,他不是个有吸引力的男人,又矮又胖，只有一绺头发，没头发的部分使得仅有的那绺头发就像用眉笔画上去的。他的衬衫前襟撑得很紧，灰白色衣服裹着大肚子，办公室里有股雪茄烟的味道，即便出于某种原因他从不在我面前抽烟。办公桌是件红木仿制品，很可能仿制了蒙蒂塞洛或者芒特弗农小镇上的什么东西，大幅的桌面上有划痕，又因为烧得很短的雪茄烟头，桌漆已处处剥落，连带着镶饰也不见了。一面墙摆放着文件柜，里面的文件堆得乱七八糟，他身后是一个断层式书架[1]，上面摆着儿女的照片，是体态拘谨的学生证件照，背景为虚假的乡村景象。

"妻子？"我第一次坐在他对面的椅子上时就问。

"离开了。"他说。

我很享受跟这样的人交谈，不需要解释，没有指责，没有心理分析，没有高谈阔论，就是干脆、直接，近乎数学题一般：妻子。离开。我是鲍勃·格林斯坦的客户，一件案子，一个问题，一个肥差，一个需要处理的任务。我也喜欢这样。跟一个并不想知道我灵魂、我深藏的秘密的人相处真是让人松口气。他想知道的恰恰相反。

杰夫会开着吉普车带我上州际公路，去一个跟所有其他城市一样，就在公路边崛起的小城市，高架桥下的棚户区围着斜坡延展开来，然后是镇中心，更远处是有钱有势的家庭。后来那些年，随着外出增多，我会逐渐意识到每一个美国城市都是这么兴建的，唯有纽约不同，富人和穷人就在一条水平线两边错落排布，公园大道南边第

---

1 中间部分高出两边的美式书架。

八十几街的地方是一个样子,而北边第一百二十几街的地方又是另一幅图景[1],里弗代尔[2]跟南布朗克斯[3]仅隔着一段长长的步行距离。

我不知道鲍勃的确切住址,尽管我有他家的电话号码以防万一,尽管我从来也不完全确定什么样的万一是这种情况的万一,是不是警察半夜入室,或者法官无端撤掉我的保释。我想象他在某处一座空荡荡的公寓里,而他的妻儿住在镇中心那边的都铎式房子里,就像那些在朗霍恩的一样。尽管我知道他有个富丽堂皇的现代住处,就在十英里开外的一片开阔土地上,还带极可意牌的按摩浴缸,有很好的树林风景,晚上还有很多活动。

我无须对他有过多了解,他对我亦是如此,故事除外。我告诉他,母亲葬礼之后的一周,警察是如何把我带到警局进行问询,如何在跟我交谈了四小时后逮捕了我。

"你跟他们交谈了?"他问。

我耸了耸肩。

"从没寻求过咨询?"他说,"回答了全部问题?完全配合?"

我点了点头。

"你上了哈佛?"

"我没上法学院。"我说,"我男朋友是法学院的。"

---

1 位于曼哈顿区,南至繁华的曼哈顿中城,北达哈莱姆黑人区,接布朗克斯,属经济环境相对较差区域。
2 位于布朗克斯北部,是上层阶级的居住区。
3 相对北布朗克斯而言,人口少,生活条件差。

"对,你男朋友。真是个好男友!你看电视吧,艾伦?"

"不太看。主要看老电影。"

"别跟警察交谈。警察不是你朋友。要是你家猫上树了,那你该对警官友好些。如果你被怀疑犯了一起谋杀案件,你就不该了。他们在你的对立面。他们对寻求真相不感兴趣。他们对抓捕你感兴趣。"

通过这样的一套演说,你可以看出鲍勃·格林斯坦的为人。他给人的印象如同一盏夜灯,发出一种微弱但稳定的光,并不足信,接近巡回表演游艺团推销员兜售专利药品和《圣经》时的所作所为。

"你很愤世嫉俗。"我安静地说。

"我很现实。"他晃着脑袋说。看着桌上那堆文件时,他就一直晃着脑袋。他拿起那张模糊的报纸复印件,一看见标题和照片,我就皱了皱眉头。

"对,"他的动作在说,"我打赌你现在很后悔写过这么一篇文章,或者至少后悔自己还因此获了奖。"

"我并不后悔写。只后悔它还不够好。"

"'一条十五岁的狗躺在一张金属体检桌上。'"他读了起来,"'它的呼吸疲惫不堪。狗的身后,一名素食主义者将针头充满清澈的液体,行该做之事——让那动物摆脱痛苦。'"

他停下来,向上窥视。"你从哪儿看见他们将狗安乐死的?"他问。

"从来没见过。我编的。"

"狗的年龄和所有的一切?"

"对,一切。"我说。

他叹了口气。"等等等等。"他继续着,短粗的手指往下滑看文章,"等等等,这儿,'那些跟动物一样忍受痛苦的人,甚至那些说出他们厌倦了生命,想要结束的人,竟然通过各种非正常手段被迫苟活,简直让人愤怒。是什么在填满管子和人工呼吸器,代表着人类在扮演上帝的角色?当死去比面对极端残忍要好得多时,是什么在让人们苟活?'等等等,'参与到决定个人生死的决定中',等等,'诚然,安乐死是一个恰如其分的名称。'哎哟。"

他又看了看我。

"我能说什么呢?"我耸了耸肩,问道,"那会儿我十七岁,对这个话题一无所知。这是夸夸其谈,是自以为是,笔法糟糕。"

"你写的?"

"对。"

"你母亲读过吗?"

"嗯。"

"她反对你的结论吗?"

"我们没聊过。"实际上,我认为她说过,我邮寄这篇文章的时候,"真是个恐怖的话题。"或者很可能只是我自己重构的记忆。

"你父亲呢?"

"结尾处有一处语法错误。该用 which 用了 that。他大发雷霆。我们没讨论内容。"

"我对你父亲很好奇。在这起案件中,他一直很神秘。跟他聊聊吧。"

"不。"我说。

"为什么不呢?"

我又耸了耸肩。

"为什么他不把你保释出来呢?"

"问他呀。"

"有人问过他了。他说,第二天早上才知道他们扣押了你,而那时,你已经被你的英语老师给保释出来了。可能吗?"

"有可能。"

"你母亲去世的时候,他在睡觉?"

"是。"

"前一天晚上他没单独跟她在一起?"

我停顿了一下。我不知道父亲对警察说了什么。鲍勃就好像读懂了我的心思似的,补充道:"那是他说的。"

"没错。"

"你却单独跟她在一起。她处于完全无助的状态。她死去时,你没叫他,就那么跟她一直坐到天亮。"

"对。"

"为什么?"

"我不想放开她的手。"我说,他点了点头。"很好。"他说。这是个正确的回答。真相也如此。我觉得好像赢了一场办公室竞猜,中了某类彩票。正确而准确。

"她对你说的最后一句话是什么?"他问道,可我记不起来了。我只记得那晚无尽的沉默,与呼吸声粗粝地摩擦。

我们过了一遍我跟警察说过的一切,吗啡泵,用量档,几乎满着的药瓶。我一直看见舀着大米布丁的勺子进入她的嘴里,又出来,母亲的眼睛像黄玉一样闪闪发亮;我看见她的嘴蠕动着,一直到食物咽下去,我看见死神的脑袋躺在枕头上,在我们同呼吸的时候。鲍勃在几张纸上做着笔记。而后,他靠回那把旧的办公椅中,略微摇晃,腰背处放了一只枕头。

"迄今为止,报纸上出现的就是这个问题。"他说,"我这么说是因为,在这个案子上,我从《论坛报》上要比从艾德·贝斯特那儿得知的多得多,贝斯特在这件事上一直小心翼翼。也许他起初这么做只是想让自己上报纸,然后才能成为首席检察官,或者竞选进入国会。对了,他妻子说你在葬礼上还讲了笑话。不管怎么说,把全部信息汇总,人们就会从两个角度看待这个问题。贝斯特的案件脚本就是你确实给你母亲服用了吗啡,不过你有权利这么做。这么做是对的,甚至合乎道德标准。"

"啊哈。"我说。

"反之,就是公诉人的案件描述,你是个冷酷无情、铁石心肠的年轻女子，厌倦了被奄奄一息的母亲束缚住，给她服用了吗啡，好继续自己的生活。"

"哦，这个关于我的观点更属实。"

"你看，你在这种语境下说的这类话就会适得其反。这确实很有上东区风格，可这就像告诉警察，任何一个理智的人都会杀死你母亲，只要他们逮到机会——"

"我没这么说。"

"那就好。"

我把双手交叉在胸前，低头看着，血管好像比以前更粗，更蓝，更疙疙瘩瘩。"我知道人们喜欢虚构生活的小故事，"我说，"他们喜欢事情呈现一定的形态。挚爱母亲的女儿们愿意为了母亲去死。仇恨母亲的女儿们就杀了母亲。高尚的举动，了不起的激情。正确之事。错误之事。天造地设，幸福永远。"

我直视鲍勃·格林斯坦，继续说道："人人都编造小故事，然后好奇为什么自己的生活就不能如愿。如果人们能摆脱所有那些悬而未决，生活该容易得多。艾伦是那样一个天使，那么爱她母亲，不忍看她受苦。或者说，艾伦这个巫婆，穿着高尔夫钉鞋踩扁她母亲，好得到想要的。我不能为别人的小故事负责。让自己的故事说得通就已经够我烦的了。"

"这很诗意啊，而我的问题就是要替你把事情摆平。我需要点小故事走进法庭，因为经验告诉我，如果我没有故事，你就有大麻烦了。"

"我已经有大麻烦了。"我说。

"而一场审判和一个可能的刑期可就是更大的麻烦了。太大了。你毫无概念。"

"我会告诉大陪审团，不是我干的，他们就不控告我了。"我说得自己都快信了。

"你出庭的点子太糟糕了。糟糕透了。我无法想象你出庭做证。"

"我要出庭。"我说，"我得做证。我坚持。绝对坚持。"

鲍勃·格林斯坦往后靠了靠，叹息道："噢，孩子，我从你那儿得到什么好处了啊？"

心理治疗阶段总是让我想起身处鲍勃·格林斯坦的办公室，看着某人努力将我的小故事拼凑成一个连贯的整体。有时候，我希望我的心理咨询师就那么倾身向前，把胳膊搭在笔记本上，充满感情地说："噢，孩子，我从你那儿得到什么好处了啊？"现在偶尔在上班时，我自己心里也会想。什么好处啊？

5

那年复活节确实来得早,杜鹃花灰色的枝条还没开始恢复嫩绿的绒毛、变软,番红花和雪滴花还没从坚硬着的泥土里勉强露出尖角。小女孩们该会失望,做礼拜时,她们的花裙子藏在破旧的冬衣下,头上的白草帽和脚下的白漆皮鞋跟羊毛领都不搭。富尔伯格夫人去费城拜访一位表亲。布莱恩回家过周末,不过没打电话,没来看我。杰夫去跟一个学校里认识的女孩过节了。

鲍勃·格林斯坦告诉我,要待在富尔伯格夫人家附近,在朗霍恩低调做人,像修女一样度日。可那个周末,给富尔伯格夫人家的油毡地板打过蜡,洗完窗帘之后,我觉得孤独极了,就忘了他的所有忠告,在耶稣受难节[1]那天出门了。我独自开着富尔伯格夫人的米色雪佛兰轿车去了萨米酒吧,在漆黑一片的冷夜里穿行,直到一块酒吧招牌从靠近小镇中心的黑暗一角放出光来,霓虹灯照出一个打着红色襟饰领带的肥胖绅士的侧影,那侧影在没有星星的天空下发亮。

---

[1] Good Friday,基督教节日,即复活节前的星期五,纪念耶稣基督在十字架上受刑而死。

酒吧外面没停什么车。我梳了头发，可还是糟透了，我要涂上唇膏，好让朗霍恩的汽车修理工和零售职员不谈论我怎么变成这副样子。

"人都到哪儿去了？"我问侍者，他叫马克，高中时先我四年毕业，跟其他很多人一样总戴一顶棒球帽，徒劳地想掩饰未老先秃的窘态。

他耸了耸肩，给我拿了杯啤酒。"复活节这样的节日，孩子们都不回家。时间太短了，我猜。"

"那朗霍恩的孩子们都哪儿去了啊？"

"今晚那边有个舞会。午餐的人群散去之后，这地方就死气沉沉了。"除了一张餐桌外，其余空无一人，红色的玻璃球形灯在餐桌中央亮着。靠墙的地方，有四名年龄在大四学生和中年人之间的男子耸着肩膀，探着身子，头在蜡烛上方，烛光下，下巴呈红色，这让我想起我们曾经用毛茛[1]玩过的游戏，找到那些黄色，告诉我们谁喜欢黄油。屋子另一端有个男人与我视线相对，而后又明显地垂下眼帘。我转过身来。

"你有段时间没来了。"马克说，在我面前放了一碗金鱼牌金鱼形饼干。

"圣诞假期，我觉得应该是。"我回答。

"你还待在富尔伯格夫人家？"他问。

"要是我不在，你会在报纸上看到的。"

---

1 Buttercup，直译为黄油杯。

"我只读体育版。"他说。

"我不信。"我说,"就算是这么回事儿,你也会在我驶出车道的二十分钟内听说。"

"她是个好人。"他说。

"人人都这么认为。"我说。

"是,那么,如果你觉得她那么好,为什么要去给她找麻烦呢?他们弄了个委员会调查她,有些家长已经把孩子转出她的班级了,其他老师也让她不好过。"

"谁说的?"我过了一会儿才想起来,马克的母亲是一个工作在餐厅保温桌前的女人,身材高大,平平常常,头戴发网。也是一个好人,会给双份的土豆泥和大块巧克力。

"校董事会里那个叫墨菲的家伙吧?他恨她,就从孩子们写了首诗嘲弄楼管,而她在报纸上站出来为他们撑腰开始。他总在告诉人们她是女同,你俩都是女同。难道她没说什么吗?"

"也许她不知道吧。"

"她知道。"他说。

"她说她不在乎。"

"她在乎。"他边说边擦了擦吧台。

有个男人悄悄坐上我旁边的高凳。他短小而强壮,肩膀和身体都很宽阔,那种身材可以确保他在高中摔跤队里有一席之地。我总是称他们为熟悉的陌生人,有几十个比我大一届或小一届的人,在高中的走廊里我熟悉了他们的面孔，可名字很少能立刻对上号，于是在上大学期间和毕业之后，母亲已经习惯了我从超市回来，在晚餐桌边脱口而出那些人的名字："劳伦·迈克尔纳迪"或者"吉姆·贝特曼"。

这人要了一杯烈酒和一杯啤酒，往下看了看吧台那头，又往上看了看吧台这头，尽量不迎上我的目光。他向角落里的四个男人举了举杯，可他们对我也没什么帮助：其中一个从屋子那头喊了一声"嘿"。我觉得他年纪比我大，大个一两岁，他那长头发表明他是个城里人，很可能是个工人；现在大学里的男孩子们头发都短。他高耸着肩，头就这么缩在肩膀中间，几乎完全藏在了格子呢外套里，那样子就像乌龟或是老年人。

"嘿，艾伦。"最后他说道，头很怪异地扭了一下，将长头发甩至脑后，我觉得在城市里搭讪该容易得多，那里的人都想表明自己的诚意：你可能都不记得了吧？我们在林肯中心的聚会上见过面，是杂志的周年庆。我当时跟一个工作在詹森，詹森·贝茨的朋友在一起，我以为你大学时候就认识他的未婚妻呢。唠唠叨叨总是无休无止——八竿子打不着的联系，朋友的朋友，饭店差点儿偶遇——"上周二我就在'雪中送炭'[1]店里。"

可在朗霍恩不同。"你好吗？"他问道，而后转过头去，跟马克又要了一杯威凤凰威士忌。那种威士忌在寂静的酒吧灯光下有着最

---

[1] 原文为法语。

漂亮的颜色,那种漂亮眼睛的琥珀棕色。"我也要一杯,马克。"我说。可当我把钱放在吧台上时,那男人将钞票拾起,对折,放到我的啤酒杯下。"克里斯。"我突然想到,唯一能做的就是不大声说出来。"哪个克里斯。"他举起他那杯威凤凰,喝了一小口,就放下了。

"啊。"他说着,发出了一声短促的呼吸,而后露齿而笑,目光仍然直视前方,于是我就只能在吧台上的镜子里看到他眼睛里反射出来的笑意。他脸的下半部分——嘴和下巴被那面瓶子墙挡住了,瓶子里盛着红牌伏特加、布什米尔斯威士忌和拿破仑干邑白兰地,又是一种漂亮的颜色,比威凤凰颜色深些。甚至他的头顶和头发也被切掉了,因为萨米酒吧吧台上方的镜子四周都是大学的校旗,朗霍恩的校旗紧挨着密歇根、斯坦福、耶鲁、宾夕法尼亚的校旗,以此表明它有多重要。上一任校长有时候说它是小型大学里最棒的,每次他一这么说,父亲总是频频翻白眼。我举起自己的烈酒杯,闭上眼睛,一口喝干。我打了个冷战,是母亲过去常说的、有人从我坟墓上走过的那种冷战。我睁开眼睛,发现那个克里斯在镜子里看着我,他眨了眨眼,这一漫不经心之举显然不够驾轻就熟——一方面是他动作非常缓慢——由于某种原因,那让我感觉温暖,我眼睛里涌上泪水。或者可能只是因为威凤凰。

"你不记得我了,是不是?"他对着镜子里的我说道,就好像间接交流足够安全。

"不是的,我记得。"我说着,感觉威凤凰流到我的胃里、阴部、关节上。"克里斯。"

"克里斯·莫滕森。"他说,"是今年把灯挂到树上的家伙之一。"

我甚至不记得看见有人把灯挂到树上:"那你是不是那年把一品红全放进去,结果它们全都死了的家伙之一呢?"

我们仍然在镜子里交谈。马克离开了吧台,在和镇上的两个孩子争吵,他们做了假身份证。在朗霍恩,只有那些愚蠢至极、天真无比的家伙才试图喝酒,这里的人可都知道高中的班级号。大多数人会去两三个镇子之外的地方喝酒,或者让谁进州商店帮他们买一大瓶桑格利亚汽酒,坐在车里或裹着毯子在大桥下喝。乔总是从他父亲那儿偷伏特加,倒进罐子里,之后给瓶子里余下的伏特加兑上水。

我问到一品红时,克里斯缩起了脖子,就好像他在干什么坏事儿时,让我抓了个现形。

"我太小了。"他说,"我表哥参与了。他说他知道它们会死,可他还是把它们放进去了。"

"这事儿之后的很多年里,教务长的妻子都不跟我母亲说话。她也知道它们会死。我母亲,不是教务长的妻子。"

克里斯低头看了看他那空空的烈酒杯,而后举起杯来好让马克看到。侍者朝着吧台的方向点了点头。"不管怎么样,我都不会给你们酒,所以你们最好还是回家去,或者开车去蒙哥马利高地。"他说完,孩子们小声咒骂了一句,就离开了。

"想再来一杯吗?"克里斯说。

"当然。"我说。

这次,我们俩的酒都喝得很顺畅,然后啤酒就像天鹅绒上的针一样,在我的舌头上很刺激、有刺痛感。"那东西的颜色漂亮极了。"我说。

"对哈?"他说,双手平摊在吧台上,就好像在支撑身体。两只手跟他身体的其余部分一样,紧实而宽厚。有只手背上横着一道巨大的伤疤,突出,发红,是种很明显的丑陋的虫子模样。我伸出食指,轻轻碰了下那道伤疤,而后在镜子里看着他。他低头看看。

"是件愚蠢至极的事情,"他说,"我在一座农场给市中心那大片区域砍一棵圣诞树,就在市场停车场后面的区域?"他说的每句话都以问句结束,就好像等我修正他似的,等我坚持说没有农场,没有市场,也没有那片区域。"链锯就那么滑了一下,嗞,哇,就这样了。"这次他似乎自信一些,不过不像我,我在想象中看见鲜血,看见白骨,闻到血块甜丝丝的味道,急诊室刺鼻的药味,看见用缝线封口的小塑料包装,这胡编的记忆竟比真实故事还要逼真。

我又打了个冷战。"天哪。"我说。

那桌的男人们在为即将到来的棒球赛季争论不休,吧台那头,一个单薄的女人正在说服马克卖她六罐装的啤酒。她的皮肤状况很糟,粉色毛衣和牛仔裤松松垮垮地挂在身上。"他会杀了我的。"她就那么一直说着,而马克擦着吧台,看都不看她一眼,就摇了摇头。她最终离开了,打开的门放进新鲜的空气,短暂地驱走烟雾,驱散温暖的闷气。我开始觉得喝大了,醉醺醺的,以至于看向门的方向,发现乔进来的时候,还以为我在想他,直到看见他一发现我就呆住了。他的短款羽绒服领子高高竖起。通过他转动的眼珠,你可以看出有那么一瞬间他想转身出去。可当我们对视的时候,我知道他永远不会允许自己这么做。

"艾伦。"他说着沿着吧台走过来,在酒吧后面的一张桌子边坐下。

"乔纳森。"我说。

我看着镜子里的克里斯。他看起来很忧伤。

"想再来一杯吗?"他问。

"当然。"我说。我小口喝着,可这没什么真正的影响。

"你高中时代的男友,是吗?"克里斯问。

我点了点头。

"我高中有点儿记得你,"他说,"不过你那会儿更小?"又是个问句。

"高中并非我人生的巅峰。"我说道,用舌头搜索着,看还能不能感觉到嘴里的口香糖。

"我喜欢高中。"克里斯说,用一根手指摸了下手背上的伤疤,"高中最接近成人,却没有任何成人的糟心事,像租房啊,缴税啊,责任啊,如果你明白我的意思的话。"

"大学的时候,我这么觉得。"我说。

"噢,好吧,大学。"他耸了耸肩,说道。

我迫切地要去卫生间,感觉肚子疼痛难忍似的,可那样就得路过乔纳森的桌边。最后,我滑下高凳。卫生间的灯光刺痛了我的眼睛,我洗完手,使劲儿看着镜子里的我,越过洗手池靠在镜子上。"噢,艾伦。"我大声喊道。

回到酒吧之后,乔纳森再次喊了我的名字,这次带着迫切,可我只是背对着他,挥挥手告别。

"你想吃点儿东西吗?"克里斯问。

"在这儿?"

"去别处?"

我们出门走进夜色,外面一片漆黑,我们几乎看不见彼此,也好。开走之前,他打开卡车车厢里的收音机,调谐波段后的黄绿色微光照亮了他的伤疤,让它就像条丝带,蒙上了薰衣草色。

"我并不饿。"我说。

"是吗?我也是。"

这一路我并没有什么印象,除了寒冷,我的手指尖冻得生疼,在这密闭的车厢里,即便暖风开着,我们呼出的热气还是一团白雾,暖风让我的脚趾火烧火燎。我跟着收音机大声唱着,旁若无人。

我记得一辆拖车,它是正常拖车的两倍长,看起来像一间农场小屋,它还有遮光板,前面甚至还有一个小门廊样的东西,我记得克里斯说他父亲走了——"谢天谢地,再见了,这里的一切。"他说,可他的声音里没有快乐,我肯定记得——他母亲移居加利福尼亚了,把这留给了他。我觉得他说这些的时候很自豪,而后又踌躇起来,声音里仍带着疑问。他先给了我一杯酒,而后又是一杯,这次是伏特加,没有丝毫颜色的伏特加,就跟冰一样清澈。

我唯一清楚记得的就是拖车里的寂静,就好像里面无人居住,还有外面松林的寂寥,以及他在卧室里压在我身上时,我自己的声音,那张双人床几乎占据了卧室的每一寸空间,于是衣橱就充当了挡脚板。他的脸越来越靠近我的时候,我把头移开,在床沿上,我可以看见他的手,那只有伤疤的手,在某个时间点上,我说:"我只是想感觉到点儿什么。"我以为我只是在心里想想,却脱口而出,那些词语在我的脑袋里摇摆,人们喝醉了的时候脑袋里都那样。我听见那些词语好像从很远之外传来,如风铃一般悬在空中,一个个词语慢慢滚落到床上。"我只是想感觉到点儿什么。"我又说了一遍,我确实感觉到了点儿什么,不过那感觉发生在很远之外,往下靠近床尾,衣橱的所在之处。

我醒来时快破晓了。眼底开始疼起来,舌头变得粗糙。我躺了一会儿,试图回忆我在哪儿。拖车的窗户又方又窄,只看得见树木之间的一窄条天空,天色仍然昏暗,不过开始稍稍变亮。房间里有股荷尔蒙的气息,用过的床单的气息,小型加热器的气息。我起床去了卫生间,喝了两杯水,盯着镜子里的我。而后我穿上旧内裤,后面都抽了丝,接着是灯芯绒裤子和毛衣。内衣在起居室里。我把它放进手包,想了一会儿,然后拿起克里斯放在门边小桌上的钥匙,在朗霍恩高中,男孩子有时候会在手工课上做这种小桌子,上面有亮棕色染色漆以及一层聚氨酯亮光漆。桌上有两张镶框照片,其中一张上是打着领带、身穿格子衬衫的克里斯,肯定是他的高中毕业照,另一张是个女孩的手工着色老式半身照,她和他长着同样的眼睛和嘴巴。

我出门走到卡车那儿,开始发动引擎,可因为寒冷,打不着火。我只得踩了两次油门,好让引擎不空转,不跟着熄火。到了第二次,我听到一下敲击声,看到蒸汽密布的玻璃窗外侧有张脸,吓了一跳。克里斯只穿了裤子,胸毛从一片鸡皮疙瘩处竖起。

"你要去哪儿?"他说,"才五点。"

"我得回去。"我说,"我不该睡着了。"

"好吧,嘿,"他说着在冰冷的地面上倒着步子,"我是说,嘿,谁不会睡着呢?"

我加大油门。

"今晚想不想去看电影?"他问。

"不了。"我说。

"或者吃个晚饭?"我眼底的疼痛加剧了。

"听着,"我说,"我现在的生活够离奇了,没精力也没耐心把一场酒吧里的短暂交谈演变成一桩大事儿。本来就不是。"你都可以看见他退缩了一下,就好像我打了他。我知道他肯定这么想象了。在第一杯威凤凰和他把我的毛衣扯过头顶之间,他很可能给自己编造了某种温馨的幻想,幻想着晚餐、对话和亲密。这里肯定很孤独,在拖车里独自一人度过一个又一个夜晚,金属板墙面的卧室里都没有画。外面漆黑一片,就像玩儿捉迷藏的时候,躲在衣橱里,其他人就找不到了。后来我想这件事的时候,我猜他之所以渴望性主要是因为渴望陪伴。

"我的卡车?"他说。

"我得回萨米酒吧,取我的车。我会把车留在那儿,车钥匙放垫子下面。"我从没想过他该怎么到那儿,他没有跟我就此争论一番。我摇上车窗,驶出树木之间的狭窄空地,驶离拖车。从后视镜里,我能看见他双手插着口袋站在那儿,仍然在倒着步子。

在朗霍恩这种地方,如果他随便跟谁说了那晚的事,我都会知道,可我从没听杰夫、富尔伯格夫人和我的律师说过什么,也没通过马克、乔或者默默望着我晃晃悠悠走出酒吧的那些脸部模糊的男人那儿间接听到。那一晚,克里斯·莫滕森表现得像个好人,我相信他可能就是。让我感觉自己比那天还不堪得多的,就是我开着他的卡车在一排排黑漆漆的松树之间穿行,穿过光线渐渐亮起来的早晨,而丢下他一个人盯着卧室四壁。

6

"坦白来讲,"卢尔斯说,她离开了那家杂志社,去了一家时尚期刊做文字编辑,"你描述得如此生动的极端堕落,不过就是你们这些平凡的纽约职业女性一晚的夜生活。"

"我知道,"我说,"只是在这儿感觉不同。"

"怎么不同?就因为人人都知道别人的事儿?人人都对你的事儿感兴趣?"卢尔斯之所以辞职,主要原因是詹姆斯要求她以第一人称写本我们两人友情的回忆录。她骂他是该死的鼻涕虫,在比尔·崔迪听说这任务并扼杀之前清空办公桌走人。"你就是个该死的鼻涕虫。"有人告诉卢尔斯他这么对詹姆斯说过,而詹姆斯对此的回复是,一名真正的新闻工作者——措辞不当,詹姆斯从来就不理解老板——会利用自己的人生来丰富工作。"黑寡妇蜘蛛也这么干。"比尔回答。

"我感觉就像母亲在看着我,评论我,好像她看见了我的全部所作所为。"我说。

"噢,亲爱的,"卢尔斯说,"我总觉得我母亲也是这样。"

"可如今我觉得她有权利这么做。"

"噢，亲爱的。"卢尔斯说。

到了四月初，大陪审团已经听取了十二位证人的证词。乔纳森复活节到镇上就是为了做证。我告诉杰夫那天我在萨米酒吧见到他了，杰夫说他猜想乔想跟我说话。

"你有没有泼他一脸酒？"他问。

"我完全没想到这一点。"

"我死之前要打断他的鼻子。"杰夫说。

"我准了。"我说。

复活节的好几个星期后，杰夫带我去了墓地。他等在车里，而我像个观光客一样在一排排石碑之间徘徊，读着所有熟悉的名字，那些名字曾出现在朗霍恩的电话簿上，高中班级的花名册上，镇广场中央的战争纪念碑上，律师办公室和医生套间门上的黄铜铭牌上，《论坛报》的订婚和结婚声明上。詹姆斯、本森、沃伦，甚至还有贝斯特——贝斯特先生的母亲，享年八十九岁。他们总说他对她照顾得无微不至，爱意拳拳。也许那正是我的噩运所在。或者可能归咎于多年来所有臆想中的冒犯，我一直半带嘲弄地看待他妻子的犹犹豫豫，不让他的孩子们在湖上滑冰或湖里游泳，还在毕业典礼上孩子气的演讲中批判镇上父亲们的偏狭。"霍尔登·考菲尔德[1]本人也不能说得更好。"父亲说，他瞧不上塞林格，就像我瞧不上贝斯特家那

---

[1] 美国作家J.D.塞林格所著《麦田的守望者》的主人公，该书充分探索了青春期少年内心世界中的愤怒与焦虑。

些软弱而胖乎乎的孩子,他们竟然不可思议地以某些去世已久的亲戚来命名,叫阿莱格拉和赫伯特。凯瑟琳[1],贝斯特先生母亲的墓碑上写道。又是我的霉运。或者又可能他只是觉得他在伸张正义,或者为中年转型到政界浇筑稳固的基石。也可能在这整件事情里,他丝毫没有掺杂个人因素。

母亲的石碑已摆放到位,是一小块长方形灰色花岗石。凯瑟琳·B.古尔登,墓碑上写,1945—1991。我跪下来,双手抚摸着墓碑。我回头望了望,看见杰夫背过脸去,阳光在他红褐色的头发上照出明亮的一道。我隐约听见吉普车的磁带播放机里传出吉他的重复乐段。

我从外套口袋中掏出一把泥铲,开始挖两道浅沟。地面冰冷,土质易碎,柔软而纤细的荒草余迹就在地表下面。我挖得越深,土变得越温暖,我想象六英尺之下温暖如春。温暖如春,我说,为了自我安慰。温暖如春。我看着墓碑,想象着隐藏在日期下的那句潜台词:她的最后一餐是大米布丁。

杰夫头发上的光带也是她头发的颜色,一种温暖的金红色,就好像太阳总照在其上。我指甲里的泥土色比她眼睛的颜色暗一些。威凤凰的颜色又比之稍淡一点儿。

我先去了一个农贸市场,为富尔伯格夫人家买种子和冷床[2],好为

---

1 原文为 Kathryn,是 Catherine 的变体,艾伦母亲凯瑟琳的名字写法为后者。
2 又称阳畦,指农业和园艺业中,顶部透明、四周密闭的育苗方法,可透光且抵御寒冷,延长植物生长期。

她栽种一个花坛，建一个菜园。我朝一个大摊位走去，有位长着一头银黄色头发和一双淡蓝色眼睛的阿米什妇女总在那儿卖鳞茎花卉，结果我看到一个长着一头金红色头发、身穿一件海军蓝粗毛呢大衣的女人。她背对着我，在挑鳞茎，探身看着钉在每个箱子之上的鲜花照片，还靠过去，就她伸出去的手掌上一小块疙疙瘩瘩的块茎向那女人询问着什么，她头戴一顶白色系带帽，荷叶饰边勾勒出修长的鹅蛋脸。

我手里拿着垂吊植物和花卉浅盆，在人群中移动，拂过拿着大盆招摇的红色郁金香的女人们，那郁金香花朵就像大张的贪婪嘴巴，在淡绿色花茎上摇荡。我心想，太愚蠢了。她从鳞茎花卉摊边走开，仍然背对着我，去了伯皮种子公司环形种子展示区，在看"大男孩"和"好女孩"这两种番茄杂交种子，我还在想，我太傻了。她又走到一个大型五金店的角落，那里堆着五十磅一袋的泥煤和肥料，接着她从一扇侧门走出去，进了一辆蓝色轿车，车的后挡风玻璃上有张看不清字迹的大学贴纸。我感觉她通过后视镜迅速瞟了我一眼，之后就离开了，头发仍然窝在外套的海军蓝衣领上。

多年之后，我记得我读了一本研究失亲孩子之伤的专著，该专著发现很多孩子认为自己母亲搬走了，去了一处新家，开始了新生活，又有了小孩。"我们都是小孩。"读到这儿的时候，我大声读了出来，感觉很愚蠢，很愚蠢，却又很正确。

沟槽挖好了，我从口袋里拿出分好类的鳞茎，我是在车开走后回去买的它们，一共二十四颗，分别为十二颗小葡萄风信子，十二颗矮个郁金香，后者是又小又顽强的东西，茎会不足一英尺高，淡粉色皱褶花瓣会像奇怪的小鸟。我把鳞茎随意扔进洞里，轻拍到位，就这样在不当季的季节栽种了它们。

"不许你那么做。"一个路过的男子说道，他身穿灰色工作服和方格羊毛外套，因为污垢，羊毛都硬了。

"那逮捕我啊。"我说着抓起几小把土，任由土掉落在鳞茎上，直到将其全部覆盖。填好洞后，我又在上面盖了几层枯草垫，好让鳞茎可以在土壤解冻以前温暖过冬，然后在牛仔裤上擦了擦手。

后来，杰夫带我到公路边的小饭店吃饭。我们吃了熟洋葱汉堡、油炸食品和巧克力奶昔。他聊了聊他每周一次跟杜安先生进行的手球运动，以及如何既让那个年迈的男人享受运动，而又不拼尽全力打得他落花流水。"还有，"杰夫满嘴食物地说，"除了给他留一丝尊严之外，还有个很真实的可能性就是，要是我让他跑太多，他会心脏病发作，跌倒在地。爸爸的身体状况比杜安先生好多了，我们这些天打网球的时候，他很早就开始占上风了。"

"他怎么样？"我问。

"啊，你知道迪安·杜安。讲一段又一段牛市辉煌的日子。巨人们走过迪安·维特·雷诺兹股票证券公司的走廊，公司的入侵者们处于男子气概的巅峰时期。"

"我是说爸爸。"我说。

"他还是老样子。"杰夫说,"也许好了一点儿。我觉得他真心想念你们俩。就好像他拥有的这两件伟大作品要离去,如今真的已双双消失了一样。他不再让我说服你跟他见面。"

"你们谈论我吗?"

"从来不。"杰夫说。

"妈妈呢?"

"也没有。他也不和我聊伊迪丝·华顿、简·奥斯汀,或者现代英语专业的短板。我们吃着冷冻快餐,没什么好聊的。"

"不会是真正的冷冻快餐吧?"我问。

"不是啦,就是想吓你一下。事实上,有很多的比萨和外卖。你在塞夫韦超市过去一点儿的那个小商场里买过中国食物吗?"

"我不记得了。"我说。

"真他妈的难以置信,艾尔。那真是这辈子吃过的最难吃的东西,可如果你去晚了,所有在那儿工作的男人就会坐在那儿,吃一碗一碗看起来和闻起来都像唐人街食物的东西,大鱼啊,蔬菜啊,酱啊之类的。于是有天晚上,我指着一个人的碗说:'把那给我。'他们全都开始用广东话还是什么的聊起天来,我把那东西拿回家后,发现是木须肉和炒饭。这是对白种人的歧视,就好像他们觉得真正的中国食物对我们来说口味太重。"

"爸爸对此事大笑了吗?"

"我没告诉他啊。他对那类事情并不真的感冒,如果你明白我的意思的话。"

"你只是没做尝试。"我说。

"感情是相互的,亲爱的,你别忘了。"

"你本该对我也如此。"

"过去是啊。可你比想象中有趣。而且你认识很多很有魅力的女人,可以介绍给我。说到这儿,我前几天在梅普尔大街看见特蕾莎了。她去探望博比·杰克逊的爸爸,他得了肺癌。"

"噢,"我说,"对我们来说,妈妈是她唯一的患者。可对她来说,只是患者之一。"

"是,不过在她心里,仍然为你留了一个特别的位置,我觉得。她让我告诉你,她跟那个男人彻底分手了,还让我问你大猩猩为什么过了马路。"

"因为猩猩以为自己是只鸡。"

"哇哇哇,"杰夫说,"你厉害啊。太厉害了。"

"这意味着那个有小孩得了乳腺癌的女士乳腺癌复发了。"我摇了摇头,"癌症没完没了。"

"她说的正相反。她让我告诉你她经常想起你,一切会很快结束。"

"我知道,她看见你之后的那个晚上打了电话给我。她听起来很不错,尽管她说她有两个病人现在正急剧恶化。"

"你会去见她吗?"

"也许吧。"我说。我没说出口的话是,我问特蕾莎可不可以与她共进晚餐,好谢谢她所做的一切,她却安静地回答道:"医院不让我见你,直到所有事情有了定论。"

"你也这么想[1],特蕾莎?"我问。

"那么说不公平,艾伦,"她平静地说,"我好想见你,跟你聊天,我非常关心你。可现在,我得保住工作,对其他人来说这很重要。"

"我很抱歉。"我说。

"我们再聊。"她说,"聊很久很久。"

我没再出去假意社交,没再去萨米酒吧。我明白杰夫为何选了一家离家十五英里的饭店,又挑了一张旁边没有其他食客就座的桌子。我把声音自动调低,音频越低,越不容易被偷听。答录机上的留言越来越少了,不过辅助自杀和安乐死的狂热者们仍然抓着我不放,密苏里有个灵媒打过两次电话给我,告诉我她跟母亲聊过了,母亲很高兴,原谅我了。

我左胸上那块血盆大口形状的巨大擦伤已经从紫红色变为黄绿色,后来就消失了,可我从来没能准确重构出怎么会有那块擦伤。有时候,我会读书,或者看电视,有天晚上看了《青山翠谷》,第二晚看了《伤心泪尽话当年》,一幕短暂性场景就会出现在我眼前,有乱成一团的手手脚脚,有歪七扭八的动来动去,有声嘶力竭的大声呼喊,我就会把脑袋埋进双手里。

---

1 原文为法语。

"你记得克里斯·莫滕森吗?"有天晚上我问起富尔伯格夫人,她当时在批改学生们就《傲慢与偏见》写的文章。

她点了点头。"好男孩。"她说,"他父亲过去常常打他和他母亲,他母亲是个酒鬼,也是戒不掉那种,可是不知怎的,他长成了一个非常体贴的男孩,要是你的车卡在停车场雪地里,他会帮你把它弄出来。你居然知道他,我很惊讶。"

"有天晚上,我碰巧遇见他。"

"他偶尔会来嗜酒者互诫协会。我觉得他是因为自身原因去参会的,不过我不确定。"

"嗜酒者互诫协会,你是说?"

她又点了点头:"不管他是遗传自母亲,还是因为父亲,总之我相当确定他有问题。尽管也许现在他在努力戒酒。"

"噢,天哪。"我说。

"家家有本难念的经。"她说着递给我一张活页纸,上面只有一个句子。"故事里那个叫伊丽莎白的女孩是个下贱婊子。"上面写着。"我该回什么呢?"她微微一笑,问道。"很对。"我说。"不过太简单了。"她说。"那就这么写,"我说,"'很对,不过太简单了。'那会让他大吃一惊的。"

"你为什么认为是个男孩写的?"

"婊子的部分啊。我不知道。下贱的部分。听上去好像衣物柜挨着他的那个可爱女生故意对他不理不睬,于是他就转嫁到简·奥斯汀身上。这么写：请课后来见我，我们可以把十九世纪英国的求爱方式和你的约会障碍加以对比。"

"很对，不过太简单了。"富尔伯格夫人说。

"因为人们觉得你为了满足个人性欲而收留了一个同性恋杀人犯，你就要丢了工作吗？"

富尔伯格夫人开始大笑。她穿着一件亮红色毛衣，毛衣之上的脸颊通红，善良，让她笑起来的样子像圣诞老人的新娘。她笑的时候甚至肉都在晃，就像一只装满果冻的碗，不过我永远不会跟她这样说，因为她对于自己的体重比看上去要敏感得多。

"我是认真的。"

"我知道，只是这听起来就好像廉价的电视小报秀场。艾伦，我六十三岁了。我教了三十二年书，在朗霍恩待了二十年。我一遍遍问自己，为什么不去大学里谋个教职，而答案总是同样的——"

"那个乔治·古尔登不会聘用你。"

"很有可能。我怀疑你父亲会觉得我教那些迟钝的十五岁学生是不可救药地自贬身价。可我喜欢教迟钝的十五岁学生。他们比大学预科学生更需要我，他们觉得读了《麦克白》，自己就发明了暴力的性意味，或者读了卡明斯之后，就开始不带大写字母地写诗，大多数情况下还没有意义。"

"你刚才描述的就是艾伦·古尔登，1985届的艾伦·古尔登啊。"

"对，没错，可如果1985届的艾伦·古尔登就是我对她的全部记忆,她不会在这儿。"

"故事里那个叫艾伦的女孩是个下贱婊子。"

"很对,不过太简单了。我记得,你高二那会儿,我在一个校园开放夜见你父母,那年你在上大学预科英语课程,我们试图想办法让你在接下来的两年里保持专注。突然我就明白了你肯定在承受的压力,一方面要使劲儿赶超这个格外理智而冷漠的男人,另一方面又要赶超这个格外热情而有教养的女人。"

"我从没想过要赶超她。"

"那你过去的六个月在做的是什么呢?"

"我不明白你在说什么。"

"噢,你觉得那答案实在有失你身份。你很清楚地知道你在做什么。你做出巨大的个人牺牲,在做对的事。而现在到头来,却不知为何会因此事受到谴责——这真他妈的让人愤怒,谁问我都要这么告诉他。他们说,没有哪个女孩在母亲去世前蜕变成女人,然而这都是一派胡言。"

"在我,应该是父亲。"

"好吧,那就父亲。你父亲对你来说已经死了,不是吗?你从不见他。你从不跟他聊天。一直以来,你心中的父亲形象难道不就是……"她抬起头来,眯着眼睛,像是在起居室的墙上找那个词语,墙上挂着安德鲁·怀斯的那幅《克里斯蒂娜的世界》,那瘦长的手臂和渴望的姿势,总让我想起我和母亲在大学上面那地方野餐那天母亲的样子。"一直以来，你心中的父亲形象难道不是折射了你母亲所坚信的他的样子？事实上，他难道不就是她创造出来的吗？"

"他有很强的个性。"我说。

"有吗？要说他在很多方面都有个性癖好，我同意，可那并不一定意味着他有很强的个性。"

"我感觉像是在被心理分析。"我说。

"是自我分析。"富尔伯格夫人说。

"你还没回答我的问题呢，你要失去工作了吗？"

"我当然回答了。我说，我的工作最棒的地方就是跟那些最需要我的孩子打交道。我有资格进入社会公共福利系统。要是这个镇上的某些家长因为艾德·墨菲这种笨蛋想把同情看成性变态，就蠢到把我驱逐出去，那他们就不配拥有我。你回避了我对你家人的洞见。"

"我父亲没死。他一直在我的脑袋里。他就是一场实况报道，而他的声音就像字幕。"

"那你母亲呢？"

"她也是，只不过不是实况报道。只是一种存在。像上帝一样。我那里没有太多空间。"

"噢，亲爱的，"富尔伯格夫人说道，听上去就像卢尔斯，"那就是你。"

7

蒙哥马利县法院已辉煌不再。它坐落在绿地稍远的地方，一座小山之上，一条狭长的公园用地后面，公园用地里栽种着多种开花果树，暖和一些的月份，人们经常在那儿吃午餐。图书馆矗立在上主街上、蒙哥马利县法院的对面，是一座古老的红砖大厦，里面都是宽敞的方形房间，专为工具书、典籍、时下畅销书和频繁翻阅的儿童经典而打造成兔窝式结构。法院为灰白色建筑，前面有多根立柱，每道装饰门上方的绳索处悬挂着沉重的瓮式照明装置，而檐口线处、前面屋顶的正下方有一句莎士比亚的名言："做事公正，无所畏惧。"

法院建于世纪之交，跟朗霍恩英语系的办公楼如出一辙；它们出自同一位设计师之手。法院周边小一些的房子已作法律办公室和产权公司之用。然而，自我们定居在朗霍恩以来，人们关于老法院的抱怨从未中断，法庭上难以供暖，难以安装空调，法官办公室不够宽敞。而最为饱受诟病的是，老法院距离公诉人办公室和警局太远，这些建筑建于几年前，坐落在新商业区的一栋大厦内，那栋大厦在一片玉米地、蚕豆地和距离朗霍恩地界遥远的一长片不发达的石子地中间悄然崛起。

法院看起来就像电影里通常的样子。我上高三时，曾有一起轰动事件。有家影视制作公司来到镇上，为一部真实犯罪剧取一场关键场景，拍摄地点选在了低处台阶，那儿通向立柱和前门。《论坛报》曾头版报道这部电影、电影主角以及朗霍恩当地人被拉来跑龙套之事。这是我记忆中最轰动的事件之一了，不过比不上我自己的故事。

然而，尽管一辈子都生活在朗霍恩的那些人拒绝改变，但是，关于旧建筑的抱怨不止于此，即便艾德·贝斯特当选为地方检察官，将构建一座更为现代化的崭新设施楼宇，以及对酒后驾车采取更为严厉的制裁作为竞选的关键。法官是其主要敌手，是法官席位上一位四十岁的老兵，名叫詹姆斯·P. 哈洛伦，住在距离法院两个街区的地方。他在法院的办公室位于大楼一隅，是整栋大楼里最大的一间，里面有红木镶板以及一个小型装饰性壁炉。

他死后，其遗孀继续其未竟事业，这个名叫爱丽丝的女人长着一副颇具欺骗性的柔弱外表，每天的锻炼就是散步到法院，在大厅里徘徊，问候旧相识，而后步行回家。可艾德·贝斯特这个有时看似愚笨的人，竟异想天开地想到办法将爱丽丝·哈洛伦收编到自己阵营，这就是为何母亲去世的前一年县上开始破土动工，在公路尽头兴建詹姆斯·P. 哈洛伦县司法大楼，这栋由玻璃和岩石建成的立方体大楼将容纳公诉人、警局和所有法院职能部门。

工程只进行一半,就遭遇了从通风系统到下层结构的所有类型的施工困境,所以我在大陪审团面前出庭做证,大陪审团裁断我是否杀死母亲那天,一切都在老法院进行,于我而言,这里几乎就像朗霍恩的其他建筑一样舒适而熟悉。十年级时,我们曾就死刑举办过一场初级模拟法庭辩论赛,我是法官。在霸占法官席位的最高法庭特权,裁定死刑违宪之后,我判处被告终身监禁,不得假释。我喜欢从上面看到的场面。我热爱那权力。

谢天谢地,没人记得,没人记起这件事,没人告诉报纸和电视台的人。我在大陪审团面前做证的那天,《论坛报》在头版刊登了我的一段介绍,并在内版里铺满整整一版。他们用的是我的高中毕业照,那是我赢得征文比赛当天在州议会大厦拍的,照片上的我将获奖证书放在胸前,姿势跟我被捕拍脸部照片,当然还有被保释离开法院拍照片之时,手举身份牌的方式几乎如出一辙。《论坛报》的大标题是"古尔登女孩",其下为小号字体的副标题:"因谋杀受到指控,璀璨一生就此终结"。

"终结?"那天早上,我在电话里对杰夫说,"终结?我还没死呢。甚至都还没定罪呢。"

"你就知足吧,"他说,"整篇文章中一次都没提到死亡天使呢。"

事实上,这并非一篇糟糕的报道。就事情的进展而言,报道内容准确,除去它说母亲的父母是德国移民,父亲的父母在山区经营一家旅馆,这错误让我脑海中浮现出祖父古尔登头戴太阳帽、身穿百慕大式格子呢服饰而非工装裤的样子。报道中引用了我支持安乐死的文章，正是鲍勃·格林斯坦在办公室里挑出的那些片段，还摘录了我毕业演讲中的言论："权威需要赢得领导权，如果他们无法做到，我们就有权拒绝接受其领导。""噢，妈的。"我说道。尽管我记得曾站在朗霍恩高中草坪上的讲台前如此高谈阔论过，心里比我愿意承认的要紧张得多，当时母亲的眼睛隐藏在太阳镜后，父亲的眉毛稍稍挑起，只有像我一样熟悉他的人才会注意到这一点，但我还是不记得我说过这些话。不过，这些话听上去是我说的。

他们跟乔纳森的父亲聊过了，他说他确信陪审团会理解我的所作所为，会考虑到我因为照顾母亲变得多么疲惫不堪——"精神失常辩护"，我大声说道——也跟米妮之家的好几位成员聊过了，她们谈起装扮圣诞树那天，我看起来有多疲惫。他们还跟哈蕾·麦克弗森聊过，她流着眼泪向他们展示了婴儿床，还重复了母亲死前她来探望时，我说过的"快结束了"。他们跟医院的好几位不知名的护士也聊过了，她们说我好像对医疗技术熟悉得非同寻常。他们又跟不喜欢我的高中同学聊过了，他们说他们喜欢我，不过能理解别人不喜欢我。高二时，我曾向文学杂志投诗一首，被压了好几周不能发表，其间杂志最高决策小组决定是否该将"Fuck"改为"F***"，或者干脆拿掉这首诗。"我们都知道艾伦会对此强烈不满。"我的体育老师舒尔茨夫人说，因为某种原因，她竟然位列学生出版物教师董事会。

上帝啊，真是首糟糕的诗。《论坛报》认为它（此处略去骂骂咧咧的话）。

答录机留言里那个柔声细语的声音出自朱莉·海因莱因，她以一种公事公办的方式写了这个故事。不过，她没跟杰夫聊过，没跟父亲聊过，没跟卢尔斯聊过，没跟特蕾莎聊过，没跟富尔伯格夫人聊过，也没跟艾德·贝斯特聊过。我阅读那篇报道时，满脑子都在想我告诉鲍勃·格林斯坦的，关于人们想让自己的故事整齐漂亮、再用丝带捆好的话。就事态发展而言，那篇文章内容准确；只是不那么属实，不管是貌似萦绕在我们家庭生活中的忧郁论调，还是把我塑造成一个既无疑虑也无良心的女铁人。

"不是她干的。"故事第三段中，鲍勃·格林斯坦说道，"这就是你需要知道的全部。"

"艾伦读《少女妙探》系列故事的时候，我就认识她了。"伊莎贝尔·杜安带着某种粗鲁之气说，如果朱莉·海因莱因的描述可信的话，"我从没有一刻想到她会以任何一种方式伤害凯特。她那么爱她。如果你看见她们进店里，她推轮椅的样子——任何目睹过这一幕的人都不会相信。"

杜安夫人能这么做真是贴心，不过我一直讨厌《少女妙探》系列故事。

这一报道让鲍勃怒不可遏，那天早上他开着那辆低车身的红色跑车来接我，他说服我相信他有能力摆脱这一切。"这事儿出现在今早的报纸上,你觉得是什么原因?"他说,"贝斯特泄露了你的出庭日期。你坚持这么做真够糟心的,现场都没有那一堆记者和摄像。"

"我原本以为大陪审团的诉讼程序是全程保密的。"我说。

"我的朋友,理论上是如此,可实际上,如果那货对任职于《论坛报》且隶属于吉瓦尼斯俱乐部[1]的谁说句正中下怀的话,以此来提升自我公众形象,我可毫不奇怪。"他斜了我一眼,"为了我们俩,"他说,"这回就别笑了。"

"放心吧。"我说。

到了法院,我大声读道:"做事公正,无所畏惧。"而鲍勃只是叹了口气。他突然绕到后面入口,敲了敲铁门,按了按门把手,又敲了敲门。一名警卫把门开了道缝儿,跟他说话,看看他,又看看我,之后摇了摇头。

"我们得去前门。"鲍勃说,"别回答任何问题。"

我们走上台阶时,我打了个冷战。我穿着葬礼当天的蓝色正装;是杰夫从家里拿来给我的。我散着一头长发,自感恩节以来,头一回化了妆。

记者们在大厅里,大厅是座圆形建筑物,马赛克地板饰以大幅的铜金太阳式样。一名广播记者最先看到了我们,他胳膊下夹着一台录像机,一声微弱的叫喊随之产生,接着他们就像某种怪物一样,全都聚拢过来,包括相机、笔记本、笔,还有如武器般高高举起的

---

[1] 一个美国组织,会员通力合作,通过做慈善工作来完善社区。

麦克风。我没法儿理清一个个问题：你为何决定出庭做证？你有何计划？你想让他们知道什么事情？

我们推搡着前行，可人群随我们一起移动到大厦后面的那排电梯间，鲍勃在外面敲门的时候，本指望从地下一层上电梯，而不是从大厅。有些问题是提给他的：你为何让她出庭做证？她将在审判时做证吗？我低头看了下脚上穿的矮跟皮鞋鞋尖，鞋是母亲为我买的。我们穿一样尺码的鞋子。我觉得鞋底边缘有点儿上次穿时沾上的泥巴。

鲍勃领我进了电梯，而后站在电梯门口，好不让其他人进来。他把着门，往前探着身子，健硕的身躯完全挡住了我。"你们告诉艾德·贝斯特，就冲这出闹剧，他就可能没了律师资格。"他带着愤怒的嘶嘶声嚷道，有那么极为短暂的一刻，空气里完全沉默，而沉默之中，我隐约听到一个人声，就好像从很远的地方传来，那声音语调悲伤地问："哦，那是谁？"电梯门就关上了。

"那招真高明，"我说，"你那手段！"

"是吗？告诉我为什么高明。"

"因为现在人们不再关注我要出庭做证的事儿，转而关注你威胁了艾德·贝斯特。"我回答。

"你也很高明啊。"他说，"不过记住了，那高明劲儿让你卷进了这堆烂摊子，而且不会把你弄出来。你的高明劲儿到头喽。"

"我知道。"我说。

高中那次模拟法庭辩论赛时，我记得法庭的窗户又长又窄，法官席和陪审团席四周以及墙壁边沿饰有抛光镶板，如同精美的家居。法庭的天花板很高，司法公正写在座席两侧，法官高于这一切，陪审团在一侧旁观并做出裁决。

而大陪审团房间全然不同，大小不及法庭一半，一面墙上有两扇小窗，由此投进的光线极为有限，得打开头顶的照明设施，那四方形的荧光灯不时闪烁。鲍勃告诉我会有二十三位陪审团成员，可没告诉我坐得如此之近，我只认得公诉人，他是贝斯特先生办公室的助理，因为只有他穿着西装打着领带。其他人穿得都不正式，他们坐在硬板凳上，围着一张小桌呈松散的半圆形排开。一开始，我努力不去看他们，似乎眼神接触会让他们为难。我宣了誓，发现誓言抚慰了我的心，像是我为自己的灵魂说了段祷词。我准备说实话，尽管可能不是全部实话，得具体问题具体分析。

不过，当公诉人开始问我是如何回来照顾母亲，她的身体如何恶化，她生命的最后一天谁跟她独处时，我开始注视，并非注视他，这个男人可能大我十岁，发型凌乱，衣领起码小了半号，就好像他发现难以遗忘二十五岁的自己。我开始注视围坐在我周围的人们。

一方面我想让他们明白发生了什么，一方面纯属好奇。我难以相信在蒙哥马利县竟然有二十多人我不知道名字，没在廉价商店或者速简餐厅得到其服务，没和哪个同学在车上于超市的停车场里见过。

事实上，有好几个人面熟，虽然没熟到叫得上名字，却也知道可能在加油站，我隔着油泵，看见他往自己的卡车里加油，或者路过萨米酒吧那条街对面的美容院时，看见她坐在那儿吹头发，或者从这个人的路边小摊上买过番茄，或者从我家看见那个人在小镇那头的房前铲雪，铲出一条路来。

可是，有个女人我觉得第一眼就认了出来，尽管在房间里待得越久——真是一段漫长的时间，如果把我被送出去再请进来，公诉人双唇紧闭，挡上小龅牙的时间都算上的话，将近两小时——越发意识到我并没有对她熟悉到领会她，甚至理解她的地步。她的年龄处在上了年纪和老年人之间，身材瘦削，一头银发盘成漂亮的短发髻，歪向一边，而没有像跟她那么大年纪的人那样烫一头卷发。她身穿一件蓝色中号针织衫，裙子刚好齐膝，双手放在腿上，攥在一起，细长的白色手背上分布着老年斑。她不时将左手上的两枚戒指调上调下。我想象她住在我家南面的一栋漂亮小房子里，是一位中层经理甚至一位朗霍恩行政官员的遗孀。

不过，她的姿势让我之后对她，仅对她坦白了一切，如同一位演员在观众中选择一张传递情感的面孔。她坐得笔直，却似乎往前略微探身，双肩在臀部之前，蓝色的眼睛里带着探寻的神情看着我，似乎在等我解答这么多个星期以来她一直在慢慢作答的谜题，等我告诉她到底发生了什么。

"古尔登小姐，"公诉人彼得斯说，"我想让你读点儿东西。"他递给我那份我为征文比赛而撰写的文章——竟然是原件，因为盖章日期为六年前，词语里的字母"e"还有些浅，有天我把电子打字机从书桌上摔下去之后，就是这种情况了。

"这是你写的？"我大声读完之后，他问道。

"是的。"我说。

"荣获州立年度年轻作家比赛一等奖？"

"是的。"

"你是否仍然同意文章中的观点？"

"是的。"我说，"就文中所提到的观点而言。"

"什么叫'就文中所提到的观点而言'？"

"当人们的生命不再于个人有价值时，还要被维持很长时间。可我写那篇文章的时候，对该主题并没有任何直接经验。"

他们全都在看着我，一个年轻男子除外，实际上，他几乎还是个孩子，在引人注意地盯着窗外。

"如今你有了。"

"是的。"

"通过你母亲的疾病和死亡。"

"是的。"

"你母亲同意这篇文章表达的观点吗？"

"我们从未讨论过。"

"你赢得比赛的时候都没有？"他问。

"没有。"

"你照顾她,做那些你所描述的事情,照你的话说,就是看着她身体恶化,这些时候都没讨论过?"

"没有。"

"古尔登小姐,"他边说边用一根钢笔敲着手掌,那姿势让我想起一部电影里的姿势,要不是听到鲍勃·格林斯坦说"别笑,别笑",我差点儿就忍俊不禁了。

"古尔登小姐,"他说,"你认为你母亲生命的最后时日值得活吗?"

"我不是那么说的。"

"用你的话怎么说?"

"我认为母亲已经丧失了尊严、地位,以及所有让她的生活变快乐的事情。她穿纸尿裤。她几乎每时每刻都在睡。对于一个像她这样的女人来说,这真是糟糕透了。她曾经一直很能干,充满生命力,精力充沛。对她而言,糟糕透了,对我而言,亦是如此。"

"古尔登小姐,你是否对布朗警官和帕特森警官说过,如果他们目睹你母亲这样的状况,也会认为她生不如死?"

"是的。"

"你是否告诉过乔纳森·贝尔茨,如果你是个好女儿,就该在她脸上盖上枕头,闷死她?"

"我不记得这是否是我的原话。我说过类似的话。"

"你当时喝酒了吗?"

"没有。"

"你是否知道你母亲服用的吗啡药片多大剂量为过量?"

"是的。"

"你是否知道如果你把药片碾碎或破坏,药片已有的毒性就会增强?"

"是的。"

那位身穿蓝色外衣的女士靠向我,好像想说什么,想拿她自己的问题问我,可能还想阻止我。

"你是否记得你母亲最后一餐吃了什么?"

我第一次在证词中卡了壳。我皱了皱眉头,低头看了看腿上的双手,又一次看见他优雅、端庄的手,握着银色的勺子,举起,放下,举过去,举起,放下,举过去。

"不记得。"

"一点儿印象也没有?"

"当时我已经好几天没睡一点儿觉了。很可能是什么奶油汤、苹果酱、布丁或者酸奶之类的东西。除了这些流食,她什么也不吃。"

"你肯定喂了她。"

"有时候她自己吃。并不顺畅。我得换床单。"

"那让你不悦吗?"

"我早过了不悦的阶段,彼得斯先生。"

那是个错误。"多长时间就过了那个阶段呢,古尔登小姐?"他问道。这问题的措辞颇为讲究。

"以防重复,"他继续道,"我想回头再问。你认为在人的生命质量无法保证之时,不论自然死亡还是辅助死亡都是更好的选择?"

"是的。"我说。

"你认为你母亲的生命质量在生命尽头已严重受损?"

"是的。"

"你是否给她服用了致命的过量吗啡?"

"没有。"

"鉴于你刚才所言,我不得不问——为什么不呢?"

"为什么不什么?"

"如果你认同你所写,你所说,那你给你母亲服用过量吗啡是合乎逻辑的。你甚至跟警察说,他们都会这么做。"

"请允许我解释。"我开始说道,努力不让自己提高调门,不显得冷酷无情,我看着身穿蓝色外衣的那位女士,她就那么静静地坐着,"也许,口头表达支持死刑跟愿意坐在那儿按动电椅按钮是两码事。理论上来说,我有这样的想法。可到了现实生活中,谈论活生生的人——就是两码事。我忙着让她干干净净,给她做饭,确保她吃了药,除了想我们该如何挨过下一个小时之外,从来没停下来思考过更大的事情。就这一点来说,也许像生孩子。人人都在说生孩子多美好,人生多圆满,我却总想的是,生了孩子,似乎苦差事一件连着一件,喂奶,换尿布,洗澡,也许只有到后来才会觉得美好。

除了照顾母亲这些琐事之外,我根本没时间思考别的。你在书写的时候,很容易知道你对事情有什么感受,你的观点是什么,可真到要这么做或与之融洽相处时就困难多了。"

"如果你想这么做,你就能这么做,是不是,古尔登小姐?"他问。

"是的。但我没有。"

他问完了,可她没有,我确定。他们送我出去,去过道里,鲍勃坐在那儿,翻阅着一些文件。我站在写有金色的"大陪审团"字样、褪了色的门外时,他越过他那半月形的阅读眼镜看着我,我们谁都没说话。那是一扇很厚的木门,木头的纹理纤细,门的另一侧没有任何声音传出来。几分钟后,我听到走廊的尽头有响声,看过去的时候,发现父亲走到拐角处,停下了脚步。他举起手,挥了挥,就在看见他的那一刻,我想起最后那晚,我是如何看着他们俩。

"去休息吧,艾伦。"我对鲍勃·格林斯坦说,身体开始摇晃。

"什么?"他说,目光仍然看向走廊。

"你问我,她最后说了什么。她说,'去休息吧,艾伦。'她想跟他独处。"

"你父亲?"他问。

"是的。"

"在里面他们问你这个了吗?"

"没有。"我环抱着自己,他用一只胳膊搂着我的一侧肩膀。

"她把我支开了。"我说。

"他给了你一个飞吻。"鲍勃说。

"什么?"

"你父亲,"他说,"他刚刚给了你一个飞吻。"

"他挥了挥手。"

"在我看来像一个吻。"鲍勃说。

门开了。"古尔登女士。"公诉人说道。他的头发乱了,好像是自己揉乱的,我跟着他回到大陪审团房间坐下来,他转身背对着我。

"古尔登小姐,我还有最后一个问题。你爱你母亲吗?"

这出乎我的意料。我看向她,她也看向我,那个身穿蓝色外衣的女士,眼神里有个疑问。我以为最后一个问题需要我撒谎才行。我弯着胳膊,坐在这把木椅上,等了两小时,等着有人问我,我是否想到是谁干的。而对于这个问题,我只需要实话实说,要是我知道该怎么回答的话。"天哪,孩子,"我都能听见鲍勃说,"答案是爱。简单。优雅。爱。这会儿没人需要诗歌。"

可她就那么定定地看着我,几乎就像是她自己问了我这个问题。鲍勃告诉我,任何一位陪审员都可以告诉公诉人一个他们想要询问的问题,如果公诉人不能说服他们不问,他就得问,理论上讲,公诉人只是作为陪审员的代理人而出席。我看着她,敢肯定公诉人不想问这个问题,是她让他问的。

"简单的回答,爱。可如果谈论起母亲的话,这样的回答未免太过简单。绝不仅仅是爱——是，是一切，不是吗？"似乎他们不知怎的会全部点头似的，"如果有人问你你从哪儿来，答案是母亲。"现在，我双手交叉在胸前，身穿蓝色外衣的女士转动着手上的戒指，"你母亲去世时，你失去了你的过去。绝不仅仅是爱。即便没有爱，也比你生命中其他的一切都要复杂得多。我爱我母亲，可直到她离去，我才明白有多爱。"

"你是否杀了她？"公诉人问。

"没有，我没有。"我说，"我无法这么做。"

8

我猜,要是电影情节可信的话,那么当陪审团准备告诉你他们裁决你所犯之罪或者未犯之罪的时候,你会在他们面前起立,他们会明白无误、公开地告知你,带着一种仪式感,这仪式感在我们大多数人的人生中,是专门留给坚振礼或婚礼这样的场合的。过去他们也如此判决你,可如今不再如此了。

我去了塞夫韦超市,买了肉丁、胡萝卜和小洋葱,准备炖菜,买了发酵粉、面粉,准备做面包,买了起酥油、南瓜泥,准备做派,在回家的路上我打开广播里的新闻频道,发现大陪审团决定,不因凯瑟琳·B.古尔登的死亡而起诉艾伦·M.古尔登。两人的形象被固化了:朗霍恩英语系系主任之妻,哈佛优秀毕业生。妈妈和我早已被蒸馏得只剩组成部分。如同某场旧日战争的最后一个老兵一样,我感觉我好像是唯一一个留下来的人,知道旧日的我们是什么样子,真正是什么样子。

那天春寒料峭,不过也有一小股热气从地面升腾而起,所以如果你深呼吸一口,就可以想象在可预见的将来,土壤里会长出丁香花、蜀葵和玫瑰。贝尔克纳普家的常青植物花坛很快就会起死回生。长着婴儿手指般紫色圆锥形花序的葡萄风信子很是娇小,你得在草丛中苦苦寻找,明年的这个时候,它就会在母亲墓碑四周的地面上缓缓地伸展开来。接着就是郁金香。当人们早已不再在聚会上、在杜安书店橡木书架的过道里谈论我时,风信子和郁金香就会苏醒、生长、枯黄、死去、沉睡、再苏醒。她再也看不见了。没有了你,就连那些花都还在继续生长,死亡是如此残忍。

广播里,他们说的是"证据不足""案件取消"。案件取消,审判取消。什么都没有。什么都没有。我行驶在通往富尔伯格夫人家的弯道上,什么都感受不到,或者说感受到一种怪异的感觉,就像你高速拐下一条街道,结果发现是死胡同,无路可走时的感觉。

我拐过S弯道,一座环绕朗霍恩的小山谷在我面前铺展开来,落叶树和常青树交织的片片绿色沐浴在午后的阳光里。山脚下,就是两个月前把我保释出来的那位主人的房子,房子前面和马路对面,我看见一堆汽车,还有一辆带有天线接收器的面包车。我拐了个U型弯,把车开到后面的马路,停在路肩,然后拎着沉甸甸的购物袋步行穿过树林。我从树林边缘出现,猛跑进后门的时候,他们有些人看见我了;我都能听见有人大喊,而后其他人开始移动,就像战场上的一个兵团。可他们还没来得及拍我,我就已经进屋了。

答录机上的红灯在遮蔽的昏暗中闪烁,屋内的百叶窗已严严实实地拉下多日。"古尔登女士,我是哥伦比亚广播公司的南希·巴雷特。这——"我一按按钮,声音就不见了。之后是《时代周刊》记者,名字听起来像从波士顿最古老的墓地里的一块墓碑上掉下来的,《泰晤士报》记者听上去好像感冒了,朱莉·海因莱因语带疲惫:"万一你想跟任何人聊聊,尽可随意。"我按了下按钮,他们就统统消失了。

杰夫听起来喜气洋洋。"哪儿也别去。"他说,"我们来接你。"

我能听见外面记者的声音,其中一位为其他人订了咖啡,准备一路开到市中心的快餐厅。"正常还是低热量?"他说,"贝茨——我问你呢。正常还是低热量?一个圆面包?你他妈的以为这是哪儿,饭店吗?"两个男人在聊孩子,在聊如今孩子们学会走路之后,给他们找了多少麻烦。"等他们满十五吧。"别人说。

我将肉炒至金黄色。我卷起面皮。我揉面包面团,将其放进盆里,放到一边等待发酵,富尔伯格夫人说那盆还是她母亲的呢。电话响了,答录机开始运转起来,我听到了她的声音:"艾伦,如果你在——"

我拿起话筒,送话口和按键都沾上了面粉。"我在。"我说。

她肯定是在打体育馆外的付费电话。我听见她身后聒噪声一片,十几个暴怒的声音有机地汇合在一起,一声大叫或者类似的尖叫打破这种和谐。"喂?"我说。

"这儿很吵。"富尔伯格夫人说。之后是沉默,透过她的呼吸声,我知道她在哭。

"我在给你做晚餐。"我说。

"就给我留在炉子上吧。"她说,"打包好你的东西,离开那儿,越远越好,越快越好,越久越好。"

"他们该相信我的。"我说。

"他们他妈的最好相信。"她说。

"嘿,迈克尔。"背景音里有人在喊,而后说,"噢,抱歉,富夫人。"

"你可以拿回保释金了。"我说。

"天哪,艾伦,"富尔伯格夫人说,"你想的是最无关紧要的事情。杰夫带你回城里?"

"我觉得是。"

"等你稳定了,给我打电话,告诉我地址,我去看你。"

"我会想你的。谢谢你。"过了一会儿,电话那头传出回声,"我会想你的,谢谢你。"我们挂断之后,电话立刻又响了起来,是美国联合通讯社的记者,只是答录机记录下信息,而我坐在餐桌边,就如何做完面包,何时把炖菜从烤箱里拿出来,写下说明。而后电话再次响起,我听到一个温柔、稍带口音的声音:"艾伦,是特蕾莎·格雷罗。"接着是个停顿,好像她知道我在听。我不知道为什么只有在听到特蕾莎的声音时,内心的什么东西就那么崩塌了一点儿,我哭了起来。

"你好,格雷罗女士。"我说。

"我今天很高兴,古尔登女士。"她平静地说,"我的很多患者——那些带有私人兴趣关注此事的难友,也会如此。"

"那位有孩子的乳腺癌女士怎么样了?"我问。

"不太好。"

"特蕾莎,我只想让你知道件事情,"我说,"不是我干的。"

"这不重要。"

"这对我很重要。你的相信对我很重要。尤其是你。"

"我一直相信。不过这不再重要了。你还有很多更重要的事情要去做。那么多工作。我同情你,朋友。"

"我没有工作。"

"啊,艾伦,"特蕾莎说,"你很清楚,我说的不是这个意思。"

"你会去城里看我吗?"

特蕾莎叹了口气:"只有为了你,我才会去。只有为了你。"

杰夫到了后门,脸因为兴奋和全速跑过院子而红扑扑的,我的旅行包已经打包好了。

"上次我要这么做的时候,警察就来了。"我说。

"所以呀,我们再也不冒险了。"杰夫说着抓起我的手,我俩一起跑过后院,跑到他停在富尔伯格夫人轿车旁边的吉普车那儿,跳上车座。记者在屋前吃着东西,也喝着午后的咖啡,他们甚至始终没看见我俩就像韩塞尔与葛雷特那样,手拉手溜走。

"抓紧开溜。"我悄悄地说。

"还没成功哪。"杰夫说着向市中心开去,经过镇广场、主街、高高矗立的法院。我想起那位穿蓝色外衣的女士,以及她略微往前探身的样子。"他们肯定相信了我。"杰夫试图打开新闻台的时候,我说道。

第二天,报纸上说,也许他们信了,也许他们没信,就跟很多其他人一样,认为我是出于爱或义务做了被控告之事,公诉人太过分了。可就在那个下午,杰夫沿着弯道快速行驶之时,我想也许有人信了我的话。

"……古尔登,哈佛大学优秀毕业生,被控告杀害母亲凯瑟琳。古尔登夫人,朗霍恩大学英语系主任之妻,死于二月,尸检……"广播聒噪着,而后信号减弱,勃拉姆斯的协奏曲取而代之。我们拐过一个角落,听见艾德·贝斯特的只言片语,接着是天气预报。明天晴,最高气温二十一度。春天来了。

没有人在门廊台阶底部的桶里种花,车库边的杜鹃死了一般,虽然一根茎上的几片绿叶还在做着顽强的努力。杰夫熄了火。"我猜你也许想进去。"他说。我盯着他,而后又盯着房子。"爸爸十五分钟后到。他一听说就给我打电话了。他第一件事儿说的居然是'也许现在我可以见你姐姐了'。而不是'不是太棒了嘛'。也不是'哇哈哈',只有这么一句,'也许现在我可以见你姐姐了。'我永远也理解不了他。永远,不管我多努力。"

杰夫打开吉普车车门。"我不行,杰菲。现在尤其不行。"

"你确定？"

"十分确定。"我回望了一眼房子，我的家。"家里落满灰尘了吧？"最后我问。

"他从大学里请了位清洁女工，每周来一次。"

"那不行啊。他换了什么东西吗？"

"没有。"

"我不行。"我又说了一遍。

杰夫爬出吉普车。"好，那等一下。"他说着走向厨房门口，我在脑海里能看见那张餐桌，没有抛光，脏兮兮的。

"杰夫，"我喊道，他转身面对我，"我想要件东西。"

他从屋里出来，胳膊下夹着那东西，相框里的玻璃在阳光的照耀下闪闪发光。他把它放我腿上，那张我大学毕业典礼时拍的照片，照片上的我和母亲分别挽着父亲的一只胳膊。我拉开旅行包，用一件长袖睡衣裹上照片，塞到旅行包深处。

"不是有张你和她单独的吗？"杰夫问。

"没有吧。"我说，"我不记得有过这么一张。"

他开下山去，路过鞋店、菲尔普斯五金店、杜安书店，我感觉透过窗户，看见了杜安夫人灰白头发的侧影穿过图书展示区。绿地上的水仙花亭亭玉立，为数众多。要是我觑着眼睛，旗杆下就只是一道黄色的朦胧之景了。

"你要去哪儿？"我说。

"火车站。"杰夫咧嘴笑着说。

卢尔斯一身都市打扮站在站台上,她穿一件黑色皮夹克,一袭黑纱长裙,一双牛仔靴,戴一副黑色太阳镜,背一个黑色背包,一头黑发乱糟糟盘在头上。我下了车,她跑过来,靴子在站台上、台阶上嗒嗒作响,她使劲儿抓住我,我俩都往左边打了个趔趄。

"我告诉你待在城里了。"我说着抱住她,看着她,抱住她,又看着她。她比我记忆中的瘦了,眼神看起来也不一样了。

"我文了眼线。"她眨了眨眼睛说道,"真他妈的疼,可早上又少了件要做的事儿。"

"噢,上帝啊,卢尔斯。"我说。

"你上了美国联合通讯社的电报了,"她说,"他们把你名字写错了,写成了戈尔登。"

"哦。"我说。

"你是戈尔登。"她说着,爬进吉普车。

"我真没想到这一路上就你一个人。"我一坐上后排座,坐在杰夫身边的她就说。

"对不起打断一下啊,那我算什么呢,司机?"杰夫说,"哦,朱莉小姐,夫人,我们去哪儿,朱莉小姐?"

"噢,你知道我的意思。"她说。

每个新闻频道都在说大陪审团的什么事儿,我们索性调到一个音乐频道,大声放起音乐来。卢尔斯觉得我们该把车顶打开,我们的头发吹打在脸上，贴到唇上、牙齿上，模糊了视线。就这样，我们跟着广播唱着歌，开了一小时。卢尔斯回头跟我说话时，我就往前探着身子，一手抓住旅行包，好让它不被风吹跑。

"我找了个新地方，跟我的住处隔两个街区。"她大声喊道，这样才能听得见，"棒极了，亲爱的。一个壁炉，两间卧室，一间明卫。"我都该忘了纽约城的浴室里有扇窗户多重要了。

"多少钱？"我问。

"比我现在付的就多三百美金。我们租吧，艾尔。我明天必须得做决定，要不就放手——你知道纽约的租房市场。你会找份工作，三百美金就不值一提了。"

"或者，我可以把我的故事卖给电视台。"

"看吧，你会找到事儿干的。租吧。"

"我不知道哎，卢尔斯。目前没有男朋友吗？没什么惹火的候选人？"

卢尔斯用她那修长的手指把头发拢到脑后："之前有一个，现在没有了，之后又会有，又没了。你知道老一套。"

"我知道。"我说。

"那个猪头。"卢尔斯说道，我俩都知道她说的是谁。

"哦，是。"我说。

"哦，是，没了。要是我遇上他，非撕碎他不可。"

"我现在没男人。"我说。

"所以呀,我们就租吧。"

"好吧。"我说道。卢尔斯就像个兴奋的孩子,在座位上晃上晃下。

"你最棒,朱莉·朱莉·柏步丽。"杰夫说。

卢尔斯靠向我,头发轻柔地碰到了我胳膊。"他要是再大点儿该多好。"她说。

"我听见喽。"杰夫嚷嚷道,"真是完完全全毫无道理。姐弟恋的例子有的是啊。姐弟恋是潮流。"

"噢,住嘴吧,"卢尔斯说,"你不能满足于潮流啊。"杰夫猛地加速,我们越过公路的一段上坡,如万箭齐发的一阵战栗般闯入空气中,眼前赫然耸立着曼哈顿岛,那座翡翠城,一派辉煌的海市蜃楼。

卢尔斯转过我,冲我微笑。"脚跟并拢三次,说哪儿也不如家[1]。"她说。

"哦,如果我讲了,会在哪儿安顿下来?"我问道。我们开过斜坡,穿进隧道,一直保持沉默,直到出了隧道,进了市中心,来到卖热狗的小车旁边,车顶有把黄蓝两色的雨伞,蒸汽从小车中央的方形洞口升腾而起,又经过一个手拿橡皮清洁刷的年轻黑人男子,这人脸上的皮肤紧实地贴在头骨上,他跳回来,叫嚷道:"嘿,狗娘养的!"杰夫打开雨刷器,换挡,在第九大道上飞驰。

"我不确定我在哪儿。"我说。

"我知道啊,亲爱的。"卢尔斯说,"欢迎来到失落灵魂之岛。"

---

[1] "哪儿也不如家"及后文的"不在堪萨斯"皆出自L.弗兰克·鲍姆著《绿野仙踪》。

"你俩真是一对。"杰夫说。

"要是能嫁给她,我立马嫁。"卢尔斯说着,转向我,对我微笑,拍拍我的膝盖。

"哪儿也不如家。"我说,"哪儿也不如家。"

"我们再也不在堪萨斯啦。"卢尔斯说。

"哪儿也不如家。"我们往南开向格林尼治村。

尾声

我听到内心的小提琴演奏出一首情歌最初的悲戚之音。我想,两个傻子,我看着他。两个聪明透顶的傻子:他觉得是我,而我认为是他。如同欧·亨利短篇小说的结局,不同之处在于这毁了我们两人的生活。

我的 BP 机响了，当时一场新音乐剧正进行到第二幕，讲的是世纪之交时住在一所肺结核医院里的孩子们的故事。BP 机夹在我的钱包和支票簿之间，发出微小的鸟叫声又被掩盖。在剧院的一片漆黑中，我看见一个个脑袋从前排的天鹅绒座椅上回过头来，一双双眼睛在黑暗中非难地闪着光。我把手伸进手包里，关掉 BP 机，看了看理查德，抱歉地笑了笑。"总是这样，总是这样。"他嘀咕道，掐了下我的上臂，让我去过道上，略微弓着身子，好不打扰其他观众，去给医院打电话。

八年前的春天，我搬去跟卢尔斯住之后，花了很长时间找工作。也许我可以在新闻业再谋得一席之地，甚至夺回我在那家杂志社的原有职位。可那样我就会被当成一个怪人、话题或者书业聚会的闲话对象而被雇用。

此外，那时的我从另一方面对这行有了太多的了解。不仅是调查期间或者事后写我的那些故事，也并非乔以第一人称叙述我们的关系、卖给一家杂志社的事实，他们将乔的故事置于封面，还附上了我那张无处不在的照片，脸上挂着不合时宜的蒙娜丽莎的微笑。

更重要的是，想到面对如此一种未来：掠去生活的表面，游弋在别人的创伤、危机、困惑和争论内外，从他们那儿得到故事，却永远无法被我的所见或所闻深深打动。卢尔斯也离开了，进了一家图书出版公司，因为她说精装书有一种光亮的纸张和薄薄的新闻纸所没有的尊严。每个元旦前夕，她都要给出一百万的价码，让我把我最近的生活写成一个故事，而每个元旦前夕，我都会骂她是该死的鼻涕虫，之后两人一起喝醉。我爱卢尔斯。每个元旦前夕，她都会说，如果我不是女人，她明天就会嫁给我。她还说，要是法律变了，我们也可以结婚。

后来，有人说——也有人写——我会去念医学院纯属意料之中，可事实上，我是在开始探访医院里的艾滋病人时，才有此考虑，那医院就在我公寓的拐角。我跟卢尔斯住了六个月，之后自己单找了个地方，通过打临时工和晚上在一家声名在外的烧烤酒吧当侍者来支付房租。我招待过年轻的华尔街精英，他们穿着定制衬衫，遮盖着渐露苗头的肚腩，也招待过一位偶然到此的崭露头角的电影演员。

那几个月，我跟很多男人上过床，只是为了感受到什么。他们中有好几个让我想起乔纳森，但没人让我想起克里斯·莫滕森。可能就是因为这个，我并不后悔。那个复活节周末过后的大概两年，杰夫对我说，同一所高中的克里斯·莫滕森，记得吧？身材短小的那个，他出车祸死了，他的皮卡和麦克纳尔提兄弟的垃圾卡车相撞了——麦克纳尔提兄弟毫发无损,尽管,由于弟弟因为酒驾没了驾照,而之前的一年,哥哥干了同样的事情,所以他们已经不再做收垃圾的生意——我仔细打量着他的脸,想找出隐含的深意。可他看起来正直坦诚。也许这只是朗霍恩八卦的一小部分而已。也许不是。

回到纽约的第一个年头,我很寂寞。除了卢尔斯,我只有两类朋友——一类因为往事抛弃了我,一类却因为往事接受了我。另外,一些想让我捍卫诸如死亡、辅助自杀、被动安乐死的权利的人也接近我,他们想让我成为这项事业的封面女郎,就好像没有否认存在,没有撤销的指控存在,好像我没坚持说他们觉得我该为之骄傲的事情并非我所为。有个医生致力于通过一根将管子挂到汽车排气管上,来帮助多发性硬化病人安乐死,他亲自来我的公寓找我,手里拿着管子。我关门的时候夹住了他一根手指。

我决定成为一名医生跟那毫无关系。我搬到自己的公寓后不久——那是一套单间公寓,炉子和小冰箱隐藏在百叶门后面的壁橱里,走廊对面那个男人,一个演员,开始体重下降,开始形销骨立,那赴死的进度在我看来如此自然,我竟没能第一时间了解。十月,我去医院看他,明亮的色斑已然毁了那张脸,那张脸曾经让他出演过很多泡沫剧的角色,并登上了咖啡广告。护士长一再要求我去探望她的其他一些病人。当她第二次要求我拼写我的名字时——古尔登?古尔登?噢,像是芥末——我内心的什么东西放松了下来。

那次探望,是自愿的,因为我太孤独了。或许也是为了布莱恩。

母亲死后他躲着我，我猜是因为他也不相信我。可是后来有一天，他从费城坐火车来到纽约。我去宾州火车站的站台上见他。空气温暖，天空是浅灰色的，就像某部老电影里的情人时隔多年重逢了一样，人群在我们身边川流不息，我们目光相遇。我们的确遇上了彼此的目光，凝视着对方的脸颊，而后他笑了，是那甜蜜而明媚的微笑，我抱着他好久好久，就算人们觉得我们是恋人也在情理之中。

"噢，艾尔。"他重复了一遍又一遍。

那晚，我们在我工作的餐厅吃晚餐，他们给我们免了单。他告诉我他是同性恋，他有时候想，他一生如此安静，其实是为了忍住那些让他惊吓过度的话。我一直以为他是因为我没做的事情而恨我，而他却觉得自己的所作所为会让我反感。知道我们俩都想错了，这真是快乐。

即便时至今日，他依然没告诉父亲。不过那个晚上，我们坐在那里几个小时，喝着咖啡，对他而言，跟母亲肯定会接受他相比，这似乎没那么重要。

"她不会在意的。"他说。

"是的，"我说，"她不会。"

当然，这并不完全正确。母亲肯定会非常在意，她会在意她最宠爱的宝贝走上了一条会招致痛苦和嘲笑的道路，从而让人生变得艰难。她会非常在意她再也不会见到的儿媳——安静、美丽而亲切，她肯定是这么想象的——以及永远也不会有的孙辈。她死后，我们让她变得简单。不，那也不对。我们把她的一生都变简单了，比她真实的自己要简单。我们让她成为那个我们需要她成为的人。我们把她变成了我们的，我们的无价之爱。

谁都想生活变简单，这才是每个人真正想要的全部。有时候，人们会好奇，对于发生在我身上的事，我为什么没有更加难过。我难过了好长时间，可本质上我理解了。死亡是如此离奇、神秘和悲伤，因此我们总想有人为此担责。而让我担责很是容易。此外，人们还好奇的是，我都被指控谋杀母亲了，又是如何活了过来。可谁也不曾意识到，眼睁睁看她死去要糟糕得多得多。知道我可以杀死她却救不了她，要不堪忍受得多得多。知道我差点儿错过了解她，可比艾德·贝斯特和他那身穿缩水正装的小小军团可怕得多得多。

我在纽约再一次找到自己的路，创造出一条新路，在这一整段时间里，从没见过父亲。起初并不是刻意为之。我不再欢度节日；他很少来镇上。他去英国做了一年的访问教授；我读医学院的最后两年，非常刻苦努力，以至于有些时候除了同学和碰巧获准进入医院的人之外，很多天里谁都看不着。

我再没回过朗霍恩。我相信以后也不会。

杰夫没参加自己的大学毕业典礼。他说，他觉得各种典礼傻死了，不过我怀疑，他是不想让我和父亲见面。杰夫毕业的一个月后，我收到一封信，上面的字迹有种熟悉的潦草和棱角。拿到那封信的时候，我正在去工作的路上，于是就顺手放进背包里，准备之后再读；它躺在我的背包深处，埋在俏唇牌润唇膏、剩余的零钱和钥匙这堆乱糟糟的东西中间，困扰了我好多天。后来有一天我想读了，想拿在手里，想撕开，想让文字纷纷滚落出来，它却不见了。

我找遍了我的小公寓，却在哪儿也找不到。我从书架上把书一本本拽出来，野蛮地翻动书页，拎着书脊抖落着。我在沙发床的皱褶里找，在厨房的壁橱里找。可就是再也没找到。

可能我边跑向旋转门，边从书包深处拿出地铁票的时候，那信飘到了水泥地上，又从水泥地上飞到了轨道上。抑或我在熟食店掏钱包的时候走神了，那信掉到了冰淇淋柜台和收银台之间的缝隙里，多年后重新装修之时被发现，又被丢弃。

正如我们精神病医生喜欢说的那样，世上无偶然。

我经常见弟弟们，可能他们会见父亲，却没有说。布莱恩离开了宾州，在费城经营着一家相框店，似乎比以往任何时候都快乐，不过仍在寻觅爱人。在我无罪一身轻，或者叫无罪释放，或者随便叫什么都好之后——那时候人人都真心觉得你做了某事，你却不再因此受到指控，杰夫去了暑期学校，后来又去了法学院，现在是曼哈顿的一位公诉人。

我们谁都没错过个中的讽刺性，虽然我愿意相信他之所以这么做，是因为他想确保正义之人不受指控。他的工作地点正是乔在那个暑假工作过的曼哈顿下城。即便乔表现良好，却没能在地区检察官办公室谋得职位，也未能在所申请的任何一个职位上受聘。

夏季的某一天，我在纽约公共图书馆的一卷报纸缩微胶卷上读到，乔说他的法律素养让他深切懂得我母亲的死因存疑，因此道德诉求要求他站出来。那时，我还没开始读医学院，还辗转在临时接待员和为一家广告代理公司的行政副总裁当为期两周的秘书之间。然而杰夫告诉我，他所在事务所的很多律师觉得，不管你的爱人干了什么，竟然做证对自己的爱人不利，此举如某人所说，"太廉价了"。而且，他们发现他的野心让人害怕。"穿着高尔夫钉鞋踩扁他母亲。"有人说。

啊，乔的母亲。如果她甘于布鲁克林的无聊生活，推着他去参加公共房产管理局的野餐会，带他到康尼岛参观水族馆，他的人生该多么不同。他现在在一家大公司工作，虽然不是那家带中庭的公司。我猜，那儿没有人在乎他出卖了我。在那儿，"穿着高尔夫钉鞋踩扁你母亲"可能是种术语。在那儿，他一周工作七十小时。

我每周也是如此。我有种紧迫感，就如同在家过的那几个月一样；我就是不能简单地对自己或者对自己曾经相信的一切笃定如前。我在医学院注册时，一份小报把我的照片放上了第五版，照片上的我坐在自助餐厅里，显然是我的一个同学偷拍的。"曾经的死亡天使，如今的白衣天使？"标题如此写道。尽管爆发了抗议活动，还有人造访院长，我还是获准完成学业。一段时间过后，人们似乎就遗忘了。

而我从来没忘。随着时间的流逝，我的记忆愈加鲜明。我从没考虑过学肿瘤学。亲身经历了那么多轮生死之后，我清楚地知道母亲在方方面面都是个典型患者,只是她比很多同类癌症病人死得更快。可她总是要死的。要是我做她的主治医生,我也会像科恩医生那样为她治疗,也会得到完全一样的结果。我也会要求尸检,就像科恩医生一样,那份职业好奇心如此巨大地改变了我们所有人的生活。

"作为她女儿,你会有不同表现吗?"我的心理咨询师曾经问我,眼睛里闪着奇异的光。答案是,如果具备了如今的知识,我会不同。我会给她更多机会谈话、抱怨、幻想、哭泣和倾诉。然而这是我现在的工作,事后诸葛听上去总是容易。那个时候,我拼尽了全力。我觉得我们都尽力了,甚至包括父亲在内,他的冷漠、恐惧,一勺接一勺地喂食大米布丁都是他尽力的明证。

有时候,我仍会觉得在人群中看见了她,看见那个上下晃动的闪亮小发冠隔着几人远,就差那么一点儿而无法碰触。有一天,我不经大脑地买了一盘《南天平洋》[1]的旧录像带。我记得有天晚上我们一起看过它,那时她的背疼得特别厉害,可不知怎的,我却忘记了我还是个小女孩时,坐在立体音响前,她教我唱:"我卡住了,就像个蠢货,怀揣着一个名叫希望的家伙,我无法让它从我心里逃脱……"[2]

如今,事情有时候就那么跳出来,如同一个记忆的游乐场,有些被遗忘,有些被压抑。甚至那晚在剧院,就在 BP 机响起之前,有几小节音乐让我觉得回家后得打电话给她。有时候,我真的拿起电

---

1 百老汇音乐剧。
2 《南太平洋》中的唱段。

话，开始拨号。那个太阳花的枕头放在我沙发上。"你自己绣的吗？"一个偶尔造访的女性客人问。"不是。"我回答。

"乔治·爱略特！"当天色渐晚，我和弟弟们喝了太多时，我们就大声嚷嚷，一起大笑。他们帮我记住，我帮他们记住。

我的大部分患者是年轻女性，她们踏上了寻觅完美之路，并被此吞噬。行医初期，有位聪明的女患者，她在从埃克塞特大学毕业转战耶鲁大学的暑假里，试图把自己饿死，在治疗中期，她近乎掌握了某种私人事实，就对我说："我母亲说，人们说你杀了你母亲。"

"是吗？"她母亲是位有着非凡美貌的女士，一位金融家的花瓶妻子，近来为了一个更年轻的小伙子刚刚离了婚。她的一个大天鹅绒皮包里总是有很多种织物的样布，她拥有多支金笔，多本金色装订的书籍，书里夹着画有房间布局的方格纸，书封上用金色烫着她名字。有一次，我脑海中闪过一念，要是母亲富有、闲适、冷漠，就会是这个女人。可要是母亲富有、闲适、冷漠，就完全是另外一个人了。

"她说，你因为一项法律依据，才幸免入狱。"

我略微侧着脑袋，点了点头。我想要患者继续的话，就会这样。

"我能理解为什么你会那么想。我巴不得摆脱我母亲。"

我看着她可怜的透明胳膊，如同身上那 T 恤袖子里的两根棍子，这 T 恤是对她衣橱里丝质衬衫的一种驳斥，我想她想要杀死的那个人肯定不是她母亲。

"但如果你这么干了,"我说,"接下来呢?"

"什么?"

"你母亲消失了,死了,走了,不管你怎么形容吧。之后呢?"

"之后怎么?"她问。

"想想吧。"我说。

作为培训的一部分,我去参加心理咨询,我告诉我的心理咨询师,自从母亲走后,我再也不知道自己是谁了。我感觉就好像跟过去失去了联系。而未来之于我,就如她的未来一样,似乎成了眨眼之间。

讽刺之处在于,她生病前,我对自己是谁、想要什么了然于胸。我是乔治·古尔登之女,我想让他爱我。我仍然在很多方面像他。可我同时是"古尔登女孩书友会和厨艺会"最后一位活着的成员,我永远不会忘记这一点,而正因如此,事情彻底变了样。我再也无法认为,安娜关上门奔向渥伦斯基,是做了正确的事情;我会一直记得小谢廖沙在大厅里瑟瑟发抖,等妈妈回家,就像有时候我等我妈妈一样,我手里拿着听筒,在打电话的过程中停了下来,接着想起那个我欲与之聊天的女人去世已快十年。

在她生命的最后时刻,母亲在我身上留下了她的印记,于是可能我现在如她一样看待父亲,既欣赏崇拜他,也暗暗同情他。我父亲人不坏。只是软弱。他只是跟很多男人一样:把女人分门别类,尽管并非是圣母马利亚与妓女这种灵魂–肉体二分法,而是知识分子双生花之分法,即有头脑的女人和心肠好的女人。伊丽莎白·班尼特和简·班尼特。我很不幸地被归为铁石心肠一类,母亲则是毫无头脑一类。这对我们俩都是种伤害,可总体看来,我觉得母亲更深受其害。

卢尔斯总说,我总有一天会写本一鸣惊人的自救书,我们管它叫《爱上自私的男人们的女人们》。学医的最后一年,我跟一名叫杰米的实习生坠入爱河,他是加利福尼亚人,有着一头金发和一双很是灵巧的双手,那双手既方便做手术,也方便出轨。我花了六个月才发现人尽皆知的事情,他心情摇摆不定其实是甲基苯丙胺这种中枢兴奋药在作祟,他最喜欢跟个护士在一个空单间里。

我愿意把他想成最后一缕弦音。

理查德是位整形外科医生,是医学领域的木匠。他当了我一年的朋友,一年的恋人,现在想成为我的丈夫,我猜要是我能克服心理障碍——我对他的感觉很像对弟弟们——他会成为我的丈夫。有一次,我在外科主任公寓里举办的聚会上,时不时巡视人家的起居室,我喝了好多酒,假装没注意到杰米和主任第三任妻子之间强烈的化学反应,那女人身穿黑色抹胸长裙,理查德粗鲁地对我说:"我的问题吧,就是对你太好了。"

"是我的问题。"我说。

"你他妈的说得没错,甜心。"他说着把结实的手臂交叉在胸前,踢着地毯。

他很好。看戏那晚，他本来买了尼克斯队的比赛门票。在他厨房的抽屉里发现那些票的时候我才知道，那抽屉是他放剪子的地方。我 BP 机响的时候，不少男人，甚至包括其他医生在内，都会皱眉头或者不耐烦。而他只是掐了掐我的胳膊，就放我出去。一位针对青少年的精神病医生没有产科医生的困扰。不过也有紧急情况。我现在对此习以为常。

剧院大厅里只有一部付费电话，就在一根立柱附近。一个身穿双排扣西装的男人在打电话。他看见我站在身后，就从口袋里拿出移动电话来。"电话坏了。"他半是愠怒半是抱歉地说道。他开始跟电话那头的人谈起数字、金钱、交易人和股票熔断。

我在剧院那东方图案的地毯上倒着小碎步，看了看手表。再过两分钟，我就跟他说，我是精神病医生，事出紧急。即使是投资银行家也会挂掉电话的。想象着屋顶上的男人，用剃须刀片割腕的女孩，人们总会挂断的。我又多踱了会儿步，就站在去往第四十六街的玻璃门前方。在另一侧，有个站在那儿抽烟的男人，是我父亲。

他把烟蒂扔到地上，用脚尖儿巧妙地踩灭，然后微微转向大厅，看见了站在那儿的我。他侧着脑袋——原来那个我自认为属于我的姿势，是从他那儿学的？——接着闪过一丝笑容，掺杂着半是认出我来，半是有些讽刺的神情，他用那双优雅的手拉开了玻璃门。

"你无疑怀着极大的不满注意到，我戒了酒，改抽烟了。"他开门见山地说道。

"好极了——保住肝,不要肺。一个获胜的等式。"

"岁月没让你的毒舌萎缩,习惯也没使你的伶牙俐齿变得乏味。"

"实际上,并非如此。那是过去的我在说话。我觉得你该戒烟,而且我觉得戒酒也很棒。"

"你的医学见解。"

"对。"

"我从没想过你会成为医生。"他仔细地看着我说,就好像这目光会改变我的神情。或者可能他是在我眼里寻找我对他的态度。而我故意摆出职业的中立态度。

"精神病医生[1]。"他补充道。

我笑得前仰后合,他也是;有那么一刻,我以为一切都不曾改变,一切。

"只有你才会用那个词。"我说,"如此的维多利亚时代风格。"

"你的工作对象是孩子。"他说。

"青少年。"我说,"抑郁、自杀,以及其他绝望征兆。"

"小说的素材。"他说。

"不,不准确。"我说,"在纸上,你可以想让他们做什么就做什么。可实操起来,你必须说服安娜不要卧轨。"

我们凝视着对方。"你看起来很不错。"他最后说。

---

1 原文为 alienist,尤指法律上评估被告是否有受审能力的医师。据 psychology.wikia.com 网站,alienist 首次出现于十九世纪维多利亚时代,用以描述协助法律执行,以找到连环杀手的个体。

"你也是。"我回答道。

"你喜欢这出剧吗？"

"不太喜欢。"我说，"我很惊讶你居然在这儿。"

"我有个研究舞台布景的朋友，"他说，"这出剧是她老师布的景。"

那位银行家挂断了电话。"归你了。"他对我说。"紧急情况。"我拿起话筒的时候对父亲说。

并非非常紧急：一位年轻女性想将抗抑郁药的剂量加大一倍，因为现有的剂量不起作用，她曾经试图在俄亥俄州一家小型的文理学院酗酒而死，最近开始服用抗抑郁药。"我告诉过她，这药得过一段时间才能起效，可她就是不听，除非听你亲口说。"精神科那层的一位护士说道。

"告诉她，我明天一早就去见她。"我说，"而且告诉她，那药得过了这周才能起效，否则，我会改变剂量或换药。还要提醒她，我给她留了作业，要配合着读《呼啸山庄》。"

我挂断电话的时候，他还在。我知道他在。要是他离开，我会感觉到。他挑了挑眉毛。

"你让一个精神病患者读勃朗特姐妹？"

"那会帮助她理解强迫症，"我说，"会让她的脑子暂时不想自己的强迫症。不管你怎么想，我一直喜欢勃朗特姐妹。"我笑着说，"我得回座位上了。"

"我想说件事儿。"他说道，表情受伤、僵硬，跟那天我们撞到鹿时相仿。

"没必要。"我说。

"我想说。"他说,"你相信我在信中所讲,这很重要。就是我永远不会责备你。要是我处在你的位置上,我也会这么做。可能我本该这么做。"

"什么?"我说。

"我从没因为你干的事苛责你。做得对。那需要很大的勇气。真正的勇气。胆量。鉴于当时的情况,我无法说出口。也许我在信里说得很糟糕。我从没责备过你。我希望是我亲手干的。"

我盯着他的脸,如此坦诚,没有欺骗,没有花招,只有他在说的事实。

"噢,爸爸。"我说。

"我钦佩你的勇气。"

我听到内心的小提琴演奏出一首情歌最初的悲戚之音。我想,两个傻子,我看着他。两个聪明透顶的傻子:他觉得是我,而我认为是他。如同欧·亨利短篇小说的结局,不同之处在于这毁了我们两人的生活。一直以来,我觉得就他的动机而论,他要么勇敢,要么狡诈,可突然之间,先前的想法简直不可思议。那太卑劣,太真实了,那些碾碎的药片,那碗蛋奶沙司,那个做出决定的鲜明时刻。我们俩谁都办不到。

然而最终,重要的不是我们如此严重地误解了对方,而是我们如此严重地误解了她,这个让我们成为自己而我们并未察觉的女人。现在,我有时会重构这一事件。也许自从我把她从浴缸里扶起,她就开始囤积药片,不需要的时候也要,放在内衣之下的某处,或者放在结婚纪念宝石的盒子里,这样一来,在某个冬日的早上,天色灰暗之时,她就可以吞下去,从此安睡。

或者那天下午我出去找父亲,父亲在回家看她的路上,她才这么想,她发现自己独自一人。也许她振作起来,扶着窗户走到了我放药瓶的餐桌前。也许她咬了药片,嚼碎,而后等待夜幕降临。

或许,还是在大米布丁里;或许她在那间漂亮的厨房里最后的一个居家行为就是将药片碾成粉末,混入一个她知道会最终盛放最后一道甜点的容器里。既然我知道了,既然我没有完全障目,我就可以想象,她心想,毫无疑问,是我用双手、松节油、油漆、毛线、地板蜡、桐树油、鲜花、善良、关爱、需求、恐惧和爱意创造了这个小小的世界,那我将置之不顾。

"然后呢?"我曾经问我那个病人,她幻想着那个把她从身体里分娩出来的女人之死,如今我一遍遍扪心自问。伊迪丝·华顿曾经说过,唯有死亡比生命更悲伤。可有时候,她似乎说反了。

父亲看上去老了,空虚了,如同蝉皮,如同幻觉。我猜想,他以某种奇怪的方式因为自己的猜测而尊敬我,要是我告诉他事实并非如此,那简直该死。就让他把我想成某个小故事里的女英雄吧。那晚,他成了大众的一员,那广大的人群相信说出实情无关紧要,实情只是我真正所为的一个掩护。如果我相信我在掩护他,事情就变简单了。如今,我得重塑他。

还有她。现在有时候我对自己充满逻辑地说,那会儿我不可能知道,她让我帮忙的举动让我相信她不能自理,最终我完全有理由认为,她元气大伤,虚弱不堪,濒临死亡。

可事实上,我并非真的认为她可以做到。对她如此误解,让我怀疑是否我也经常极度误解自己。而她有多误解她的母亲,他又有多误解他的父亲,家庭生活多大一部分是个由误解编织成的大网,是张上过色、小修过的全家福,是看似准确地呈现了事实,实则独独漏掉了最核心的实情。

我走下剧院的过道回到座位上时在想,自此以后一直在想,我该跟谁讲出我现在知道的实情。鲍勃·格林斯坦不会在乎;如果我的任务是寻找真相,他的就是寻找剧情。我还想,知道实情是否有助于杰夫抚平自己和父亲之间的分歧。然而也许这些分歧远远早于药片或责任,而要追溯到我跟父亲两人转移进他的书房,留男孩子们在前廊、转向母爱的那些日子。

富尔伯格夫人?特蕾莎?如今我们见面时从不谈及过去。我们谈富尔伯格夫人的全美旅行,谈她在不同地方的老年公寓给退休老人讲伟大经典。我们聊特蕾莎的女儿吉娜,聊她那儿科医生丈夫每天花大量时间照顾别人的小孩,而很难抽出时间看护自己的小女儿。

如果我可以把我现在知道的告诉某人,那可能是那位穿蓝色外衣的女士。不知怎的,我觉得她有权利知道真相,这样这个故事于她就有了开头、过程和结局。

总有一天我会告诉父亲。我想很快就会有这么一天,虽然让那个我曾经认为是地球上最聪明的人的男人处于极度无知中,有股巨大的诱惑力。我们分开时,他就像个追求者似的问我:"我可以打电话给你吗?"我把名片递给他,就好像我们的会面是一桩没有了结的生意。

在剧院大厅昏暗的灯光下,我突然发现真相,却从未想过将之脱口而出。我对我的职业有充分了解。就我知道的而言,在告诉他实情前,我得自己先消化。我需要知道,在我跟母亲相处的那些漫长日子里,我了解她那么多,怎么却没明白她的内核。而他本该是全世界最了解她的人,竟也没明白。或者可能是她独独欺骗了他,利用她发现的灵巧而温顺的方法,使他的生活就是他想要的模样,欺骗他相信她所呈现的比她实际上要丰富。

正如卢尔斯还在说的,我会找到一种办法解析。从事如今的工作,我肯定该理解我们生命的核心有某种奥秘,而很多人就那么糊里糊涂了一辈子。要是那晚我没去看那出剧,而是跟理查德去看尼克斯队的比赛,要是我病人的药物起了效果,要是那护士没打电话来,要是那银行家没占线,要是父亲没开始抽烟,要是,要是,要是,我故事的结局就会有个不一样的父亲,不一样的母亲;当然,还有不一样的女儿。

我回到座位上,理查德拉住我的手,在黑暗中微笑。谢幕过后,灯光亮起,他吻了我的脸颊。我望着他,意识到,尽管我永远不会成为母亲,不会有她的人生,可她留给我的一个教训是,爱一个男人并关心他的同时,仍然可以在内心保有一股巨大的力量,甚至永远无须将这力量示于人前。我意识到理查德完全不像父亲,却像极了母亲。我想我会很快很快嫁给他,用我的余生孤注一掷。也许以后我可以再次了解父亲,再次落入他那如今已然缩小的控制圈。

"一切都好吗?"理查德问。

"一切好过吗?"我说。

"一个精神病医生只能用一个问题回答另一个问题,此话当真?"

"我不知道,你觉得呢?"我说着,掐了掐他的大手,一同走进夜色之中。接着,我补了句:"病人没事儿。在她的药起效之前,我给她开了凯西和希斯克利夫[1]。"

我们在人行道上停住。人群在我们身边来来往往,讨论着剧情,可我没再见到父亲。

理查德把手伸下去,把了把我的脉。"我的病人怎么样?"他问。

"你有没有过那种感受?你把一切都理清了,却突然发现又回到了起点?"

"我从没觉得把一切都理清了。"他回答。

"你比我好。"

"比你简单。"

---

[1] 《呼啸山庄》的男女主人公。

"是比我好。"

"随你怎么说好了。"理查德说,我们开始走起来。一个有眼屎的黑人要一枚二十五美分的硬币。"没有零钱。"我说。理查德在兜里掏了掏,给了他一美金。"去喝杯咖啡吧,伙计。"他说。

"生活真他妈难。"我说。

"是。"理查德说,"不过想想另一面。"

"是乔治·彭斯还是埃米尔·左拉说的?"我问。

"我觉得其实是我说的。快点儿,我饿死了,我们去吃东西吧。"

"食物,"我说,"正是我所需要的。"

ONE TRUE THING
by Anna Quindlen
Copyright © 1994 by Anna Quindlen
Reading group guide copyright © 2006 by Random House, Inc.
Chinese (Simplified Characters) copyright © 2017
by Beijing Alpha Books Co., Inc.
Published by arrangement with ICM Partners
through Bardon-Chinese Media Agency
ALL RIGHTS RESERVED

版贸核渝字（2015）第274号

图书在版编目（CIP）数据

爱在别离时 /（美）安娜·昆德兰（Anna Quindlen）著；张海香译. —— 重庆：重庆出版社，2017.6
书名原文：ONE TRUE THING
ISBN 978-7-229-11839-6

Ⅰ.①爱… Ⅱ.①安… ②张… Ⅲ.①长篇小说—美国—现代 Ⅳ.①I712.45

中国版本图书馆CIP数据核字（2016）第302183号

爱在别离时
AIZAIBIELISHI

[美] 安娜·昆德兰　著
张海香　译

策　　划：	华章同人
出版监制：	伍　志　徐宪江
策划编辑：	于　然
责任编辑：	张慧哲
责任印制：	杨　宁
营销编辑：	张　宁　徐　言
装帧设计：	观止堂_未氓

重庆出版集团
重庆出版社　出版
（重庆市南岸区南滨路162号1幢）

投稿邮箱：bjhztr@vip.163.com
三河市九洲财鑫印刷有限公司　印刷
重庆出版集团图书发行有限公司　发行
邮购电话：010-85869375/76/77转810

重庆出版社天猫旗舰店
cqcbs.tmall.com

全国新华书店经销

开本：880mm×1230mm　1/32　印张：11　字数：210千
2017年6月第1版　2017年6月第1次印刷
定价：39.80元

如有印装质量问题，请致电023-61520678

版权所有，侵权必究